GUSTAVO SAINZ
LAURA ROJAS HERMAN

La jamás
inocencia

Gustavo Sainz

Laura Rojas Herman

La jamás inocencia

La Pereza Ediciones

La jamás inocencia

© *Gustavo Sainz*

© *Laura Rojas Herman*

© Portada Leonel Sagahón

Primera Edición 2022, La Pereza Ediciones, USA

www.lapereza.net

ISBN: 978-1-62375-195-1

Diseño de los forros de la colección:

Estudio Sagahón / Leonel Sagahón

www.sagahon.com

Maquetación Julián Herrera

GUSTAVO SAINZ
LAURA ROJAS HERMAN

La jamás
inocencia

Para Claudio y Marcio Sainz-Luiselli,
un homenaje a su dedicación infinita
G. S.

Para Jeffrey y Daniela,
por haberme recibido en su momento más oscuro
L. R. H.

La muerte es intransferible, como la vida.
Si no morimos como vivimos es porque
realmente no fue nuestra la vida que vivimos:
no nos pertenecía como no nos pertenece
la mala suerte que nos mata.
Dime cómo mueres y te diré quién eres.
Octavio Paz

PREFACIO

Escribir una novela entre dos es un desafío. Como la escritura es un acto solitario, lo que se pide es una unión de dos soledades en una especie de ir y venir, juntarse y retirarse, marea alta y marea baja de una onda apalabrada. Este libro se empezó a escribir a la sombra de la muerte para mí y a la sombra de la dolencia para él, al final terminando en el medio de una pandemia mundial que ni él ni yo jamás nos hubiéramos podido imaginar.

Iniciamos el proceso cuando los dos vivíamos en Bloomington, Indiana. Se nos ocurrió la idea de escribir la historia de un padre y su hija y nos interesaba ver cómo, concibiendo la trama básica juntos, llegaríamos a contar los eventos desde una variedad de perspectivas sin realmente consultarnos el uno al otro. Así, partiendo de esa estructura elemental, cada uno escribió a su manera. Comenzó como un juego de mentes, un cruce de nacionalidades, generaciones y lenguas maternas, y fue convirtiéndose en algo más serio, en una cuestión de cuán lejos podría llegar la unión de supuestas diferencias, de asimetrías asumidas y de inconciencias "imposibles" de unificar.

Gustavo solía levantarse alrededor de las cinco, desayunaba casi siempre lo mismo, e iba a escribir en su oficina repleta de estanterías de libros, cómics y figurinas fantasmagóricas que se hallaba en el octavo piso de Ballantine Hall. Mientras tanto, yo empecé por preguntarme cómo se podría escribir un personaje joven, femenino y aculturado en EUA que hiciera juego con un personaje maduro, masculino y de cierto poder sociopolítico. Tal personaje tendría que confrontar las fuerzas que la mayoría de nosotras, las que nos identificamos como mujeres, confrontamos: Que su historia no fuera tan importante como la del personaje masculino. Que su mente no fuera tan válida ni tan poderosa como la de él, sobre todo siendo joven. Que sus palabras, aserciones y verdades fueran descontadas y despedidas porque salían de un cuerpo designado femenino. Que no tuviera la capacidad de competir con sus homólogos masculinos por las inequidades estructurales diseñadas en su contra, aun poseyendo las mismas capacidades innatas, idea que el *estatus quo* constantemente quería poner en cuestión. Tendría, pues, que confrontar los mismos prejuicios y supuestos que tú, al ver un libro co-escrito entre un muy conocido y una desconocida, me imagino que tendrás que confrontar y cuyos susurros inconscientes quizás ya hayan afectado tus conjeturas sobre cómo este manuscrito llegó a salir a la luz.

La pregunta para ti como lector/a, entonces, será ésta: ¿Crees en nosotros/nosotres (tú y yo, Gustavo y yo, nosotros/nosotres tres)? ¿Crees en nuestra capacidad de fomentar un entendimiento que cruce fronteras emocionales, culturales, hasta de vida y muerte? ¿O vamos a caer todos/todes en los malentendidos y en las divisiones que tanto quieren nuestros entornos hoy en día? ¿Será un acto de fe, entonces, leernos, relacionarnos?

Después de doce años de latencia, me pregunto si quizás fuera un acto de fe terminar el proceso a solas, cuando el trayecto empezó en pareja. ¿Por qué lo hice, cuando habría sido más fácil dejarlo incompleto, más fácil no volver a un pasado tan saturado de dolor? ¿Por qué ahora y por qué, sobre todo, si continuarlo y terminarlo podría costarme algo?

A veces no sabemos bien cómo despedirnos. Aun cuando vemos la sugerencia de una muerte venidera, como el gris-azul de las nubes que señalan un monzón, la frialdad del aguacero que sigue todavía nos toma por sorpresa. Puede haber momentos cuando vemos en los ojos de un ser querido que se escurre la vida de su mirada y que va siendo reemplazada con una nada inminente. El susto nos previene el cierre fructífero. De mil maneras, Gustavo me contó cómo su renombre, al mismo tiempo que le llenaba el ego, le vaciaba el alma, haciendo que yo cuestionara el beneficio del reconocimiento en general, y vi este fenómeno en paralelo cuando el vacío pasó de su alma a su mente, a su memoria.

La última vez que nos vimos, estábamos hombro con hombro mirando una foto tomada en el taller de un amigo. Cuando le pregunté si se acordaba de quién era la mujer en la foto, ni pudo reconocer que la mujer de la foto y la mujer a su lado éramos la misma: no sabía quién era yo. Si me hubiera despedido de él en esa ocasión, creo que habría sido una despedida abandonada entre las marañas, una despedida inaudita, sólo para mí. Al volver al pasado e intentar cumplir con la promesa que le hice, cuando él todavía sabía perfectamente quiénes éramos, estoy tratando de despedirme bien, de despedirnos bien, él y yo, él y yo y tú también, nosotres todes.

¿Por qué yo, en vez de cualquier otra persona, alguien más relevante, más conocida, más establecida, en fin, más apropiada? No sé. Sé que no fue por mérito, sino por circunstancia. Gustavo logró terminar la mayoría de su parte de esta última novela antes de ya no poder escribir más. Los escasos lugares donde he tenido que imponer una letra mía espero que resulten más o menos indistinguibles de la suya, aunque reconozco que hacerle eco a su voz tan única es imposible.

En el espacio entre el inicio de la escritura y ahora ha pasado más de una década y muchos seres queridos han quedado en el camino, cuyos fallecimientos han sido factores contribuyentes a la tardanza de este manuscrito en llevarse a cabo. Me gustaría honrarlos aquí: Judith Reid (2008), Sidney Reid (2010), Erica Erdman (2010), Franz Peter Hughdahl (2013), Ana Martínez-Lage (2013), Sharon Erdman (2016), Joyce Rosa Harris (2016), Juana Gamero de Coca (2017), Ryan David Wirtz (2018), Richard Erdman (2019), Mira Taller (2019), J. Craig Marshall (2020), Barbara Ann Rowan (2020), Christine Nofchissey McHorse (2021), y todas las miles de víctimas perdidas en la pandemia de covid-19.

La novela termina un sábado muy en la tarde y fue un sábado muy en la tarde también cuando se concluyó su escritura. Cuando la ficción y la realidad se unen, se abre una nueva dimensión y sin el apoyo y el sacrificio por parte de mi hermano Ricardo Chávez Castañeda durante esta temporada, yo no hubiera podido navegarla en tanta soledad. Mis más infinitas gracias.

Sobre todo, este manuscrito va dedicado a un gran maestro de la palabra, de la literatura, de la escritura mexicana, del dibujo, del ajedrez, del humor, de la paternidad, de la amistad y también, a pesar de toda la dificultad en su vida, a un creyente en el poder del amor, Gustavo Sainz.

Laura Rojas Herman

Santa Fe, Nuevo México

ALDA

Lunes

Cuando me miro en el espejo, no me gusta particularmente lo que veo. Sobre todo mis piernas. Las tengo súper rectas y mis rodillas son muy huesudas. Son como esos bulbos que a veces les salen a las ramas de los árboles caobas. Leí en alguna parte que se les infestan con las larvas de un tipo de gusano, ya no recuerdo cuál. El caso es que son así, vergonzosamente bulbosas. Estoy esperando a que me toquen los mismos genes que tiene Amaya. A su edad, quiero que mis piernas ya se vean como las suyas, con curvas. Olas de músculos en las pantorrillas y muslos que parecen respirar por voluntad propia cuando camina. No sé si podré afeitarme dos veces a la semana como lo hace ella. Me parece mucho tiempo. Bueno, pero es mejor que esa vez cuando intentó hacerse cera en las piernas. Fueron como tres semanas con las costras.

Lo atarantador de los espejos es que se te confunden derecha e izquierda, oeste y este, babor y estribor, como se dice en las novelas de Conrad. Pero norte y sur siempre quedan en su sitio. Norte es norte y sur es sur, arriba es arriba y abajo, abajo. No es justo que las direcciones que tanto les cuesta a los niños aprender se arruinen cada día cuando ven su imagen. Cotidianidad cruel. Esa palabra creo que la inventé yo ahorita. Y nunca sé si el mundo de ahí enfrente es al revés porque sí o por el espejo o por mí. Aprendimos en la primaria que los ojos ven todo al revés y que se traduce esa imagen en el cerebro para poder entenderla, entonces no sé si lo del espejo sería al revés, revés o si veo lo que ven mis ojos sin cerebro o qué. Es siniestro, además, que la única cara que no conozcas de verdad sea la tuya. Porque Papá se ve al revés cuando se afeita y Mamá cuando se maquilla, entonces uno sólo se conoce al revés. A lo mejor por eso hay tantos problemas en el mundo.

Ay, ¿por qué estas horriblitas faldas de la escuela tienen que llevar teflón encima? Ni que fuéramos sartenes. No entiendo por qué se les pone. Si derramo mi vaso de agua en la sala de almuerzo, ¿saltarían al suelo las gotas? Teflón se conoce como C_2F_2, yo creo, aunque no estaré segura hasta la prepa cuando pueda tomar química. No sé si la maestra de ciencias de este año sea capaz de saberlo. Pues C_2F_2 hace que la falda me dé comezón. Leí en alguna parte que los cuadros te engordan. Los verdes me engordan más que los azules, yo creo. Pero los colores oscuros te enflacan. Tal vez por eso me veo normal. Lo oscuro cancela el patrón feo. Como los dos lados de una ecuación algebraica.

Si puedo soportar los primeros días, ya todo se normalizará. Para pasado mañana habré tomado todas las clases por lo menos una vez y no estaré tan nerviosa. Ahorita no me acuerdo cuándo Amaya empieza las clases.

No puedo creer que todavía haya tanta ropa sucia en las escaleras esperando ser lavada. Esta casa está cochinita, en serio. Una cascada colorada de pantaletas y sostenes y camisas.

Uy, hasta en el primer día de escuela Mamá me dejó el desayuno en la mesa. ¿Ni siquiera va a bajar a despedirme hoy? Bueno... está bien. No es como si no conociera la escuela, después de todo estoy en mi último año de secundaria. Y además, entiendo que está muy ocupada con el artículo y que sí o sí tienen que entregarlo esta semana. En fin.

Ya es hora de comprar nuevos *Cheerios*. Estos están pasados. Y necesitamos más leche. Tengo que hacer una lista cuando vuelva de la escuela.

No quiero traer cosas de sobra conmigo, porque siempre traigo demasiados cuadernos y lápices, y siempre me arrepiento después, porque todos los profes hacen lo mismo el primer día. Dan libros, explican el plan del semestre y demás.

Ay, va a hacer calor afuera y aún más en el metro. ¿Quién habrá tomado la decisión ilógica de fabricar estos blazers de pura lana? Si nos van a obligar a llevarlos, por los menos deben tener alguna mezcla de algodón. O tener distintos blazers para el invierno y la primavera, algo. Juro que después de graduarme de aquí jamás voy a usar el azul marino. Y desde luego rechazaré los cuadros.

¿Cuánto tiempo ahorraría si Mami me llevara a la escuela en vez de yo tomar el metro desde Alexandria? ¿Y cuántos galones de gasolina se ahorrarían cada año si no me llevara? ¿Cuántos si Amaya nunca llevara el carro de Papi a la uni para serles chófer a sus amigos los fines de semana?

No importa la temporada, siempre hace calor en las estaciones de metro. Odio llegar a la escuela sudando. Luego tengo que pasar el día entero en ropa humedecida, fuchi. ¿Por qué le habrán puesto *Foggy Bottom*? ¿Fondo de qué? ¿Trasero de neblina, o qué? *Foggy Bottom* suena ligeramente vulgar. Van Ness a eso de las ocho. Una pesadilla. Una cuadra, dos cuadras más. ¿Cuánto puedo sudar caminando dos cuadras? Ya. Ahí vamos. La reunión matutina hasta las ocho y media, luego qué. Hoy tengo álgebra avanzada, francés, inglés. Y mañana historia, ciencias de la tierra, arte, música. Vaya. Sólo dieciséis años más hasta un doctorado.

Las siete cincuenta y tres. ¿Tengo tiempo para una taza de chocolate caliente? No se ve lleno todavía, faltan muchos. Pero hace calor. Tal vez té. Sólo las cocinas industriales pueden oler a *Eggos* tostados y a carne de res con judías verdes a la vez. Empapadas. Mustias sobre las orillas de los platos. Fuchi. No se nota tanto el mal sabor del agua con el chocolate como con el té. ¿Por qué no usan agua filtrada? Mejor chocolate.

Saint John, San-yun, Sánchez, ha de ser un poco más patrás, ajá ya, Salazar-Aguilar. Uf, no extrañé la dureza de estas banquetas. Wow, nadie en esta fila que yo conozca, serán nuevos todos. Tiene demasiada agua, le hubiera echado cremita. De veras odio estas grandes introducciones al año escolar, ¿por qué no podemos simplemente decirnos "Hola, ya estamos aquí de nuevo, adelante", y ya? Los ritos humanos, híjole, si sabemos todos lo que está pasando y todavía tenemos necesidad de esto.

¡Oh, Amrita! Hace mucho que no la veo, no sé, como dos meses. *¡Oye, Amrita!* Qué bonito su cabello, está muy largo. Subió de peso un poquito, se ve bonita.

¡Eeey, Alda! ¿Qué onda, cómo te fueron las vacaciones?

¿Cuántas veces voy a oír esa pregunta esta semana? Voy a contar. Una. *Nombre, bien, regular, tú sabes. ¿Cómo te fue en la India? ¡Cuéntame!*

Los ojos en blanco, exasperada. Una sonrisa, pero bien, aunque no lo admite del todo.

Ay, pues, como siempre, los abuelos muy así. Ay, tú sabes, así. ¿Sales con alguien?, ¿es hindú? Y mi mamá así de ay, no, está muy joven y así.

¿Y Amir? ¿Cómo está? Lo habrás extrañado. Dos meses me parece mucho tiempo. No se ve afectada.

Síii, mucho, no sabes. Ey, allí está.

¡Dónde, ah, hola!

Sí, lo extrañé mucho, pero sabes cómo mi familia me tenía ocupada y tal.

Bueno, luego me cuentas. ¿De veras esperas que ella defienda su relación contra sus papás y contra su cultura? Tiene doce años. Tú tienes doce años. ¿Con qué derecho crees que Amir se merece a alguien mejor? Ni siquiera has tenido tu regla. Dios, ¿por qué te importa esto?

Sí, te mando mensaje.

Ándale, bye.

Hola.

¿Ah? Quién es... wow, qué bonita.

Hola... ¿tás perdida?

Risa, alivio. Será nueva.

Soy Alda, ¿cómo te llamas?

Ayla.

Qué bonito nombre. ¿Eres nueva? ¿En qué año estás?

Gracias. En el octavo.

Qué bien, yo también. Nomás tienes que encontrar tu nombre aquí en la lista y te sientas allí. ¿Cuál es tu apellido?

Akin.

Ayla Akin. Me gusta mucho tu nombre. Estarás por aquí, todas las filas van por orden alfabético, no nos separan por edades. Me gusta eso, de hecho. Menos jerárquico.

Muchas gracias.

Sus mejillas se ruborizan como las de un dibujo animado. Su frente no se ruboriza. Rosita. Fresita. *¿Cuál es tu primera clase?* Su papelito se ve manchado de sudor.

Álgebra, nooo. Soy muy mala para las matemáticas.

Oh, yo tengo álgebra también. Pero la clase suya no será la avanzada, ¿o sí?... *Te llevo si quieres.*

¡Oh, muchas gracias!

Como si su boca quisiera decir otra cosa, pero... *Pues te encuentro después, ¿ah?* Tiene mariositas en la barriga.

A nadie le importan estos discursos. Poco a poco nos iremos enterando de los cambios, en todo caso, ¿por qué insisten en esta ceremonia grande? Mmm. El profe de matemáticas es nuevo. ¿Qué clase enseñará? Pobres, allí en fila, enfrente de todos. Goya, tres de mayo.

Y estamos muy agradecidos de darles la bienvenida a nuestros nuevos profesores aquí en Washington Academy *y esperamos que su futuro en nuestra institución sea fructífero.*

¿Cuánto tiempo durarán antes de irse para otro lado?

Un aplauso, por favor, para nuestros nuevos profesores.

Qué vergüenza tienen, pobres, regresados al kínder, como si no pudiéramos ver todos la ridiculez. Creen que, por ser nosotros tan jóvenes, tienen una obligación de proveernos estructuras y enseñarnos ritos. ¿A qué edad adquiere profundidad un rito? Con los años, de voluntad propia, ¿se madura un rito como una ciruela? ¿O fingimos siempre, y es ese fingir de común acuerdo, lo que le provee su profundidad? ¿O siempre es vacío y pretendemos que sea significativo?

Me duele la espalda, gracias a esta pinche madera. Ay, y ahora contra la corriente para encontrar a Ayla.

Ayla, eh, ¡hola! Pues ya tuviste la experiencia de la reunión matutina. Ya te hartarás. Qué bonita ¿Farsi?

De Turquía.

¡Qué padre! ¿Hablas turco?

Apenas puedo hablar otra lengua.

Mentira, tu inglés está muy bien.

Sabes que no es verdad. ¿Y tú eres de aquí?

Yo sí, nací aquí, pero en mi casa sólo hablamos español. No aprendí inglés hasta llegar a la escuela. Mira, aquí estamos. Este edificio es de las matemáticas y ciencias. ¿Ves?, este pasillo es el de matemáticas y aquí estás.

Muchas gracias por traerme. ¿Dónde vas a estar tú?

Aquí enfrente, tengo álgebra también.

Tal vez te veo luego.

Sí, nos vemos aquí después. Qué horrible es ser nuevo, es espantoso.

Si no me siento frente al pizarrón, se ve borroso. Y si me siento al frente, soy barbera. Tal vez lo soy. ¿No lo pensarán todos ya? Y qué importa. Lo peor es este momento después del hiato, tan superficial, no más convención social, palabras ciegas. Vacías. Superficial como la fina piel de leche quemada del chocolate caliente. Qué asco de veras, asco que me llega a los reflejos nauseabundos. Todo el polvo delicioso disuelto allí al fondo, en lo profundo de la taza. Ay. Agh, sí, qué tal tu verano. Dos. Tres. Hola, Kaylee, cuatro.

¿Podré ver desde acá? Sí, de verdad. Mmm ¿Sólo somos seis? Faltan dos. Ya. Sí, mi verano perfecto, gracias. Cinco. Seis. Ya. Ya, ya. No más saludos de este tipo para esta clase. ¿Por qué no podemos todos empezar donde dejamos el asunto en la primavera? ¿Qué quieren, qué hay detrás de eso? ¿Es un interés verdadero? A veces, ¿No? ¿No puede ser curiosidad genuina? ¿Hasta qué punto nos escapamos, hasta qué punto nos podemos escapar de la convención? Sólo somos seis. Nadie se puede esconder. ¿Ya es la hora, no?

Ah, tenemos el nuevo. Mmm. Qué bajito está. ¿Será de mi tamaño? Un poco más alto, ¿cinco pies, dos pulgadas? De veras medirá algo así. Habrá sido difícil para usted en la escuela…

Buenos días, hola a todos, ¿cómo están?

Hijos de la granada, qué voz. A qué me suena a Mickey. No seas horrible, no está tan fea. Que sí.

Soy el señor Campanas, me pueden llamar como quieran. Señor, profe, Campanas, oye tú, como quieran.

Por lo menos tiene un sentido de humor. Habrá sido difícil para usted, se habrían reído… Los niños son pendejos. Crueles. ¿Por qué nunca piensan por sí mismos? ¿Qué esperas de los niños, qué sean como tú? Si no eres como ellos. ¿Por qué deberían ser como tú? ¿No eres hipócrita, no es cierto que les pides a ellos un comportamiento específico, igual a como si te pidieran un comportamiento específico a ti? No más que las expectativas son diferentes. ¿Sí, pero no son más honradas las mías? ¿Lo son? ¿Según quién? ¿Quién eres tú?

Suda mucho. Ropa de colores de los setenta. Piel muy grasosa, brillo alrededor de las aletas de la nariz. Manos anchas. Dedos rellenos, como salchichas.

Siento calor. Siento las mejillas muy ardientes. Qué ridículo que esto ocurra cuando pasan lista. No estoy en el programa de David Letterman, no más está pasando lista, por dios. Me pega su mirada. Soy la última.

Mucho gusto, Alda.

¿Por qué mucho gusto a mí y no a los demás? ¿Por ser la última? ¿O será que ya oyó algo de mí? Seguramente chismean los profes en una escuela tan pequeña. Y qué más tienen en común, ni modo que se cuenten sus historias de esposo y niños… ¿o sí?

Ojos azules, pero azules como sucios, no claros. Como agua teñida de arena, algo así. Serán así las bocas de los tributarios. ¿O depositan bien su sedimento para que no interfiera con el color del río? Azul estudiándome. Los demás estudiándome, como qué diablos… Qué hice, no hice nada. Siento la piel en llamas. ¿Cuántos segundos me ha estado mirando? Los ojos de los otros en mi nuca. Quite su mirada, oiga, qué pasa. Ya. Por fin se volteó, uy.

Ay, no puede ser. Una prueba sorpresa, no puede ser, ¿el primer día? A ver. Ah bueno, no está tan mal. Y ah, bueno, está refácil, a ver, esto es esto y esto es esto, esto es igual a 2y-36 y esto tiene coseno. Qué malo, ni siquiera hemos estudiado la trigonometría a estos niveles. ¿Querrá saber nuestro nivel o qué? A quién está mirando, ¿a mí? Si levanto la mirada me verá, nos miraremos en los ojos, no, en absoluto, no. Ya. ¿Lo reviso? Na. Ay, me duele el coxis. Siento frío en los muslos, ay, es sudor, cosquilla de gota en mi piel, hasta el talón llegará, ¿lo notará alguien? Tome, señor. ¿Ya me puedo ir? No estoy segura. ¿Ya? Ah. Ya. Aparte la mirada, señor...

Ups. Se me había olvidado. Ella se ve aliviada de verme. Espero no tener que llevarla a todas sus clases hoy. Pero no seas mala, todo el mundo está hecho un desastre el primer día. No generalices. ¿Por qué tienes que generalizarlo tanto? Pues, ¿cómo aprendo a particularizar? Si alguien me enseñara una manera de restringir mis pensamientos, lo haría. ¿Lo harías de veras? ¿Quién te va a enseñar eso? ¿No se aprenden estas cosas solita? Así que, ¿qué te molesta de tener que enseñarle toditito el primer día, o hasta la primera semana? La dependencia. La dependencia de ella en mí. ¿Te molesta una dependencia de ocho horas? No, me molesta la dependencia por un semestre. Pero si ya sabes que las arrugas se planchan solitas en los primeros días, la aprensiva eres tú. Ya. ¿Y qué tiene de malo que te necesiten? ¿Son la misma cosa? Te abandonará dentro de treinta y seis horas. Una semana máxima. Hace una hora estabas muy emocionada de tener una nueva amiga que habla turco, para tu club de lingüística. ¿Qué pasó, qué cambió? Seguramente ella no se cambió en los cuarenta y pico minutos que estuviste en clase. Hasta te dijo que te esperaría aquí afuera. ¿Tonces? ¿Qué te pasa? Sentías una necesidad en él, admítelo. Eso es lo que te altera, sentías algo salir de ti cuando él te miraba. No es nada, no tengo evidencia de nada. Cierto. Pero tienes tu instinto. Las veces que el instinto falla son innumerables. El instinto es un antiguo vestigio biológico de las épocas históricas cuando el ser humano actuaba instintivamente, no racionalmente. Como el apéndice. Inútil, superfluo. ¿A quién intentas convencer de esto? Tú no te lo crees ni por un instante. ¿Cómo voy a actuar de cierta forma basada en algo insignificante que me hizo sentir raro? No vas a actuar nada, contrólate. Si quieres ser racional, sélo. Olvídate de lo demás. Quizás son mis hormonas las que me provocan pánico. Pinche pubertad. Es posible. Y regresamos a lo biológico.

Hola.

Hola. ¿Cómo te fue? ¿Cómo se dice eso en turco?

Merhaba. Nasılsın?

¿Perdón?

Que cómo estás.

Ah, ok. Bueno, bien. Odio el primer día. Ella tiene una sonrisa muy bonita, de veras.

Sí, es lo peor, ¿qué tienes ahora?

Tengo libre ahora y luego inglés, digo, artes del lenguaje.

¿Artes del lenguaje?

Así se llama aquí, ¿lo puedes creer?

¿Tan complicado se llama?

Bienvenida al sistema educativo estadounidense. Les gusta complicar las cosas para que parezcan intelectuales. Pero realmente es inglés, sabes, escribir, leer, etcétera. Más que nada leer. ¿Dónde te llevo? Dónde te dejo. Ya cálmate. *¿Qué clase tienes?*

No sé, parece que tengo español.

Yupi, ¿es la primera vez que lo tomas?

Sí. No se ofrece con tanta frecuencia en Turquía.

Me imagino. Y ¿qué se ofrece?

Árabe, inglés… francés.

Este es el pasillo de lenguas extranjeras. Todas se encuentran en este pasillo, español, francés, chino, árabe.

¿No hay alemán?

Lo quitaron el año pasado a favor del árabe. Hubo un voto y todo, increíble. Pero lo puedes estudiar todavía en la escuela superior si quieres. Bueno, voy a bajar al sótano.

¿A las computadoras?

Sí. Me encuentras allí si quieres.

Nos vemos allí. Bye!

Bye. Ay, qué frío hace, supongo que el aire acondicionado funciona mejor aquí abajo. El calor sube. Las moléculas se mueven más rápido en el aire caliente. Es menos pesado, el aire frío se hunde. Quizás por eso siempre tengo los pies fríos. ¿O será mala circulación? Pero no tengo las manos frías con la misma frecuencia.

Qué raro, todavía recuerdo mi ID y contraseña aquí. A ver, marcadores personales, qué conveniente que todo esto se guarde aun en el verano. ¿Cuánto espacio en el servidor ocuparía esto? ¿Cuánto espacio habrá para cada uno en la escuela superior? ¿Cinco gigabitas? ¿Una gigabita? No tendremos un servidor muy grande aquí, si nomás nos dan una gigabita. Sería más eficiente tener un servidor y conectar todos los niveles de la primaria hasta el último año de la prepa en una red gigantesca. Podríamos hacer investigaciones entre nosotros o proyectos entre escuelas, así, trabajos colaborativos entre los menores y mayores.

Sillas enfrente del espejo y todas con sus caras blancas. Menos la mía. Pero soy bastante clara. Y claro es relativo. En África sería europea, en México soy güerita, aquí de pronto soy mexicana, en Inglaterra me vería muy hindú. A ver, el país punto com, qué hay hoy.

Ahora parece que en la academia se están cambiando de términos otra vez, si los artículos que tiene Mami reflejan lo actual. Los blancos son Europeo-Americanos, con mayúscula naturalmente. ¿Y si no son de Europa? Hace mucho que los europeos llegaron a Groenlandia, que es parte de Norteamérica. No creo que se consideren europeo-groenlandeses. Son nomás groenlandeses. Y que yo sepa, son blancos, escandinavos. Los negros no son negros, son Afro-Americanos, pero ¿si no son de África? Si pasaron primero de África a Cuba o a Dominicana y luego acá, ¿son afrolatinocubanoamericanos? Aquí mexicana y allá gringa, latinagringa, hispanalatinamexicana. ¿Qué tanto se consideran mexicanos o norteamericanos Mami y Papi? ¿De qué te sirve un pasaporte norteamericano? Amaya tiene la ciudadanía doble y parece menos mexicana que yo. Con su español mediocrito. Hablará nomás inglés con sus hermanas de fraternidad.

¿Me corto el cabello? Todas las mexicanas lo tienen de este tamaño así, hasta los omoplatos. Trenzas para la quinceañera. ¿Qué mexicanas? Aquí tú eres la única. ¿Hasta dónde quieres el pelo tú? ¿Hasta la mandíbula, los hombros, la cintura? Mami lo tiene corto y siempre comenta que quiere poder recogérselo. El país punto com. ¿De dónde es? Este periódico es español. Madrileño. Y qué. Y tú lo puedes leer. Cuánto te hiere la falta de un poco de contexto cultural, de veras, ¡cuánto! Eres de todo el mundo, todo el mundo es tu hogar. ¿De veras? ¿Globalista? En principio. ¿Por qué hay esta obsesión con frontera y nación? Si es fluido. Aunque quisiéramos que no fuese así, los idiomas lo reflejan. No se habla nada fijo en una frontera, inventamos la barrera y nos creamos el intermedio, no-tiempo no-nación no-lengua no-yo.

Obama por fin decidió retirar las tropas de Irak, como había prometido, pero nadie especificó nunca quién ganó la guerra. Lo cual quiere decir que la perdimos, como en Vietnam, o que nadie lo sabe. ¿Cómo puedes gastar miles de millones de dólares y no saber si ganaste o no? ¿Qué individuo en su sano juicio invertiría un dineral en una causa que ni siquiera se sabe si da fruto o no? Nadie. Pero para un presidente, las cantidades de dinero probablemente eran tan astronómicas que su cerebro ni siquiera podía procesar tal cantidad de ceros. Obviamente. Y no era su dinero. Habiendo sido su propio dinero, no se hubiera tomado ningún riesgo, seguro. Pero eran los dólares de un gobierno, un concepto abstracto que no tiene cara, no la plata de los contribuyentes, muchos de los cuales son pobres, de todas formas, y que según él valen menos que los de su supuesto estatus. Qué lindo él. ¿Cómo íbamos a ganar una guerra si la lucha cambiaba de principio y objetivo cada día? Apenas recordamos esos días de las armas de destrucción masiva que hasta tenía abreviación de WMD. Como un sueño. Una pesadilla que W por fin admitió. Tiene las mismas iniciales que el primer presidente. Vaya insulto.

Palin otra vez usando un lenguaje inflamatorio para llamar la atención como una princesa. Me recuerda a una Paris Hilton política. *La Jornada*, pues. Qué hay de cultura. Sarah aparece de idiota en todos, pero todos a ver, *El País*, sí, *La Jornada*, sí, *El Excelsior*, sí, *New York Times*, sí, *Washington Post*, *The Times*, *Le Mond*, *Die Welt*, *Die Zeit*, hasta en *Der Spiegel*. A *Time* y a *Newsweek* recientemente los habrán comprado los republicanos o algo. De pronto ni siquiera hay el esfuerzo de exponer las mentirotas. Como si a los norteamericanos les importaran las mentiras. Son felices de ser engañados, siempre que no les molestes en su vida diaria y su consumo. Pronto Sarah va a aparecer en *America's Next Top Model* y *Vogue*; pero de veras, Diana-la-cazadora, ¿qué vas a hacer para el país? ¿Cómo puedes apoyarlos, Papá? Y, ¿cómo no le puede importar un comino a Mamá? ¿Por quién votará Amaya en la siguiente elección? ¿Votará? ¿Sabe cómo se llaman los candidatos, ha estado prestando atención? Cuánto daría yo por poder votar en su lugar, dado que no le ha importado una elección nunca. El primer chance que tiene para votar, imagínate. Ay, me queda sólo media hora. Nevada es el estado con mayor desempleo. ¿Cómo, si su economía parece generar mucha plata? Los mercados asiáticos están en caída. Ellos tienen doce horas de ventaja. ¿Qué nos puede pasar durante la noche mientras las otras zonas temporales hacen lo suyo? ¿Cómo nos podemos salvar, aún con setecientos mil millones de dólares?

Esta versión de Word parece muy vieja, qué versión será, Office 2004 tal vez. Ya tenían que haber actualizado todo esto, ¿Qué? ¿no tenemos el presupuesto para promovernos a Office 2010? Uno pensaría que con las donaciones…

Estimada señora Palin,

Mi nombre es Alda y soy humanitaria. Me gustaría conocerla humanamente. ¿Me creería si yo dijera que iría a Alaska para conocerla? Podrían verificar, si quieren, que no traigo micrófonos ocultos, si cree que eso es necesario en una niña de doce años.

Admiro mucho su capacidad de movilizar a las mujeres para que tengan voz en la política. Gracias a su ejemplo, varias mujeres fueron elegidas en las elecciones pasadas. Sin embargo, temo que tenga más interés en movilizar a las mujeres de su propio partido. Me parece muy interesante que sea el partido conservador el que está promocionando este movimiento feminista, siendo los democráticos los que normalmente promueven los avances sociales. ¿Por qué será que la senadora Clinton no parece mostrar tanto interés en este fenómeno? De hecho, no menciona nada acerca del asunto. ¿Será que el feminismo y el progreso simplemente se viven, se actúan, sin llamar la atención explícitamente? ¿Está usted de acuerdo con que una subsección de su partido la utilice como estrella femenina para el partido derechista, al mismo tiempo insultándola? ¿No ve que, al demandar que usted se pinte como un símbolo de sexo mientras cocina, habla de política y la conservación de la familia, y en su tiempo libre haga deportes en la nieve y cace animalitos, esto la devuelve a un período histórico adonde ninguna mujer en el siglo veintiuno debería de estar? Usted podría ser el arquetipo de la ama de casa deseada y plenamente maquillada de los años cincuenta y al mismo tiempo una buena esposita en el viejo oeste matando a las bestias para un guiso en el siglo diecinueve, y quizás en otro momento la mujer del siglo veinte que rechaza cualquier derecho para su propio cuerpo, negándose el placer sexual bajo la apariencia de la responsabilidad de abstenerse del acto amoroso.

Por otra parte, ¿cómo puede sentirse orgullosa de ser una contribuyente al partido que invadió Irak? ¿Qué piensa de ese país, estallado al final de la última presidencia republicana? ¿Y de Irán, que está lleno de más y más odio contra nosotros y todo lo que apoyamos? ¿Y de Afganistán, en su invasión de príncipes ingleses y paparazzi británico BBC, CNN, MSNBC, mientras los ciudadanos sorbían su última gota de aire? ¿Y de Pakistán, que nació el siglo pasado y sin embargo está atrapado en su infancia? ¿Qué de ellos? ¿Quién los ayuda con el desarrollo de su integridad nacional? ¿Sus vecinos vistos como padres opresivos? ¿Nosotros? ¿Quién los atiende? Se ve a ese país como a un niño de terribles dos, travieso, buscando modelos de su propio género, ¿quiénes lo van a representar? Señora Palin, temo que...

¡Ay, diez minutos! ¿Cómo pasaron tan rápido?

Hola.

Hola, ¿qué tal tu clase? Ay, aquí está otra vez. Paciencia, tranquila, no más es el primer día. Tú sabes cómo estos patrones se alteran. Sobre todo a nuestra edad, y bajo estas circunstancias. En serio, cálmate, dale seguridad estos primeros días, deja de controlar tanto el futuro, ya sabes que es mero engaño.

Bien, no sé, parece difícil.

Yo te ayudo si quieres.

Oye Alda, me duele la panza mucho.

¡No! Y ¿por qué?

Creo que tengo hambre.

Ah, pues allí al fondo se venden panecitos en el lounge, así donas y bagels y demás. Mira, vamos rapidito antes de que se forma una colaza. No tienes tiempo para esto, te faltan ocho minutos para la clase. Sí, pero es la profe Murti, puedo llegar tantito tarde. No se enojará de ninguna forma.

Huele a dona, mmm, rico. ¿Quiero una? Ay, tienen las de canela y azúcar, ¿por qué no?

Oh, tienen bagels.

Sí, creo que cuestan no más un dólar. No, ¿cuántas calorías tendrá esa dona? ¿Cuatrocientas? Una caloría en realidad es la cantidad de energía requerida para calentar un kilogramo de agua un grado centígrado, y lo que medimos de comida es en realidad mil calorías, o sea cuatrocientas serían cuatrocientas mil calorías, cuatrocientas mil para calentar un kilogramo de agua de veintidós grados a veintitrés.

¿De veras la necesito, de veras la quiero? ¿Vale sus calorías? Vas a comer una ensalada luego de la siguiente clase, entonces... ¿No puedes esperar?

Un bagel, por favor. De esteee, de pasas y ¿cómo se llama?

¿Canela?

Ah sí, canela.

Ya con eso le intrigó al pobre Matt, míralo nomás.

Toma. ¿No quieres queso crema?

Su voz, pobrecito, qué desafino, será aun peor para los chicos pasar por la pubertad que para las chicas, porque todo es tan obvio. Cada vez que se les va la voz, hijos, siempre hay oportunidad para comentarios, ¿no?, de los otros, como un anuncio fluorescente en la frente: bienvenido a la pubertad. Si estás en ello nunca lo mencionas, pues forma parte de tu vida. Si pones la nariz en una hoja del periódico e intentas leerla, sólo ves puntitos prietitos infinitos hasta retirarte a ver un poco más borroso y luego una letra, una palabra, una plana. Qué raro que esto de ver sin detalle es lo que te permite entender la frase. Los únicos que le ponen nombre a la pubertad son los adultos, los que ya pasaron por eso, ¿por qué será eso? ¿Tenemos vergüenza de decirlo en voz alta, o simplemente estamos demasiado cerca? ¿O nos gusta creer que realmente no estamos pasando por esto para no enfrentarlo? Estoy en la pubertad. Ya. Lo dije. Pobre de Matt, que lo peor será en este momento la evidencia de que la situación realmente es esta, esta etapa, territorio de no-niño, no-adulto, todo confuso aunque parezca claro, según los mayores. Yo no lo encuentro tan horrible, pero Mamá dice que jamás quisiera regresar a esa época. Será muy padre ser adulto o algo, porque…

Sí, ¿me das queso crema?

Claro. Es un dólar.

Invítala si te gusta, tonto. ¿La va a invitar? Pues invítala tú. *Permíteme, Ayla, mira, toma. Ah y por cierto, te presento a Matt. Matt, Ayla.*

Oye, hola.

Mucho gusto.

Tonto, te perdiste como tres oportunidades de demostrarle que eres un encanto absoluto. En serio, eso sería la peor parte de la pubertad, andar tan perdido.

¿No quieres nada, Alda?

Yo nada. Estoy bien.

Pues gracias. Nos vemos, Matt.

Bye.

Que hubiera una droga que bloqueara la habilidad de ruborizarse. Pobre.

¿Y ahora, dónde?

Yo voy a inglés. Un descanso será bienvenido.

¿Qué es ese papelito?

¿Este? Ah, nada, algo que estaba escribiendo en las compus.

¿Ya estás escribiendo tareas, ya te dieron? No me dieron nada.

No no, era una carta.

Ah, ¿a un amigo de México?

Que metiche… en México también tenemos correo electrónico, de veras que sí. *No, de hecho, era una carta a la gobernadora Palin.* Ya viene, la mirada de "por qué coño" de "qué raro" de "quién eres y qué haces" de ceño fruncido y nariz alterada, arruga ligera en el labio superior, allí está, apenas naciendo de un brote de confusión, a ver qué palabras la acompañan…

Está padre.

Ay, sí.

Deberías hablar con mi papá, él habla siempre de la política, pero no le entiendo nada, la historia y la política no me importan nada. Tú podrías ser la hija que siempre quería tener.

¡Uy, eso salió de la nada! No se llevan bien entonces, ¿o ella siente que su papá no la quiere? *¿Qué hace tu papá?*

Es profesor.

Ajá, pues sí me gustaría, pero no sé si lo conoceré y… y no quiero imponerme en tu territorio…

Qué va, claro que lo vas a conocer algún día, eres mi amiga.

A ver si en dos semanas. Con lo rápido que pasan las cosas sociales aquí. A ver, muchacha. *Bueno, tengo que irme ya a clase, ya llego tarde.*

Sí, sí, nos vemos después, voy a las compus.

Ándale, te veo después, bye.

Bye.

Se ve lindísima en su traje salwar. Y el color mostaza le queda perfecto. Su cabello tantito más canoso, pero brillante. Plata con cierto brillo azul. Y huele a champú de salvia, aun desde acá, huele a hierbas orgánicas. Tal vez use ese champú que venden, no me acuerdo cómo se llama, creo que aumenta el brillo del cabello gris. Párpados de plomo sedosos. ¿De aburrimiento? ¿Desilusión? ¿Cansancio? Qué ocurrirá en la vida de ellos después de la escuela, adónde irán, con quién. Aquí es donde ejercen su control. ¿Será siempre su recompensa, su organización contra lo demás? ¿Su manera de recuperar la esperanza frente a la total desolación social? ¿Estaré analizando demás? Para cuántos será no más una fuente de ingresos, un talento sin gozo, un síntoma de sus personalidades. Cuántos lo usarán para otra cosa... Párate ya. De veras. Ya.

Profesora Murti, ¿tengo tiempo para ir al baño antes de clase?

Claro, Alda, bueno, faltan dos minutos.

Ahorita vuelvo. Se me olvidó qué tan bella es su manera de hablar, ¿cómo diría Mamá en lingüística?, sus suprasegmentales son musicales, bonitas. Mi cartita encima, a ver si le echa una mirada curiosa, está a su alcance...

¿Por qué siempre hace tanto calor en este baño, no deberían de tener más ventilación que en el resto del edificio? No sé por qué me esfuerzo en ponerme ropa interior, si la ropa te cubre, ese es el punto de la ropa en todo caso. ¿Cómo habría empezado esta costumbre en primer lugar? Porque las culturas antiguas no eran tan puritanas como se hicieron luego y francamente como lo son ahora, en serio, ¿por qué? Los chicos usan calzones porque tienen algo que sostener, pero ¿y nosotras? Por solidaridad o qué. De hecho, es un poco ridículo. Ellos no tienen nada que sostener en el torso y por eso mismo muy pocas veces usan una camiseta interior, nomás si sudan mucho o si quieren bloquear la transpiración a una camisa fina. Papá jamás las usa. A lo mejor no suda. Pero las mujeres tienen algo que sostener allí, así que el sostén sí es lógico, lo que no parece tan lógicas son estas pantaletas, ¿para qué sirven realmente? Son una lata, la verdad, por qué las tengo que usar. Por pura educación, verdad, ni siquiera hay lógica detrás. ¿Y si alguien levanta tu falda, si el viento sopla? ¿No es igualmente embarazoso que alguien sepa el color y la marca de pantaletas que usas a que vea tu misma anatomía? Todo el mundo sabe cómo es la anatomía de una mujer, pero no todos saben tu preferencia de ropa interior. Bueno, más bien se usa para seducir, ¿no? Como si yo quisiera hacer eso. Ni que hubiera una *Victoria's Secret* para menores. Qué pecado en realidad. Como *Vicky Juniors* o algo, ay no, cómo se me ocurre. Bueno, ¿qué pasaría en realidad si no usara ropa interior por un día? El mundo no deja de girar, obviamente. Además, con el calor que se está haciendo aquí... Sí, está mucho mejor aquí en esta sala. Su mirada hacia mi carta. Qué va a decir.

Ah, bueno, sí, la clase tiene que comenzar. Tiene el espíritu más efervescente que he visto, en realidad es como una niña sabia que nunca se desilusionó. Espero que leamos mucho en esta clase. Debe ser más difícil a estas alturas. A ver a ver, ¿qué vamos a leer? Oh. Pues todos estos cuentos ya me los leí y las colecciones también. Oh, pero aquí hay algo de teatro, a lo mejor podemos actuarlo. Ay, pero voy a estar tan aburrida. Menos mal, por lo menos será fácil la clase. Sí, pero no quiero que sea tan fácil. Prefiero que las ciencias y matemáticas sean fáciles y no lo son. Ajá, muy buena idea para una que quiera ser médica, no aprender bien las ciencias. Ay, pero con toda sinceridad, ¿cuánto se usan las matemáticas avanzadas en la práctica de la medicina? Bueno, las dosis, las publicaciones. Pero para todo eso ya habrá programas de computación de estadística y demás, hasta habrá aplicaciones disponibles para el iPhone para hacer ese tipo de pedantería. Y si quieres ser médica, la literatura te ayudará a conocer la humanidad, así que mejor realmente que tengas un buen reto en todo. A lo mejor la profesora Murti estaría dispuesta a ofrecerte ayuda extra o una tutoría extra o algo. Uy, no estoy prestando atención realmente, ¿qué decía? Qué vergüenza.

A ver, por fin estamos a punto de terminar. Me duele la panza, ¿qué habrá para comer y a la mesa de quién estaré asignada? Espero que sea alguien interesante.

Alda, ¿tienes un momento?

Uy, y yo aquí andando en otro planeta. Me va a regañar, supongo.

Bueno, ¿cómo estuvo tu verano, para empezar?

Muy bien, profesora Murti, mi papá trabajando mucho, como siempre, y mi mamá haciendo una investigación particular que tiene que entregar a una revista esta misma semana, así que está más o menos estresada. ¿Y usted? ¿Fue a la India?

Sí, fui a Chennai y a Delhi, así que estuvo muy bien.

Qué padre. A propósito de eso, he estado pensando últimamente en las relaciones entre la India y el Pakistán.

¿Ah sí? ¿Qué has estado pensando?

Uy, allí está otra vez esperándome afuera. ¡Pero quiero hablar de esto! ¿No puede encontrar la sala de comer solita? No seas mala, seguro que la vio en ese recorrido que hacen con los nuevos estudiantes, pero es mucho más bonito ir con alguien, ¿no?

Bueno, veo que tienes a alguien allí afuera esperándote y ya es hora de comer, pero te quería preguntar de la lista de lecturas en esta clase.

¿Ah sí? A lo mejor le puedes proponer un estudio independiente. ¿No sería padre estar con ella todos los días hablando, sólo tú y ella?

Sí, quería saber cuántas de esas obras te habías leído, pues ya te conozco, Alda.

Qué bella risa tiene, burbujeante, cuando se ríe, pierde treinta años. *Bueno, en realidad sólo hay una o dos, esas obras de teatro, que todavía no leo. Y de hecho, no sé si tendría tiempo, pero estaba pensando que a lo mejor yo podría hacer algo como un estudio independiente. Una vez Amaya lo hizo en la escuela superior, pero no sé.*

Bueno, se me ocurrió algo similar.

¿De veras? ¿De veras se puede? Estaría tan padre trabajar juntas.

Pero no sería exactamente un estudio independiente.

Oh. Uy, ¿de dónde surgió este dolor en mi esternón? Uy, es como se sentirá la bomba de agua que se hunde para sacar la lluvia de nuestro sótano.

Un estudio independiente, en principio, reemplaza una clase normal y a este nivel, todas las clases son obligatorias como currículum.

Pero ¿por qué me lo dice como si no lo supiera? Siempre hay excepciones... suena como una oficial de la oficina de admisiones.

Sin embargo, creo que podemos hacer un arreglo entre nosotras, porque no me parece justo que estés aburrida.

¿Justo? ¿Justo, profesora, cómo?

Mira, Alda, eres muy avanzada para tu edad. Lees, por voluntad propia, obras que muchos estudiantes de la universidad no entienden. ¿Cuándo fue la última vez que sentiste un reto en una clase, sobre todo en una de literatura?

Pues no sé realmente... ¿Debe ser un reto? ¿Hay manera de diseñar un estudio para desafiarme? Uy, todavía Ayla está allí afuera esperándome.

Vamos a llegar tarde. Ahora sí temo llegar tarde, todos nos van a mirar cuando lleguemos.

Fíjate cómo la educación en los Estados Unidos está diseñada para ayudar al promedio y a los que más encuentran dificultades en la escuela. Siempre habrá programas especiales para ellos, programas extra, ayuda extra, lo cual es positivo y una señal de una sociedad progresiva. El problema es que, al enfocarse tanto en ese lado del espectro, se descuida a los más inteligentes, los que conducirán el desplazamiento generacional. Y se crea un efecto de techo en la educación. Los más brillantes no son tan brillantes como en las generaciones previas, porque las expectativas se bajan cada vez más y la gente no llega a su asíntota de potencial. Por eso no es justo que estés aburrida. Mi trabajo es hacerte pensar, aunque a un nivel distinto de los demás.

Qué refrescante.

Entonces propongo lo siguiente: vienes a todas las clases y entregas los trabajos que les doy y en general, finges que todo te sea nuevo. Y por las tardes, vienes a la oficina y discutiremos algunas obras que te interesan más.

La bomba sube otra vez. *Eso sería maravilloso, me encantaría. ¿Con qué empiezo?*

Dado lo que me acabas de decir de la política de la India, creo que tengo algo perfecto para ti. Se llama Los hijos de la medianoche.

¿De Rushdie?

Ajá. En mi opinión, es su mejor obra. Si pasas esta tarde, te doy una copia que tengo por ahí.

Uy, no sabe qué tan emocionada me siento. ¡Muchas, muchas gracias! Qué maravilla tener con quién hablar. No te emociones demasiado, sabes la tendencia que tienes de emocionarte demás. Ya. Y Ayla, la pobre allí esperándome todavía.

¿Vas al comedor, no?

Sí. ¿Le presento a Ayla? ¿Y si le cuenta de nuestro proyecto? ¿Me vería como freak*? No sé...*

Pues vamos, esa pobre chica lleva horas esperándonos.

Hola Ayla, perdón, es que estaba aquí con la profesora Murti hablando de una cosilla. Profesora, ella es Ayla.

Mucho gusto, Ayla. ¿Eres nueva?

Sí, señora, mi familia acaba de venir de Turquía este verano.

Ah, de Turquía, yo pasé un año en Turquía y me encantó.

Ay, qué padre y ¿allí aprendió turco?

En ese momento, sí, hablaba algo de turco, pero ya hace años que no lo practico.

¿Y de dónde es usted?

¿Yo? Soy del sur de la India.

La profesora Murti habla como ocho idiomas y a veces me ayuda con el club lingüístico, ¿no? ¿Cuántos idiomas habla de veras, ya se me ha olvidado?

Pues mi lengua materna es el telugu, luego como la mayoría de los ciudadanos hablo hindi e inglés, más tantito bengalí, tantito turco, y luego alemán. Son seis, en realidad. Alda tiende a exagerar a veces con los políglotos.

De veras, qué bonita risa, me encanta. Sus ojos chispean cuando se ríe.

Wow, qué padre. ¿Ha estado también en Alemania?

Sí, de hecho, allá hice mis estudios universitarios en literatura comparada.

Hay mucha gente de origen turco que vive en Alemania, ¿verdad? Ah, por cierto, este es el comedor. Siempre comemos al estilo familiar, o sea que hay un miembro de la facultad en cada mesa y siempre nos sentamos en la misma mesa con nuestro grupo asignado.

¿Estoy en tu grupo?

No sé, tendremos que ver la lista.

Bueno, niñas, que gocen la comida. Ayla tendrá que explicarte por qué hay tantos turcos en Alemania, Alda.

Ve aquí, mira, estás con —ay, por dios, no, pobrecita— estás con el señor Campanas, aquí en esta mesa. ¡No la lleves allá, te verá! Pues qué voy a hacer, no voy a parar allí a charlar, no más la llevo, y ya.

¿Dónde? Ah. Ah, bueno, entonces hay muchos turcos en Alemania, porque después de la Segunda Guerra Mundial, Alemania se quedó sin mano de obra, así que iniciaron un programa que se llamaba Gästarbeiter, que eran trabajadores temporales y muchos fueron allá a ganarse la vida, de Italia, y montones de Turquía y así. Oye, ¿estás bien?

Sí, no, te estoy escuchando, qué interesante, pero oye, voy a dejarte aquí con este profe y espero que no me oiga si le digo en susurros *voy a la mesa mía.*

¿Cuál es?

No sé por qué se me olvidó mirar, ahorita veo la lista, pero oye, en su oído, como niñas, te estás portando muy mal, es mal educado susurrar *no le tengo confianza a este señor, es nuevo y no sé, no me gusta andar diciendo cosas que no tienen evidencia, pero de veritas hay alguito con él. No le hables, ten cuidado, tengo que ir a mi mesita, te busco luego.*

Uy, la dejaste a su sino. ¿Pues qué voy a hacer? El tipo no ha hecho nada, nomás es un mal presentimiento, no hay evidencia. Ya, qué bien, qué suerte, estoy con la profe Murti, las hadas estarán conmigo hoy...

¡Alda! ¿Estás aquí conmigo? Qué bien. Pues sólo queda un espacio, ya sabes que los estudiantes nunca quieren sentarse al lado de los profes, es la regla general.

Yo sí. Uy, yo sí. De preferencia. *Hola, hola, ¿qué onda, cómo están?* Mmm, los conozco muy poco a todos. Ni un amigo cercano en esta mesa. Qué raro. Bueno, más tiempo con ella. No va a pedir que nos presentemos, ¿verdad? Uy, odio eso, ese constante hola yo soy x cómo te llamas, ay qué interesante, cuando no te importa una migaja y no hay abertura para una conversación más provocadora. Pasemos esto, ya, ¡al grano!

Bueno Alda, mientras nos traen la comida y los demás aquí están en lo suyo, ¿por qué no me dices en qué has estado pensando sobre la situación de Pakistán y la India?

Pues de veras no sé mucho de eso, no entiendo mucho la política mundial, sobre todo de esa región, pero igual lo pienso, ¿sabe? Como que me gustaría diseccionar la complejidad de esas relaciones. Se me hace que, con la presencia furtiva de al Qaeda en Afganistán y ahora en Pakistán también, no sé. Tengo la sensación de que algo va a pasar.

¿Pasar cómo?

Uy, quizás dije demasiado. ¿Habré suavizado las palabras tantito? *No sé, se me ocurrió de repente que después del asesinato de la ministra Bhutto, algún conflicto iba a haber entre las dos regiones, no sé si relacionado con la presencia de al Qaeda u otro grupo terrorista. Dos países vecinos contra un poder mundial que todos odian y un aliado del mundo occidental justo al lado. O sea, nunca hay demasiada felicidad después de una ocupación, pero yo creo que la India sigue llevándose bien con Gran Bretaña y con Estados Unidos. ¿No le parece interesante que, de todas las naciones poderosas que colonizaron a otra gente del mundo en África, Asia y las Américas, los territorios británicos se han llevado mejor con sus antiguos protectorados? Digo, en comparación con Holanda, por ejemplo, o Portugal. Como que los territorios ingleses pudieron establecer una independencia estable con más facilidad. No sé, me parece curioso.*

No sé si eso es cierto, Alda, tendría que pensarlo, nunca lo he pensado de esa forma, pero me encanta cómo analizas las cosas.

Si no tengo razón, no es muy interesante. Es inútil el análisis a menos que dé a una certeza... O una media certeza. Que en todo caso no sería una certeza. Muy bonito pensar que una niña es brillante porque piensa, pero si la inteligencia no resulta un servicio a la sociedad o a su campo, ¿qué valor tiene? Muy, muy bonito que a los profesores les guste, pero... Es que nuestros estándares han caído tanto que casi cualquier cosa vale...

Claro que sí es interesante. Imagínate cómo sería la imaginación humana si siempre fuera una obligación tener razón. A veces ni siquiera hay una respuesta correcta, como ya sabes.

Ajá. Sí, ese es el problema fundamental que me molesta de la política. Ay, vaya mirada que esa chica me está lanzando. El labio superior levantado de un lado, las cejas fruncidas, los ojos pedrosos, granito fresco... el desprecio. *Freak*, estará pensando, barberita. ¿Y a ti te importa? Ahora apenas empieza la presión social, sólo se empeora de aquí en adelante, ¿de veras te vas a dejar afectar por el juicio y los malentendidos de los demás? Si fueran lo suficientemente inteligentes y pensadores, estarías conversando con ellos, pero como no lo son, pues, ¿qué culpa tienes? Qué esnob, cómo se me ocurre...

Creo que todos los que no estamos casados con una política específica chocamos también con ese problema.

Ya, olvídate de esa niña, volviendo al tema... *Pues es que al final, da igual con qué lado me alío, yo sé que hay otro lado que tiene su perspectiva* opuesta y todo es tan subjetivo, ¿sabe? Sin o con los medios que manipulan la opinión pública, hay dos lados y nunca habrá una verdad objetiva, sólo verdades chiquititas, acontecimientos que uno puede juzgar como corrupto o no corrupto, liberal, conservador. Y si quieres que te piensen intelectual e inteligente, tienes que escoger un lado, tienes que opinar, y a veces creo que es esa misma opinión la que nos hace parecer tan estúpidos. Por lo menos si no opinas, admites que realmente no conoces la situación, que realmente no sabes nada opinando desde tan lejos de los asuntos. Aun estando en medio de un conflicto político, formas parte de sólo uno de los lados.

Así es. Luego hay algunas situaciones muy serias, como el genocidio, que son sencillas y uno fácilmente escoge un lado si tiene un poco de humanidad, pero en general, creo que tienes razón, la mayoría de la política es mucho más complicada.

No sé si eso me hace floja de opinión, ¿es una señal de debilitad intelectual no escoger un lado de los asuntos? ¿Y si secretamente el tema no me importa un comino? ¿Se puede aliar uno siempre con un lado u otro?

Mira cómo el tiempo vuela, Alda, casi se nos acaba la hora de comer.

Es que no nos dan una hora siquiera, sino más bien media hora, o menos. En serio, creo que será malo para la digestión. ¿Sí, de verdad?

Aquí viene tu amiga buscándote.

Pero es que yo iba por ella... bueno, ya me encontró, no pasa nada. Bueno, nos vemos después, me gustó mucho hablar con usted.

Igualmente Alda, nos vemos mañana.

Hola.

Hola, ¿cómo te fue? Cejas fruncidas... No sonríe...

Bien. O sea, bien en el sentido de que no pasó nada. Pero...

¿Pero?

Pero veo lo que dices.

¿De veras? Qué interesante, le daba la misma sensación. ¿Cómo?

Pues tiene algo, ¿no? Tiene un aura así...

Un aura, sí, un aura, una energía, una luz, algo...

...así como qué te diré... escurridizo.

Escurridizo. Precisamente. *Ajá, sí, ¿no?*

Me da escalofríos.

Sí. En fin, nada puede pasar durante un simple almuerzo, ¿verdad?

Claro que sí.

Por lo menos ve el humor del asunto.

Bueno, tampoco tenemos evidencia de nada, así que...

Hay que esperarla, qué bonito...

Qué pecado, pero así es, ¿no?

De eso se trata, ¿no? Oye, ¿tú siempre sigues tus instintos?

No siempre. Pero me arrepiento después.

Y bueno, ¿tus instintos te guían bien?

Mmm, qué rara pregunta. Qué va, es el tipo de pregunta metiche que tú harías, hola. Ajá, pero nadie me las hace a mí. Invencible. Uy, pero contéstala. ¿Mentiré? Ay, ¿para qué? *Normalmente sí, desafortunadamente.*

¿Y eso por qué?

Pues sólo tengo un instinto para lo malo. Soy muy pesimista, pues.

Pues ¿para qué vale tenerlo para lo bueno? Así nunca tendrías ninguna sorpresa.

Bonita observación.

Mi mamá lo dice siempre.

Cómo que tu mamá.

Ella también tiene muchos presentimientos, pero dice que es la voz del profeta o de Alá o algo.

¿Ajá?

Son muy religiosos, ya verás cuando los conozcas. Hasta visiones tiene.

¿Visiones, de veritas? Tá suave eso, si realmente puede ver el futuro. Oh, ahora suenas un poco creyente, eh, cuidado.

Bueno, sueños, más bien. No tiene visiones de día. Que yo sepa. Con desmayos y todo el rollito.

Ese tipo de risa tiene que indicar escepticismo. Jeje, qué bonito se ríe, tiene una boca muy bonita.

Por cierto, te veías muy entretenida con tu amiga profe esa. ¿Qué te decía?

¿Pizca de sarcasmo? ¿Desprecio? Ahí viene... *¿La profesora Murti?*

Ajá, sí, es que se me había olvidado su nombre.

Ves, no más se le olvidó su nombre, no seas tan sensible y paranoica, de veras. Hijos de la fregada. *No, pues ahí, política y demás.*

Sí te gusta, ¿no?

Bueno, está difícil, como le decía, porque la política siempre se trata de un lado, ¿no?, no hay política objetiva ni verdad absoluta en cuanto a los eventos, sólo una posición tomada que luego de tomarla, hay que quedarse con ella y defenderla. Uh oh, ¿demasiado? ¿Qué es eso en sus ojos? ¿Sería tristeza? Se ve como tristeza. O pena. ¿Decepción?

Sabes qué...

Qué quedita se ha quedado su voz, un susurro contra el tráfico del campus. Apenas te oigo, ay.

Siempre, bueno, no siempre, pero me siento igualito sobre la religión. Y en particular Alá.

¡Uy! ¡La subestimaste! La subestimaste de veras. A lo mejor no es tan fresita como pensaste. Prejuiciada. Juzgadora. Los seres humanos no son dictámenes, ¿te olvidaste? Descaminada. Errada.

No sé...

Qué pasó, sus cejas se apartaron por el medio, como abriendo espacio en su lóbulo frontal para soltar su secreto bien guardado o un pensamiento pesado, y ahora de nuevo todo como que se cerró, así, la mente como rastrillo. Qué pendejada de metáfora.

No, ándale, ibas a decir algo, no se lo cuento a nadie. ¿De veras? ¿De veritas que no? ¿La que la juzgó mal todo el día? Hipócrita. *Sus padres son muy estrictos, ¿verdad?* Aprovecha, ya vas, a lo mejor con ese enganche... Oh, esa risa ya más fea, casi amarga. ¿Amarga o agria? ¿Hay diferencia? Lo amargo se procesa en la parte más al fondo de la lengua. Los receptores agrios están primariamente a cada lado y hasta atrás, enfrente de los amargos, creo. Quizás por eso no se nota una diferencia grande entre los dos. ¿De veras? Quién sabe. ¿Y dónde está, entre esa mezcla, ese nuevo sabor que han documentado ese *umami?*, quién sabe.

Sí, son muy estrictos, bueno, no sé si estrictos, son muy religiosos.

Me encanta su acento. ¿Se lo digo? Amrita me dijo una vez que yo tenía acento. Apenas, muy ligerito, pero presente. Pero yo nací aquí. El inglés también es mi lengua materna. Pero ella también tiene un acento muy, muy ligero y el inglés también es su lengua materna. Pero ella inmigró aquí a los cinco años o algo, pero uno pensaría que hubiera plenamente adoptado el acento americano. Tal vez inconscientemente es una manera de identificarse con su comunidad y familia. Sería interesante hacer un estudio correlativo sobre ese fenómeno. Aunque seguro que se ha hecho ya. Miles de veces, ¿te crees creativa? Le preguntaré a Mami. Oh, Ayla. Que sus papás son muy religiosos. *¿O sea que practican la fe musulmana al pie de la letra?*

¡Qué letra!

Uy.

Uno puede recitar las suras hasta el infinito y no tener idea de lo que están diciendo.

¿Y no?

Alda, la gente ni siquiera lee para sí misma la Biblia y esa sí se ha traducido deliberadamente muchas veces al lenguaje diario, es más accesible. El texto del islam y del judaísmo se valora más en el original. ¿Cuántos cristianos leen hebreo, griego y latín?

Es cierto... La subestimaste, de verdad.

Bueno, pero no. Bueno, mamá sí es la más tradicional, pero mi papá también es conservador, pero a su manera. Por eso nos fuimos.

¿Por las creencias de tu papá? Uy, serán refugiados de a de veras, o qué.

Ajá.

¿Lo querrán asesinar? ¿Será como Trotski? Tás loca chiflada, no pienses en escándalos.

La verdad es que no entiendo muy bien cuáles son las razones de sus creencias. No hablamos de eso. ¿Es religiosa tu familia?

Para nada.

¿Cómo se llama otra vez ese rito con el agua cuando eres bebé?

¿Bautismo, dices?

Sí, ¿no te bautizaron?

Eso sí. Pero créeme que no sé por qué hicieron el esfuerzo, ni vamos a misa para la navidad, ni durante semana santa, ni nadita.

¿Te bautizaron por si acaso regresaras al catolicismo algún día?

Ja, por si las moscas, supongo.

Uy, pues, mi papá me dijo que rezara durante la escuela, pero ¿cómo cree que me voy a levantar durante las clases e instalarme en el suelo hacia Meca?

¿Llevas brújula?

Esa risa sí es más auténtica. No lo dije de chiste, ¿o sí? Supongo que se puede interpretar así...

Debes conocer a mi papá para hablarle personalmente de sus creencias. Le encanta platicar de religión y política, te lo dije.

No me debe sorprender que la ortodoxia busque refugio en este país, sobre todo porque Turquía es un aliado y sin embargo... A lo mejor si gana Obama, él puede ayudar con este prejuicio constante hacia los musulmanes. Da vergüenza, de veritas. Cada generación tiene sus víctimas de discriminación, como si fuera una naturaleza humana o una necesidad básica siempre apartar a un grupo. Ahora somos los hispanos inmigrantes y los musulmanes quienes somos las víctimas, si antes eran más bien los judíos... y los afro-americanos siempre han sido el blanco de ataques prejuiciosos... esa expresión es un poco irónica en este contexto... No sé si la raza humana tiene la capacidad de existir en armonía. ¿Será que nuestros genes buscan conflicto? ¿Drama? ¿O es que estamos aburridos? Que la relativa calidad de vida frente a los demás lugares del mundo es tan alta que ya no más nos excitan los programas de *reality* TV, que ni siquiera son reales, ni semejante, y donde todos se tratan y actúan como niños malcriados. Como si ahora fuera imposible tener una conversación verdadera con alguien como la que estoy teniendo con Ayla. Uy, pero no te creas, tampoco es tan profunda. Todavía no te confiesa nada. Y si la gente no confiesa nada, es porque tú tienes miedo de hacer las preguntas cruciales.

¿No es la Turquía actual muy liberal?

Comparada con los otros lugares cerquita y las culturas similares, tal vez. Creo que mi padre se pregunta si un país liberal, que les pone restricciones de expresión religiosa a sus ciudadanos, realmente es liberal o no más lo aparenta, porque comulga con otros países supuestamente liberales.

¿Y qué piensas tú? ¿Será mi alma gemela? ¿Con quién más puedes hablar así después de sólo unas horas? El siglo veintiuno no produce gente como ella.

Pienso que la libertad no es fija, depende de la cultura, la nación, la comunidad, el individuo. Y no es una definición impuesta por el Oeste. Y por Oeste, quiero decir Estados Unidos.

¡Bravo! *¿Pero?* Algo en su tono... como que hay más.

Pero al mismo tiempo, creo en una versión de la vida más alineada con el Oeste. O sea, me gusta más que las mujeres turcas ya no anden con el velo en el trabajo y demás. Me gusta más así y me gusta la falta de recuerdos constantes al Islam y la libertad de la mujer, bueno, no es como aquí, entiendes, el feminismo se entiende de otra forma. Pero entiendo lo que dice mi papá, el gobierno no debe imponer su opinión sobre el uso del velo o cualquier otra cosa. A veces la religión se hace tan pública, sabes, y no sé, a veces me pregunto si es algo más privada.

¿Dices que al final la relación entre Alá y tú es más privada? ¿Estará saltando mi corazón por la conversación o por la compañía?

Más o menos. Desde que salimos de Turquía, pienso que tanta integración entre cultura y religión hace que la gente pierda su sentido de la fe personal. Se hace algo tan común, tan enredada con la vida diaria, que a veces el individuo pierde su relación con Alá, ¿no?, y no sé. Pues eso. Muy individualista, yo sé, sueno como gringa ya, y eso que acabamos de llegar.

Pero, ah, ¿tú crees en el Profeta? El salto de su cara, la sorpresa en sus ojos, la sorpresa y algo más... ¿el miedo? Tengo ganas de faltar a la siguiente clase, el miedo, la bajada de sus ojos a la acera y luego alrededor, como si para ver si alguien nos ve. Vergüenza, la subida de sangre a sus mejillas de oliva, estará sudando. Levanta los hombros. Como si no creyera que pudiera admitirlo. ¿Le pido más? No la rompas, la vas a romper, la confianza, no presiones. Ay, como si yo fuera de la conversación educada, ¿desde cuándo? *¿Y qué piensas?* Uy, la estás empujando de veras y además vas a llegar tarde a tu clase.

Es una pregunta grande. Oye, ¿no quieres venir a mi casa después?

¿A su casa? Bueno, pero apenas la conoces... *¿Te gustaría tomar algo en la calle? Hay un lugar que vende jugos riquísimos en la otra manzana, muchos van allí después de la escuela.*

Me encantaría, pero mi papá va a tener un infarto si no estoy en casa media hora después de que termine la escuela, te juro que saldrá de la casa a buscarme con GPS.

Espero que esté bromeando, pero puede ser que no, eh. ¿Voy con ella? Sería interesante hablar con su papá. ¿Pero qué tal si ella no es quien dice que es? Oh sí, qué piensas, que ella es un anzuelo y su papá te quiere capturar y llevarte a algún prostíbulo. Por favor, cuál es la probabilidad de eso, no seas tan fatalista, lo más probable es que ella es exactamente quién dice que es y su papá también, y que es verdad que, en una nueva ciudad, emigrados de su país natal, quiere saber exactamente dónde está a cada hora. Claro. Ni celular tiene todavía, pues sí, así que cálmate y ve con ella. Será interesante conocer a su papá. Y no te olvides de comprar los *Cheerios* y la leche camino a casa. *Bueno, ok. ¿Vives lejos de aquí?*

Para nada. Unas cuadras. ¿Tú vives lejos de aquí?

Un poco, sí. En realidad, vivimos en Alexandria, sabes. Tomas el metro, no más, es tantito lejos, pero tampoco tanto.

¿Entonces, te veo después de clase y vamos?

Ándale, sí. Por qué no. Nueva aventura.

Y ahora, más ridiculez introductoria. Ya es la tarde, ya hemos almorzado y todo, y aquí estamos con más holas. Creo que hubiera tomado árabe este año en vez de continuar con francés, pero creo que el árabe lo tomaré ya en la escuela superior, me gustaría tener una lengua más fácil ya hecha antes de empezar con el árabe y el alemán, bueno, el alemán no se ofrece ya a este nivel, se reemplazó, pero aun si se ofreciera, el francés es tan similar al español, ¿sería un reto tomar otra lengua indoeuropea? Mejor árabe y chino.

Me gusta que en el pasillo de idiomas haya sillas de madera. Mmm, pusieron una nueva alfombra, se ve mucho mejor, pero ese color se va a ensuciar muy fácil en el invierno con la nieve. Ay sí, hola, hola, hola mi verano bien, bla, bla, qué tal el tuyo, qué hiciste, ah ,fueron a Europa, qué bonito, bla, bla, esto es insoportable, ¡aaargh! ¿Van a apagar esos celulares antes del comienzo de la clase? Creo que la gente sólo puede ignorar sus celulares hasta el mediodía y luego algún cambio biológico ocurre, algún químico o algo que nos hace obsesivamente pulguear las teclas, y textear con alguien que está en el mismo campus, no, alguien que está en la misma aula. Como si les engañáramos a los maestros realmente. Qué va, creo que nosotros somos los únicos engañados, por dios, no estamos haciendo arreglos sociales cruciales, ni comentando acerca de reuniones que van a cambiar el mundo médico, ni estamos diciéndoles a nuestros colegas qué pintura debería estar dónde en la nueva exposición, no, estamos haciendo arreglos para el fin de semana cuando todavía es lunes o para después de la escuela cuando uno fácilmente puede caminar al edificio, al aula, al pupitre de al lado y platicar. ¿Nos hace creer que somos importantes, o es pura vanidad e inseguridad, el deseo de mostrarle a alguien que no necesitamos a nadie, que no estamos solos, que nos buscan? Siempre asumimos que el prestigio está en el dinero, pero tal vez está en el grupo, tal vez el prestigio está en la adquisición de otra gente ante el dinero. Si eres millonario, y solitario sin quererlo, ¿vales tu prestigio? Si eres millonario, y solitario a propósito, eres distante. Y si no es voluntario, eres perdedor. Rico, pero perdedor en todo caso.

Uy, ni siquiera estoy prestando atención, ni al sílabo ni nada. Bueno, pero todo lo está diciendo en francés, y sin embargo lo estoy capturando mientras pienso en español. ¿Cuál será la capacidad máxima del cerebro en cuanto al input de varias lenguas a la vez? ¿Cuántas se podrán aceptar hasta que el cerebro ya no procese ninguna o sólo una? ¿Habrá un estudio sobre eso, no?, tiene que haber uno.

No sé realmente por qué tenemos un primer día, tal y como lo llamamos, por qué no nos mandan los sílabos y la primera tarea por correo o algo así para saltar adelante. Qué pérdida de tiempo, qué incomodidad, pero bueno, pronto se acabará, ¿cuántos minutos?, oh, nomás quince, gracias a dios. A ver si Mami me dejó un mensaje, no, no puedes, todavía estás en clase, ¿no fuiste tú la que se quejaba de los celulares hace rato? Es un reflejo, un hábito, una maña del siglo veintiuno, míranos a todos tan encadenados a nuestros aparatos, supuestamente nos liberan, nos unen con los demás, pero si estoy un sólo día sin mi celular siento haber perdido contacto con el mundo, y me asusta, y al mismo tiempo es liberador.

¿Qué más vamos a necesitar del mercado? A ver, *Cheerios*, leche, no tenemos fruta y seguro que Mami no salió a comprar nada, quién sabe si tenemos algo para cenar esta noche. A ver qué hago, no, estoy muy cansada y estaré aún más cansada después de ir con Ayla a su casa, a lo mejor pido algo del restorán thai para llevar, eso le gustaría a Mamá. ¿O paso al mercado primero y llevo a Ayla? Tengo que mandarle un texto a Mamá diciéndole que estoy con ella, por si se preocupara.

```
Mami conocí a una nueva amiga
voy a conocer a sus papás
paso al súper de regreso te quiero
```

¿Es posible que haya una Gramática Universal aparte para explicar la sintaxis de los mensajes de texto? ¿Qué tan lejos vivirá Ayla de aquí? Espero que no muy lejos, tal vez tendré que preparar la cena si Mamá no la ha hecho. ¿Haré una pasta? Creo que hace demasiado calor para una pasta. Ay, de veras ¿por qué tienen que poner Teflón en estas faldas? Es horripilante, como el Infierno de Dante o Dante Medina. Hace mucho que no he leído nada de él, por cierto, ni creo haberlo visto en los estantes la última vez que fuimos a México, pero si hasta los libros de Laura Esquivel, algunos están fuera de circulación, ¿quién tiene chance? Ay, ¿por qué estoy taaaan ansiosa?, en serio. Bueno, Fuentes, porque Alfaguara, ¿o fue Alfaguara o fue Colofón? No, fue Alfaguara, yo creo, qué pena, porque me gustan más las portadas de Colofón, en fin, Alfaguara publicó sus obras completas y le irá muy bien. Pero uy, en esta anticultura es casi sorprendente que los libros todavía se vendan, pues si fuéramos a la uni de Amaya y les preguntáramos a los estudiantes de español si les sonaba el título *Cien años de soledad*, apuesto que ni siquiera la mitad respondería que sí y de la otra parte que dijo que sí, un décimo de ellos lo habría leído, y otro décimo de ese décimo lo habría entendido. Pues claro, porque las universidades están tratando de compensar por toda la pésima educación que los estudiantes sufrieron desde la secundaria o quizás la primaria.

Luego nos preguntamos por qué nuestros ciudadanos son tan ignorantes frente al resto del mundo, uy. Y cómo llegué a este tópico, ni siquiera sé, pero dónde demonios está Ayla, que de veras la he estado esperando un chorro. Y pues podría mandarle un mensaje de texto, ¿no? Qué impaciente eres, ni siquiera has estado esperando diez minutos y estás en la onda inquieta de saber dónde anda. Pero para esto están justamente los celulares, ¿no?, para saber dónde andamos. Y luego te preguntas porqué te sientes tan liberada y airada si no andas con tu celular encima, ¿eh? Hijos de la embarazada, sé consistente, por dios. Es naturaleza humana ser inconsistente, no hay biología ninguna que nos hiciera consistentes, porque siempre habría un conflicto entre la biología y lo social y lo individual. Ojalá y la psicología humana fuera puramente biológica.

Tás muy seria, ¿en qué estás pensando?

Ay, qué susto me diste, no te vi. De reojo la viste, no mientas.

¿En qué estabas pensando? De veras que te veías como morbosa o algo.

¿Se lo digo? No sé si he conocido a alguien tan insistente antes, le pone a uno tantito incómodo. ¿Cómo que a uno? A ti. A mí. *En que es de la naturaleza humana ser inconsistente.*

La verdad que sí.

Ya es como la segunda o tercera vez que no comenta nada sarcástico con respecto a lo que le digo. Qué refrescante actitud.

Tonces vamos, ¿no? No queda lejos, ya les advertí que nos vas a visitar.

Sí, ya me dirás cómo llegar. ¿Súper ahora, o súper después? Siempre tardas más de lo que piensas cuando vas a conocer a alguien. Mejor vete ahora. Y si voy ahora, luego tengo que cargar todo de nuevo a casa, no, mejor voy después y salgo de su casa un poco más temprano. No pasa nada, puedes cargar todo en la mochila, es el primer día, no tienes casi nada allí. Bueno, sí.

Oye, ¿te importa parar aquí? Es que le dije a mi madre que pasaría a comprar algunas cosas antes de ir a casa. Mentirita. Piadosa. Mentirita blanca, como dicen en inglés. ¿Por qué dirán eso?

No, en absoluto, de hecho, creo que mi mamá dijo esta mañana que se había acabado la leche cuando me sirvió el cereal. ¿Qué necesitas?

Oh, sabes, leche, Cheerios, algo de cenar.

Les vas a caer muy bien a mis papás, a lo mejor te invitan a cenar.

Oh, eso sería muy padre, amo la comida turca, pero no puedo, siempre ceno con la familia. Esa ni siquiera es mentira piadosa, ni siquiera sabes si Papi va a estar allí, ni mucho menos si Mami cocinará. ¿Qué estará comiendo Amaya en estos días? Estaba muy flaca al comienzo del verano, pero creo que ya al final se veía tantito mejor, bueno, su ropa le quedaba mejor, por lo menos.

¿Aquí quieres? Sí.

Sí. No tardo nada. Oh, almejas, podría hacer una pasta con almejas, eso sería fácil y ya es tarde, va a ser tarde cuando salga de allí.

¿Qué es eso?

Almejas.

Almejas, qué son almejas.

Pues, claro, no va a conocer esa palabra recién llegada. *Las almejas son un molusco, ah, un animalito del mar y tienen una concha como grisácea y se come la parte de adentro. ¿Conoces los ostiones?*

No.

Los ostiones con semejantes, pero son más alargados y negros y de ahí salen las perlas.

¡Ah! Esas de las perlas las llamamos istiridye, *pero no sé el nombre de los otros, no sé cuál es la diferencia.*

¿Le digo la diferencia? Las almejas, mientras tienen una concha semejante a la del ostión, tienen hábitos alimenticios diferentes, porque los ostiones se pegan a un objeto fijo, como una piedra, para filtrar el agua y alimentarse y las almejas son más móviles, como los mejillones. Eso no le va a importar un carajo, seguro. Seguro. No pasa nada, es igual.

¿Y vienen en lata?

Sí. ¡Je! ¡Qué cara de asco puso! Qué bonita sonrisa, vidrios en el viento, canto de canario. *Sí, da asco, pero saben ricas, como las salchichas vienesas. Esas sí son asquerosas, ¿las has visto?*

No.

No sé si habrá aquí, pero deben estar aquí mismo en esta fila, pero mejor no te las enseño para que no te arquees. Jiji, uy, tampoco era tan chistoso, pero mira, se está enrojeciendo de la risa, jeje, juju. Bueno, entonces, almejas, y aquí tenemos la crema para una salsa blanca, y qué rara expresión trae ese hombre. Qué rara... Y Ayla, como detenida en el tiempo, mirando hacia él también, susurrándome.

¿Qué ve?

¿Quién? ¿Por qué finges no entender a qué se refiere?

Él. Ese hombre, mira, no deja de mirarnos. De hecho, no deja de mirarte a ti.

¿Será uno de esos que acosan a las niñas? Estás paranoica, cómo se te ocurre, a lo mejor ni siquiera te está viendo a ti. ¿Cómo que no? Si me muevo, su mirada se me pega, me sigue cada paso. ¿Si me escondo en este pasillo? Oigo sus pasos, se me hace conocido, ¿será que lo conozco?

¿Pero qué le pasa, Alda? ¿Lo conoces?

Puede ser. *No, no lo conozco, ven, vamos a pagar, ya me quiero ir.*

Uy, qué miedo, yo también.

Cállate, habla un poco más bajo. ¿Por qué no tienes más miedo? Huir debería ser tu primera reacción y en lugar de eso, dices que te vas y estás aquí inmóvil por tu curiosidad morbosa. Mi curiosidad en algún momento me va a meter en problemas. ¡Muévete! No, pues, ¿pero quién será?

Alda, ya vámonos, ya.

Sí, pues sí. *Sí, ya voy, no más pago por esto.* No agarraste los *Cheerios*. Ni la leche. Ay, espérame, se me olvidó la leche, pérame. Ella, como titubeando, en la caja. Seguro que no estará en el pasillo de los *Cheerios*, no, no está, ni en el de la leche. Leche orgánica del dos por ciento, no, esa es la leche entera, no, quiero esta que está arriba, ah no, está muy alto, cómo la agarr… ¡Ah! Uy no. Es él. Cálmate, no te está haciendo nada. Dile algo, no te está mordiendo ni secuestrando ni nada. ¡Ya! *Perdone, señor, pero, ¿me podría agarrar esa leche ahí arriba?*

¿Esta? Sí claro, toma.

Acento británico. Pero no completo, como si se le estuviera desvaneciendo, como si hubiera estado aquí mucho tiempo. La pérdida del origen. Asimilación, integración, esfumación, desaparición del yo. El yo perdido, el ego en su lecho intentando recuperarse como un sistema inmunitario comprometido. ¿Quién es usted? Los ojos de Ayla brillando con miedo, agrandados, los músculos finos entre sus cejas tejidos en una gran arruga, castigándome por tardar tanto. ¿Estamos en peligro? ¿Estar en la calle, en una tienda inocua de comestibles, es un riesgo? ¿Por ser jóvenes, o por ser muchachas? Pues ya, vete. No hay porqué seguir aquí tentando a la suerte para ver luego qué pasa. Ya paga y vete, tú y tu curiosidad morbosa. Ayla se está quedando en un silencio completo, ni la oigo respirar. Pero seguro que me dirá algo al salir. Ahora que estamos afuera, respira hondo, como si hubiera estado guardando el oxígeno para una ocasión más oportuna. Todavía tiene los ojos casi en blanco, como un semental petrificado.

¿Por qué te quedaste allí, inmóvil como un conejo?

¿Yo? ¿Estaba inmóvil?

Sí, o sea, no te ibas, no te movías, y cuando te acercaste a ese hombre para que te bajara la leche, pensé que te habías vuelto loca y que tenías patas de plomo o algo. Como que te fijaste en algo que te paralizó.

¿De veras? Qué raro. ¿Cuánto tiempo habría pasado allí? No pueden haber sido más que unos segundos. Pero es que todas las torturas, aun las más ligeras, las torturitas diarias, siempre parecen inacabables. No sé si fui yo o fue ella la que se hundió en el momento. O las dos…

Bueno, ya vámonos de aquí antes de que él salga.

Sí ¡Corre!

No hay nada como correr en medio de una ciudad llena de gente sin chocar con nadie, es el arte de gozar la sensación del flujo de gente en los oídos, es un juego que uno pierde con los años y con la niñez, antes de la adolescencia, cuando todos los patrones correctos que la sociedad pide que obedezcas te caen encima.

Yo la sigo como si de verdad corriéramos huyendo de una amenaza, una amenaza que nosotros inventamos basada en una sola mirada pegajosa que me lanzó un señor al que ni siquiera conozco, cuando a lo mejor ni a mí me miraba, quizás se fijaba en una lata encima de mi cabeza y yo lo interpreté mal. Pero ahora este sudor está muy incómodo y voy a llegar a la casa de los papás de Ayla toda apestosita. Hubiera pensado en eso antes. Dicen que es un *hallmark* de la adolescencia que los chicos no pueden ver las consecuencias a futuro que van a tener sus acciones. Mejor dicho, no les importan las consecuencias. Como si los adultos actuaran de acuerdo con las muy probables eventualidades de sus decisiones, qué va. Más bien, yo creo que actúan sabiendo perfectamente bien lo que va a pasar, pero guardan esperanzas de que no pasen o que nadie note la relación de causa y efecto. Los jóvenes se fijan mucho más en ese mínimo porcentaje de chance que trata de asegurarles que a lo mejor no, siempre hay chance de que no… Y cuando alguien por fin los hace responsables por sus acciones, ahí andan con sus excusas y sus peros y sus mentiritas, contando con la idea de que los demás son siempre más estúpidos e inocentes que uno. ¿Cuándo se habrá desarrollado por primera vez la auto-convicción o mejor dicho el auto-engaño en la raza humana? ¿Quién habrá sido la primera persona sabia para documentarlo en sí misma, de auto-criticar o auto-diagnosticar?

Alda, ¿para dónde vas?, doblamos aquí.

Dios mío, ni le estoy poniendo cuidado a nadita. Recuerdo que en los años pasados, podía actuar y pensar al mismo tiempo con más fluidez. ¿Estoy ya en los comienzos del envejecimiento? Pero no puede ser, si los lóbulos del cerebro ni siquiera terminan de desarrollarse hasta como los veinticinco años. *Perdón, no prestaba atención.* Y tampoco me fijé.

No más son dos o tres cuadras más. Oye, ¿cómo es que pagaste los comestibles?

¿Son dos o son tres? La distinción es importante. Quizás esa construcción lingüística es una manera de achicar el viaje. Obviamente la usamos en inglés y también en exceso en español. ¿Por qué es el tiempo tan elástico en español? ¿Por qué un momentito allá quiere decir aproximadamente media hora y la misma palabra aquí implica una espera de menos de cinco minutos? *¿Cómo "cómo"? ¿Con tarjeta de crédito?*

¿Alguien de nuestra edad puede usar tarjeta de crédito?

Aparentemente sí, porque quién sabe por cuánto tiempo he estado usando ésta. *Bueno, no es mía, me parece que tengo que tener dieciocho para tener mi propia tarjeta, pero mis papás nos dieron tarjetas justamente para estas ocasiones, cuando mamá no tiene tiempo para pasar al súper y mi papá está de viaje.* A mí me dieron ésta el año pasado, pero a Amaya no le dieron una tarjeta hasta estar en la prepa. A mí en el séptimo grado y a ella en el onceavo... Qué raro, nunca lo había pensado...

Me encantan los metros. Me gustaría ir a todas las ciudades grandes del mundo algún día para ver su sistema de metro. *¿Tienen un buen metro en Estambul?*

Sí, y me gusta más que éste. Es más nuevo y más limpio.

Creo que en esta época, consideramos siempre que lo nuevo es lo mejor. No importa si está feo o mal hecho: si es nuevo, está mejor.

Aquí estamos.

Oh. Eran no más dos cuadras. Quizás realmente no se acordaba de cuántas eran. Hmm.

Mi papá y yo nos dimos varias vueltas en este barrio para que me familiarizara con las calles.

¿Tienes hermanos? Se me olvidó preguntarte.

No, soy hija única.

¿Te cuidan mucho?

Sí, son bastante estrictos. Y espero disimular ser hija única.

¿Cómo?

Tienen muy mala fama, ¿no te diste cuenta?, de ser superchineados, egoístas y ensimismados. Yo no quiero ser así.

No creo que lo seas para nada. Pero sí es cierto que la gente habla así de los hijos únicos.

¿Y tú, tienes hermanos?

Sí, una hermana mayor, Amaya.

¿Cuántos años tiene?

Ya está en la universidad, de hecho, quiero ir a visitarla un día de estos.

Qué bonito. Ya. Aquí estamos.

¿Por qué siento el corazón en la garganta?

Cuando llegamos, el elevador estaba fuera de servicio, pero decían que ya para hoy estaría bien, vamos a ver.

En Estados Unidos, cuando dicen que algo va a estar listo para una fecha específica, normalmente es la verdad, a diferencia de muchos otros sitios. Y mira, en efecto, allí están arreglándolo.

Ay, pues eso quiere decir que tenemos que subir por las escaleras.

Uy, no pasa nada, está bien, así quemamos algunas calorías. ¿Por qué se me ocurrió decir eso en vez de otra cosa? ¿Qué hubiera dicho un chico? ¿Hubiera hablado de las calorías? Probablemente no. Como máximo hubiera dicho que necesitaba el ejercicio, o a lo mejor no hubieran dicho nada, a lo mejor hubieran hablado de otras cosas sin mencionar la subida en absoluto. ¿Sería eso por lo que no querrían aparentar que una labor física fuera difícil, o que ni siquiera se dieron cuenta, o que querían hablar de otra cosa? ¿Cómo pensarán las demás personas? ¿Son iguales a uno, o siempre hay una disparidad monumental?

Wow. Nunca he visto una entrada con las paredes cubiertas de espejos. Veo más yos que a cualquier otra persona aquí, qué desconcertante. Será para escudriñar a los que vengan entrando.

Odio todos estos espejos. No sabemos si el departamento se construyó así o si la última persona que vivía aquí se quería mucho o qué, pero los detestamos.

No se lo culpo… pero así estudian bien a sus invitados.

Que luego los hacemos incómodos y lo piensan dos veces la próxima vez que quieren venir a acompañarnos. Hola, serás Alda. Soy Aslan, bienvenida.

Tiene una voz muy ronca. No sé si ese tipo de voz en los hombres inspira confianza, ¿o a lo mejor fuerza? ¿No era Aslan el nombre del león en las *Crónicas de Narnia? ¿Se lo digo? Mucho gusto. Tienen una casa muy bonita. Me gustan los espejos. Así uno siempre ve bien a quién llega.*

Y los que vivimos aquí caemos en la vanidad de mirarnos a cada rato. Creo que los voy a bajar y pintar el pasillo.

Me gusta cómo le brillan los ojos, con esa bonita mezcla de humor e inteligencia que los papás de las niñas a veces demuestran. *¿Sabía usted que el personaje principal de una serie de libros tiene su nombre? Es un león y es el rey de un reino mágico que se llama Narnia y también se llama Aslan.*

Con razón, porque Aslan es león, en turco.

Ahhh. Ya veo. Qué tonta soy.

¿Cómo lo ibas a saber? Esta mañana apenas aprendiste unas frases en turco. Las pronunció muy bien, Babacım.

Qué linda Ayla, defendiéndome. Y esa súplica de los ojos de una hija hacia su papá siempre indica una fuerte adoración, y el deseo de una aprobación por parte de él. A ver si se la da. La mano en su cabeza, una acaricia a su pelo suelto. Algo es algo.

Este cabello tan hermoso, llegarás a llamar la atención de todos los chicos en la escuela.

Ya hay uno que le gusta. Ups. Uy, congélame la sangre, uy, con esa mirada de ella creo que se me van a solidificar las venas. Creo que metí la pata mucho. Uh oh.

¿Ya ves? Quizás Alda se puede sentar con nosotros y discutir lo que tú y yo hemos estado diciendo. Es tu decisión, pero tal vez ella te pueda dar otra perspectiva.

Creo que he pisado un nido de culebras, cuando entramos el ambiente no estaba tan frío, es como estar en Narnia de veras.

Me dijiste que a Alda le gustaba hablar de las mismas cosas que yo.

Qué presión, al borde de ser manipulador. ¿O se podría clasificar más bien como algo pasivo-agresivo? Ahora veo por qué se alteraba tanto al hablar de él. No la critica directamente. Es más serpentino, aparenta otra cosa. Los ojos de ella fijos en las piernas, de ahí no se mueven, como si viera un carnaval en miniatura en su regazo. Apocamiento. Vergüenza.

Quería decir más bien la política, Baba. *Le gusta hablar de política.*

Ajá. A eso te referías. Bien, pues, invítala a un té a ver si hablamos de eso. Perdóname, Alda, te puedo ofrecer un té.

¿Es pregunta o declaración? No importa, ¿no ves lo incómoda que está? *Me encanta el té. ¿Te ayudo?* ¿Me vas a dejar a solas aquí con él? ¿Dónde está tu mamá?

No, no, está bien.

Casi va corriendo a la cocina. Ajá, ahora sí aparece la cara de alguien más, esa será su mamá, pero la puerta de la cocina le esconde la cara. ¿Las mujeres tienen que quedarse en la cocina, o estoy sobreanalizando la situación, es un estereotipo lo que estoy promulgando?

La cocina es como su santuario. Ahí se escapa con su mamá cuando le incomoda hablar de algo.

Me lo dice como si me leyera el pensamiento. A lo mejor le sería más fácil si usted fuese suavemente honesto en vez de bruscamente pasivo con sus palabras puntiagudas. Porque así, decirle cosas de su cabello, tan bonito por cierto, como que no. Que no.

El lavabo está allí en ese pasillo, si quieres.

Creo que eso se tiene que interpretar como un indicio... Ok, vamos a ver. Es buena idea, en todo caso, quién sabe qué llevo en las manos de la escuela, ha de estar llenísima de microbios y bacterias y quién sabe qué asquerosidades. Hum, qué jabón más delicioso tienen aquí y a ver, qué es esto, *kolonya çeşmi limonu*, ¿será una colonia de limón?, creo que sí... cuidado que no la rompas, manazas... huele súper refrescante, mmm.

Esa colonia huele superbien.

¿Te gusta? Se llama eyüp sabri tuncer, *el limón es el perfume más común, sirve como* desinfectante *además. Bueno, Alda, cuéntame de tus ideas políticas.*

Hmm. Tema muy amplio. ¿Cómo lo reduzco? Te especializas más bien en ampliar lo reducido, no al revés. Pues dramatizar algo siempre es más fácil que minimizarlo. Hay que tener cierta capacidad para el estoicismo, pues. Creo que no lo tengo. La manera más fácil de manejar esta pregunta es hacerlo a él contestar su propia pregunta.

Bueno, de hecho, sé muy poco de la situación política en Turquía. Ayla me dijo que ustedes habían llegado aquí por razones religiosas. Me parece interesante que hayan escogido este país como refugio.

Las cejas se levantan brevemente... se le aclaran los ojos instantáneamente. Sorpresa.

Su último comentario me intriga. ¿Por qué te sorprende que estemos aquí en vez de en otro sitio?

Bueno, quizás es sorprendente y no sorprendente. Este país se fundó en la idea de la libertad religiosa y obviamente el punto principal del éxodo de las islas británicas se basaba en esa idea. De alguna forma, esta tierra siempre ha sido un lugar que daba la bienvenida a los inmigrantes de todas partes. Hasta recientemente.

Sigue. ¿Cómo que hasta recientemente?

Cruza y descruza las piernas. Coloca los brazos sobre la mesa. ¿Interés? ¿Defensa? ¿Bloqueo psicológico expresado por medio del cuerpo físico? Tá difícil. *Creo que Estados Unidos todavía tiene la reputación histórica de ser la tierra del sueño americano, adonde llegas sin nada y sin embargo, puedes realizar todas tus esperanzas, donde la gente acepta con brazos abiertos a todos los que quieran llegar de tierras que los decepcionaron. Hasta la inscripción de la Estatua de la Libertad les ofrece hospedaje a los pobres y los rechazados y de alguna forma, me parece que la reputación de tal tolerancia ha durado en el ojo del mundo. Pero por otra parte, esa misma reputación nos decepciona a todos, hasta a muchos ciudadanos, porque nunca antes ha sido la política de este país tan encadenada a los ejes de la xenofobia como ahora.*

¿Y crees que la xenofobia de algunos niega a las bases del país, la filosofía, las leyes?

Pues, ¿no le parece que la filosofía de un país sólo es tan significativa como los ciudadanos que la viven y las leyes que la apoyan? También esos ideales antiguos se despedazan a la hora de ser ejercidos por un jurado que lleva la última moda de prejuicios. Así que todo esto es maravilloso en principio, pero cuestionable en la práctica.

¿Alguna vez, hija, te ha dicho tu papá que eres demasiado inteligente para tu edad?

Nunca me ha dicho, siquiera, que soy muy inteligente. ¿Es posible ser demasiado inteligente?

A veces los papás no elogiamos en nuestros hijos algo que vemos como obvio, sería como mencionar que eres muchacha en vez de muchacho. Pero todas las cosas positivas que los papás ven en sus hijos se deben mencionar.

Pues por la actitud de su hija, no lo hace con ninguna frecuencia.

Y muchas veces, con una extrema inteligencia, o mejor dicho, sabiduría, viene cierto pesimismo.

¿Pesimismo o realismo? Por lo que decía Ayla, su papá celebraba la inteligencia y la habilidad de conversar. Este hombre es un poco difícil de entender.

Así que tu observación es que el sueño americano en estos días esencialmente no existe.

Sí, existe. Sólo que se hace mil veces menos sueño y más pesadilla para algunos.

¿Y quiénes son estos algunos?

¿En mi opinión? Para todos los conflictos sociales y económicos, los negros y los latinos. Para todos los conflictos religiosos y morales, los árabes, africanos y musulmanes.

La tierra de la libertad religiosa, mmm. Desde ahora, no he visto ninguna evidencia de lo que dices. Pero has vivido aquí muchos años más.

Uno no tiene que vivir aquí por años para darse cuenta del maltrato. Se encuentra en las primeras horas en la calle.

Qué suave voz tiene la mamá de Ayla, sedosa y firme y preñada de convicción. ¿Cómo puede una voz demostrar tanta fuerza y suavidad a la vez?

Yo no he visto nada.

El sonido de tazas finas, una tetera de metal, será de plata por la descoloración que le mancha. Habrá sido uno de los primeros objetos que desempacaron sin tener tiempo para ponerle brillo. Y así está más bonita, se ve imperfecta y bien querida. Y el té sale en un chorro perfecto, rojo cristalino, rojo marrón transparente. Ayla se fija en el azúcar como si pudiera detener la trayectoria de la conversación, como si prefiriera escuchar una conferencia de física cuántica.

Cuando tú sales a la calle, no eres un anuncio inequívoco de la religión a la que perteneces. Y a pesar del hecho de que la gente teme mayoritariamente a los hombres musulmanes, somos nosotras las que llevamos una invitación de prejuicio en la cabeza. Los cobardes siempre atacarán a los enemigos más indefensos.

Aquí por lo menos nos dejan vestirnos de manera apropiada donde queramos.

No lo niego, pero también viene con costo. Simplemente expreso mis observaciones personales. Alda, espero que te guste el té.

Está muy rico. Me da mucho gusto conocerla, señora. Y siento mucho el trato que ha recibido en este país.

No es culpa tuya, Alda, es la ignorancia de la gente. Creen que conocen todas las creencias y los valores de una mujer basándose en una vestimenta específica.

Hmm, se le entró de repente un sabor amargo al escupir esas palabras. Bueno, pero ya Ayla ya te avisó que son muy estrictos. ¿Cómo que tengo la taza vacía? ¿Ya terminé todo mi té? ¿Hay más? Buuu, no hay más y estuvo deli. Oh, pérate, su mamá me va a dar incluso una nueva taza, ¡yupi!

Es que no entiendo las enseñanzas del Profeta.

Uy, ¿se dará cuenta de la frecuencia con que impone su opinión sobre las palabras de su esposa? Y siempre acompañado por una mirada sospechosa entre los dos, la mamá se dirige hacia el té.

Todos vamos a tener un entendimiento un poco variado de lo que sacamos de los textos de una religión. Creo que es inevitable. Sin embargo, es mi opinión que son obviamente diferentes de los hombres. Las mujeres tienen cierta serie de capacidades y características que los hombres no tienen y viceversa. Las mujeres poseen ciertos dones y los hombres otros. Y esto no implica que las mujeres sean inferiores, son distintas, pero igualmente valiosas.

Mmm… nunca lo había oído expresado así. Es cierto que en la mayoría de las sociedades, las mujeres han desarrollado ciertas capacidades y los hombres otras. Que no necesariamente es algo biológico, sino sociológico, el resultado de generaciones de hábitos y enseñanzas. No es cuestión de capacidad innata, es cuestión de práctica. ¿Estaría ella de acuerdo con eso? ¿Está bien preguntárselo, o metería mucho la pata? Si las mujeres son igualmente valiosas, no más que diferentes, ¿no debe ser que las mujeres reciban un salario igual al salario de un hombre? ¿O que las, ahm, capacidades que han desarrollado según la tradición sean compensadas si tienen que trabajar en la casa? ¿No era que el concepto de separados pero iguales nunca funcionó sin protestas humanitarias?

Imagina tener una separación de mujeres y hombres en los lugares públicos aquí. Creo que la única separación que tenemos son los baños públicos y eso en sí es un problema, excluye completamente a la comunidad transgénero. Al mismo tiempo, yo no me sentiría bien entrando en un baño y viendo a un montón de muchachos, me sentiría como que no podía hacer chis. ¿Y caca? Olvídalo. Ya es muy incómodo hacer eso con mujeres alrededor, así que uy, qué horrendo. Me sentiría como que no habría lugar adonde podía ir para escaparme de ellos. ¿Escaparte? ¿Para qué? ¿Ahora les tienes miedo, qué es esto? No, pero es como que me estarían viendo o escudriñando o quién sabe qué mientras hacía pipí. ¿Y tú a ellos no los estarías escudriñando? Por favor, ¡ellos orinan expuestos al público, bueno, al público general no, pero ya sabes! Yo sé, pero como que no me sentiría… ¿Segura? Sí, segura. Todos los animales se sienten vulnerables cuando hacen esas cosas. ¿Crees que los hombres son diferentes? No, pero… ¡Ay, no sé! ¡Qué me pasa! ¿Por qué no puedo resolver esto en mi mente? Quizás así se sienta uno en una sociedad que por costumbre separa a los hombres de las mujeres. Quizás una se acostumbre a estar separada de los hombres en la mezquita y los servicios y otros sitios, y si se mezclaran, una se sentiría tan incómoda como me siento ahora.

Perdóname Alda, pero tengo que empezar a preparar la cena, si me disculpan.

Esta vez Ayla no se levantó para ayudarla. Tiene el mentón apoyado en la palma como deprimida. ¿Se preguntará si ese es el sino que la espera? ¿O me pregunto yo eso por ella?

Alda, escogimos esta escuela privada justamente por su tolerancia y diversidad étnica. ¿Crees que nos equivocamos?

No, señor, de hecho, mucha gente manda a sus hijos allí por la misma razón. En eso no creo que usted se haya equivocado.

Bien... ¿pero?

Sí había un pero, casi siempre hay peros cuando socialmente obligas a alguien a impartir cierta opinión o cierta afirmación de tu posición. Por esto mismo, una interrogación forzada o coaccionada nunca puede ser totalmente genuina, yo creo. Tiene que haber un botón en la psique de la gente que siempre suelta la verdad, ¿no? Pero es que muchas veces la realidad es subjetiva. ¿Um, crees que no hay una verdad objetiva? ¿No crees que sea un poquito peligroso decir eso? No que no haya verdad, pero que al verla, la perspectiva de cada uno la distorsiona, como el principio Heisenberg. Lo más imposible, después de la infancia, es fingir que no llevas prejuicios de ninguna clase a cada semblanza de tu experiencia. ¿Le digo mi Pero? ¿Se lo digo? Ayla tiene los ojos fijos, seguro esperando que mi Pero no sea demasiado escandaloso.

Pero lo bueno de tener a un hijo en esa escuela es que ves tantas perspectivas diferentes y tienes tantos amigos de diversos lugares que la tolerancia es muy alta, y a veces uno empieza a cuestionar las enseñanzas de la familia. No sé si eso le preocupa. Espero no haberme pasado... Uy, ¿qué va a decir?

No, Alda, está muy bien.

Los adultos siempre dicen que está muy bien y luego como que se arrepienten o algo y después de un rato consideran que no está bien, que está mal. ¿Por qué no les parece bien o mal desde el principio?

Me gusta tu opinión. Eres una chica muy articulada que obviamente piensa mucho. Tus papás deberían estar muy orgullosos de ti.

Uy, eso es otra cosa que me molesta. Cuando intentas tener una conversación adulta con unos adultos, cuando dices algo que les sorprende positivamente, muchas veces salen con alguna mención de tu estatus inferior como niño, o mencionan algo de cómo tus papás se deberían sentir teniéndote como hijo. ¿Qué se puede responder a eso? Sí, están orgullosos demás, soy la gran enchilada. O no, para nada, de hecho me odian y me encadenan a la cama en la noche. En serio ¿qué se puede responder a un comentario como ese? Y yo aquí intentando conversar con él como dos seres humanos platicando. Yo sé que soy joven, a mí nadie tiene que recordármelo, ni hay nada que yo pueda hacer al respecto. ¿Será su propia incertidumbre? ¿Será que temen hablar con jóvenes sobre temas que no sean de las notas, los amiguitos, los chicos que le gustan, los papás y demás? ¿Serán sus propias inseguridades? ¿Su temor a que los otros adultos cuestionan el tipo de interacción que tienen? A veces creo que los adultos son más niños que los niños. O quizás ser adulto quiere decir ser nomás una versión más alta y gorda de ti mismo. Con derecho a votar. Y manejar. Si es así, pues qué decepción.

Nos mudamos aquí en gran parte para que Ayla pudiera ejercer su derecho a vestirse como mejor le placiera.

Como si por default, él espera que se vista más bien como a él, no a ella, mejor le plazca. Como si eso se pudiera llamar una decisión. A ver qué más ironías salen de esta charla. Y tú allí juzgando como los demás ignorantes, como si el velo fuera siempre algo negativo, como tooodos los medios te han hecho creer. Lavada de cerebro. Bien hecho, campeona. Ni migaja sabes de esta tradición religiosa, pero aquí estás en la casa suya tomándote su té y compartiendo su oxígeno, comportándote como si supieras algún detalle de todas estas tradiciones. Bien. Producto de la sociedad gringa, tú, la que cree que sieeempre cuestiona todo. ¿Ahora qué, hmmm?

Con la excepción de los estudiantes musulmanes, que por cierto son de diversas regiones, nadie tiene un conocimiento extensivo de las creencias de su religión. Todos nos damos cuenta de cuándo es Ramadan, por ejemplo, pero… No sé, es como tabú preguntar por las creencias de otro, ¿sabe? Yo ni siquiera entiendo qué tradiciones hay detrás del uso del velo.

Padre e hija se miran por primera vez, como en una alianza instantánea de ella *versus* nosotros. Bien por ella. Su relación con su papá requiere un tratamiento inmediato, en todo caso.

El velo se ha hecho el tema de mucho conflicto, tanto que me parece un gran cliché. Es un gran escándalo innecesario, en mi opinión.

Aquí muchas veces eso se interpreta como un símbolo fuerte de la opresión hacia la mujer exclusivamente.

Sí, estoy consciente de esa interpretación. Y me parece particularmente interesante dada la actitud hacia las mujeres en este país, porque según mi entendimiento, hay mucho menos respeto para las mujeres aquí que en muchas sociedades islámicas.

¿Sí? ¿Cómo puedes comparar los Estados Unidos con la Arabia Saudita? Allá las mujeres ni siquiera pueden manejar. Creo que tú te saltaste a hacer esa comparación, él no dijo nada acerca de Arabia Saudita. Sé justa por lo menos antes de juzgar.

Qué interesante. Puede ser, sí.

Te estás pasando, eh. Ya es hora de callarte. Como si supieras alguna cosa sobre su sociedad.

Ustedes creen que las mujeres aquí están liberadas por sus trabajos, su independencia y su estabilidad financiera, dentro de su sociedad y también en comparación con el resto del mundo, ¿verdad? O sea, conociendo lo que conoces de tu sociedad, ¿dirías que esto es más o menos cierto?

Hmmm… las mujeres hasta la fecha siguen ganando menos que los hombres, pero, sin embargo, este es el país que dio luz al éxito de Oprah, Michelle Obama, Irene Rosenfeld y Hilary Clinton, entre otras… Entonces… *Sí, puede ser.*

¿Y crees que las mujeres se respetan a sí mismas por estas mismas razones?

Pues sí, y por otras razones también.

Sí, ¿cómo cuáles?

Como por ejemplo el hecho de que el número de mujeres que tienen títulos avanzados sea más alto que el número de hombres. O que las mujeres manejan todas las responsabilidades de la casa, los hijos y trabajan a tiempo completo. Las amigas de mi mamá todas hacen eso, lo hacen todo y lo hacen bien.

Eso aparentan hacer, pero no sabes a ciencia cierta si es así, no estás allí las veinticuatro horas del día. ¿Cuándo fue la última vez que Mamá tenía tiempo para cocinar o sentarse a cenar contigo o ver una película? ¿Cuándo fue la última vez que todos los cuatro estuvimos juntos? ¿Y eso es culpa de mi mamá? Papá es el que nunca está aquí. Pero estamos hablando de mujeres que lo hacen todo, sin o con un hombre a su lado. Ay, volviendo al tema, ni siquiera estás prestando atención…

Bien, es cierto que las mujeres hacen mucho más ahora que antes, en muchos casos mucho más que los hombres. Pero ahora ven conmigo, vente.

¿Adónde me lleva, ah, a la ventana? ¿Por qué diablos me lleva a la ventana? Y Ayla allí inmóvil con una cara de confusión.

Ahora, ve para abajo y dime cuántas mujeres ves.

¿Qué, que las cuente? Tá loco, hay muchas. *Pues hay muchas, no sabría cómo contarlas.*

Enfócate en las mujeres que están vestidas más formalmente, no en esa que va corriendo o en esa con el niño en la carriola. ¿Cómo se ven?

Se ven… bien. Se ven como que salen del trabajo.

Mhmm, ahora mira, ¿ves a ese hombre? ¿El del traje gris, allí mismo?

Sí, sí.

Describe su traje.

Pues es un traje bonito, gris oscuro, o bueno, más bien plateado, tiene un poco de brillo en la tela…

Ajá, qué más.

Anda una camisa rosada con una corbata también plateada con rayas rosadas. Y zapatos negros.

Sí. ¿Se ve alguna joya?

No sé, estamos muy altos, puede ser que ande un reloj…

Bien. Ahora, ¿cómo es el corte de su traje?

No, pues no sé.

¿Es entallado?

No, pues, es un traje normal, supongo.

¿Tiene abertura en el saco?

¿Tiene qué?

Digo, ¿la espalda del saco es de un solo pedazo, o tiene abertura atrás?

Tiene dos.

Entonces, ¿cómo se ve el trasero de ese hombre?

¿Ah? ¿Perdón? ¿La cola, las nalgas, o qué? Pues no se ve por el saco.

Ajá, y ¿cómo están sus piernas, cómo se ven?

Pues tampoco sé, no se ven por el pantalón flojo.

Muy bien, entonces ¿qué puedes concluir sobre el cuerpo de este caballero? ¿Es musculoso, tiene la panza bien definida, tiene un trasero grande o pequeño?

Pues nada, no sé, sólo sé que es alto, pero no veo nada más, no le veo la cara.

Muy bien, muy bien. Ahora fíjate en esta mujer del traje azul, la que está por teléfono. ¿Qué tiene puesto?

Pueees, tiene un pantalón azul marino con rayas, creo aunque no se ve muy bien desde aquí. Anda un saco igual, azul marino, una blusa blanca con un diseño como olanes o algo, muy bonita, tiene la mitad de su pelo recogida en una cola de caballo y unos zapatos de tacón color caramelo o algo.

¿Es flaca o gorda?

Es como normal, o un poco más flaca que lo normal.

¿Tiene una cintura ancha o pequeña?

Muy pequeña.

¿Cómo sabes?

Porque lleva el saco abotonado.

Y ¿cómo es su busto, grande o pequeño?

Creo que más grande que pequeño.

¿Y su trasero?

Su trasera está como perfecto. Como dos globitos, de hecho, pero no le puedo decir eso. A mí me gustaría tener un cuerpo así… ¿será que a lo mejor me haré así en el futuro?

¿Qué talla usa?

Pues no tengo idea, yo no sé nada de las tallas de la gente grande…

¿Se ve más alta o más baja que tu madre?

Se ve, no sé, de esta distancia se ve como que puede ser igual que ella.

¿Más gorda o flaca?

Más flaca. Y Mami usa talla ocho o algo así, entonces por extensión… Quizás ella use talla cuatro o seis.

Ajá, entonces, con el caballero, que parece que acaba de salir del trabajo igual que la mujer, sólo sabemos que es alto y que su traje es elegante. En cambio, con la dama, sabemos de su estatura, su busto, su cintura, la parte posterior y hasta podemos calcular su talla. De una sola mirada, sabemos muchísimo de su cuerpo. ¿Es de veras igualitaria entonces la forma de tratar a la mujer, sobre todo si su atractivo físico es lo primero que se nota hasta en el ambiente laboral?

Ah, ¿a esto iba? Pues… aaah… hmmm… Es buena pregunta. Nunca sabes, en un experimento, si sale de cierta forma por x variable, a menos que la quites de la ecuación y veas el resultado.

Lo que siempre me pregunto es por qué las mujeres aquí usan ese tipo de vestimenta. Sus colegas masculinos no se vestirían de una manera que atrajera la atención hacia sus figuras, sobre todo en una circunstancia profesional.

No puedo decir nada en contra. Es una observación válida. Pero quizás es porque, tradicionalmente, los hombres de negocios siempre estaban con otros hombres de negocios, no había grupos mixtos y, también en ese entonces, la homosexualidad no era un tema que se discutía y de ninguna forma era aceptable vestirse para llamar la atención de otro hombre. Y ya cuando las mujeres entraron era otra cosa, porque las mujeres tienden a vestirse para los hombres y también para las otras mujeres. Como si fueran galerías de arte caminantes. ¿Las mujeres se visten para otras mujeres por solidaridad o competencia? He oído decir que a veces las mujeres se maquillan para salir con otras mujeres más que con los hombres. ¿Será porque los hombres no sabrían criticar su aspecto físico por no saber bien los patrones de la belleza y el maquillaje, o algo así? Qué complicado…

Sí, veo que lo dice. Y en ese sentido, ¿dice que los valores islámicos imponen otro tipo de valores?

Las leyes del Islam requieren una vestimenta modesta tanto para los hombres como para las mujeres. Sobre todo en la mezquita.

¿Y el velo?

¿Cómo y el velo?

Cuidado, porque suena a punto de ponerse de mal humor.

Bueno, con respeto, usted dice que el Islam requiere una vestimenta modesta y yo no sé mucho del mundo musulmán, pero me parece que, según el país, los hombres varían mucho en su estilo de vestirse. Algunas culturas aceptan un estilo muy europeo u occidental, mientras otras no. Y hay velos que cubren toda la cara, hasta los ojos, otros que tapan sólo una parte de la cara y algunos que sólo cubren el cabello, pero todo parecen, como mínimo, cubrir el cabello. ¿Por qué?

El pelo de una mujer es más bello que el pelo de un hombre. Es largo, copioso, ondulado, el pelo puede ser hasta una extensión del cuerpo de la misma mujer. Se mueve como en una danza, con el movimiento de la dueña o con el aire alrededor. Es muy seductivo. Por modestia y vanidad se debe cubrir.

Entonces, ¿usted cree que una mujer que anda el pelo suelto es más seductiva que una mujer que lo cubre?

Creo que es muy evidente. El pelo es una de las grandes bellezas de las mujeres en general.

¿El pelo de un hombre sería igualmente bello y seductivo si ellos lo dejaran crecer largo como es típico de las mujeres?

Pues no sé, porque no lo dejamos crecer.

Entonces en vez de usar el velo, ¿no sería posible evitar la seducción si las mujeres musulmanas simplemente se cortaran el cabello?

Has de cuenta que en algunas culturas, va en contra de Alá que los seres humanos se corten el cabello.

Pero no en la cultura musulmana, que yo sepa. Como que él está esquivando el tema central. Como dijo Maya Angelou una vez, el cabello es la gloria de una mujer. ¿En serio? El pelo es biomaterial. Crece y se corta. Tiene una variedad de texturas, colores y grados de rizado, pero ese es el caso también con los espaguetis y absolutamente nadie se emociona. La pasta tiene todo tipo de colores, grados de rizado y texturas y a nadie le importa un comino. El pelo es biomaterial, capaz de producir asco o veneración dependiendo de dónde se encuentre. En la cabeza es una belleza, entre las piernas es un asco. Qué tontería. ¿Qué razón evolucionaria hay para apoyar la atracción al pelo? No tiene una función como las caderas o los senos, como máximo sirve para aislarte en condiciones frías y ventilarte en condiciones calientes. La humanidad es tan arbitraria a veces.

Entonces, lo que a usted le preocupa es la idea de que Ayla, si no se viste de cierta forma, ¿se percibirá como una muchacha seductiva o inmodesta?

Los hombres en cualquier cultura pueden ser unas bestias y es mi trabajo como padre proteger a mi hija y enseñarla a ser un miembro respetado de la sociedad musulmana. ¿Entiendes?

Sí, sí señor, entiendo. No, en realidad, no entiendo, o más bien, entiendo cognitivamente, pero no emocionalmente. Ni recuerdo la última vez que Mami y Papi nos llevaron a misa. ¿Para mi confirmación, quizás? Creo que a Amaya y a mí nos bautizaron y nos confirmaron por tradición. O por los abuelos, quizás. O quizás sólo por si acaso. Pero Dios perfectamente puede ser una ficción conocida por casi todo el mundo, como un gran Quijote, Romeo, u Odiseo, figuras que muchas sociedades reconocen sin conocerlas. Y creyendo que sólo con Dios llegará a ser salvada y que… bueno… ¿Y qué de la gente buena que no necesita responderle a un dios para ser buena, que son buenos por voluntad propia y por morales propias, sin que les importe el juicio de un ser invisible? ¿Qué les pasa a los que siguen una moral interior, desarrollada a lo largo de años, observación y experiencia propia, cuando esas morales son aún más estrictamente regimentadas y seguidas y además corresponden con los Diez Mandamientos y las Bienaventuranzas? ¿Se diría que esa moral personal se inventó de la presencia de un individuo en una sociedad judeo-cristiana, que no se puede evitar que lo judeo-cristiano se relacione con la moral de uno en esa sociedad? ¿El huevo o la gallina? Quizás esas morales se inventaron en primer lugar de alguna decencia humana universal. ¿No matar, no robar, ayudarles a los demás? Sólo los trastornos psicológicos parecen interferir con estas tendencias, el narcisismo, la ansiedad, el miedo. El miedo. ¿Será el miedo la raíz de todo el mal? ¿Estoy simplificando demasiado? ¿No se puede relacionar todo lo malo con el miedo? El odio es el miedo de que el odiado ocupe la posición del otro. La envidia es el miedo de que lo que le corresponde a otro no te pueda corresponder a ti. La venganza es el miedo de que el otro no vaya a sufrir lo que tú has sufrido e igual como lo has sufrido. La manipulación es el miedo de estar fuera de control y que esa falta de control te vaya a hacer daño. Etcétera. ¿Y qué es el miedo? ¿Será que el miedo es una emoción básica, completamente biológica? ¿De qué tendrá miedo el papá de Ayla? ¿De que la sociedad la perciba como inmodesta y de ahí fácil y de ahí como prostituíble o algo? Ningún papá quiere que la sociedad vea a su hija como ramerita. Por ella y más bien porque de alguna forma se le refleja malamente en el estatus social de él. ¿Es peor para un hombre que para una mujer que su hija sea mal vista? Ay, no sé y otra vez estoy aquí en esta onda sin estar prestando atención a la conversación. ¿Por qué hago esto con tanta frecuencia? ¿Tengo ADHD?

Oh dios, ¿es esa la hora? No puede ser. *Ay, perdón, acabo de ver la hora. Lo siento mucho, pero me tengo que ir, todavía me falta bastante para llegar en metro.*

Claro, Alda, claro, ha sido un gran placer conocerte. Me alegra mucho que mi hija te tenga a ti como amiga.

Vamos a ver qué pasa, no sería la primera vez que alguien se desinteresara después de unas semanas. Aunque ella me cae superbien.

Alda, ¿no te quieres quedar a cenar?

Qué bonita invitación de la mamá. Me encantaría, pero... *Ah no, gracias, muchas gracias, pero mi mamá me está esperando y si no llego se enoja.*

Sí Alda, claro que entendemos, gracias por compartir con nosotros.

Gracias por el té y todo. Ayla, mañana te veo, ¿no?

Sí, sí.

¿Paso por ti?

Ay, qué lindo, Alda, gracias.

Dice la mamá, pero ¿qué opina Ayla?

Sí, nos vemos entonces. Con su bonita sonrisa y la breve exasperación por la intervención de su mamá.

¡Bye, Alda!

Casi voy corriendo por el pasillo de espejos, sí es desconcertante pasar por aquí, eh, por la puerta, volando por las escaleras de dos en dos. Uy, por fin a la calle, sola por fin. He estado con demasiada gente todo el día, pero sí quería cenar con ellos, es que olía tan rico. Pero ya sabes que Mami no va a tener nada listo y que vas a tardar un rato en preparar la pasta. Ni ganas tengo de pasta ahora. Olía allí como que la mamá hacía algún tipo de carne asada. Ya son las seis y media y Mami ni ha llamado ni mandado mensaje ni nada. ¿No fue el otro día que salió en el *New York Times* un libro titulado *The iConnected Parent*, o algo así se llamaba? Sobre unas investigaciones hechas en las universidades, adonde el promedio de contacto cada semana entre los estudiantes y sus papás era trece veces... ¿Por medio de teléfono, correo, mensaje, o lo que fuera? Trece, qué locura. El caso mío pertenecerá a otra generación de jóvenes, porque yo no hablo con nadie trece veces a la semana cuando estoy en la escuela. Puede ser que ni siquiera en la casa hablo trece veces con nadie. No sé si con Mami y desde luego no con Papi. Estás exagerando, sí hablas mucho con Mamá, no seas tan amarga. Los chicos de este libro tienen tanto contacto con sus papás que se les dificulta la independencia, decía en el periódico. Cosa por la cual, admítelo, estás orgullosa. Sientes orgullo de tu capacidad de manejar la vida, mientras los otros compañeros son súper dependientes. La independencia es un arma de doble filo. No es como si la escogieras. Y en ese sentido, la independencia te vino por medio de tu dependencia de la familia, pues si no hubieras dependido de ellos, no te sentirías como que la independencia fuera involuntaria.

Tengo hambre. Pero luego pienso cada vez en ese programa que vi hace poco donde la hija tenía que prepararle a su madre la comida y le dio un plato de pasta con salsa de mayonesa y abrió una lata de chícharos sin color y atún de lata y eso comieron todo revuelto, guácala. Por lo menos mi pasta es integral y la sirvo al dente y lleva almejas, albahaca fresca y unas hojas de cilantro. Uy. Ahora sí tengo hambre. Pero ¿qué estarán haciendo Ayla y la familia ahorita? ¿Estará Ayla restringida a la cocina o con su papá chismeando sobre la nueva amiga o sobre la escuela?

Si Ayla decide no usar velo, ¿qué pasará? ¿Qué hará su papá? No sé por qué a los seres humanos nos tocó la idea de que las mujeres tenían que ser objetos de belleza. Otros mamíferos no son tan dimórficos como nosotros. ¿Dimórficos? ¿Es esa la palabra biológica? No me acuerdo bien. Pero aquí entramos otra vez en la idea de separados pero iguales. ¿Iguales pero desiguales?

Qué asco, las escaleras del metro están súper sucias hoy. Qué asqueroso goteo. Y este hombre pordiosero que tiene la vista fija en mí, ¿qué? ¿Es hombre o muchacho? No veo bien, la sombra y su manta lo tapan. Pero no puede ser un niño, ha de tener padres, o los servicios sociales lo hubieran rescatado, ¿no? Oh... no tengo dinero para darle, ¿quiere dinero? Lo gasté casi todo en comprar la pasta y demás. Uy, deja de verme así. Uy, corre, si corres al tren, él no te alcanza.

El problema no es que las mujeres sean físicamente diferentes de los hombres, el problema es que eso se traduzca a la capacidad intelectual o psicológica, el capital social. O más bien, que las diferencias que exhiben las mujeres en contraste con la de los hombres sean percibidas como inferiores o peores o alguna cosa así. Como que en general, las mujeres tienen menos fuerza muscular que los hombres... y toleran el dolor mucho mejor. En general, digo, por promedio… pero en muchos casos, como la fuerza se valora, los hombres se aprovechan de eso para violar a las mujeres o les pegan o algo… No es una lucha justa. Nadie habla del hecho de que las mujeres sufran menos infecciones que los hombres porque tienen más glóbulos blancos que los hombres. Nadie valora eso. Entonces, porque muchas de las diferencias de los hombres se perciben como superiores, las mujeres se hacen secundarias. ¿Y quiénes perciben esas diferencias como superiores? Los mismos hombres, obviamente, y luego asumen su poder asumiendo que son superiores. Es un sistema cerrado. Y por ser los que están en el poder, esa mentalidad se pasa a las mujeres e increíblemente, por siglos, se la han tragado, qué ridículo. Pues, ¿por qué, entonces, son las mujeres tan responsables por el autocontrol de los hombres? La idea que Aslan expresó era que las mujeres se debían cubrir para no tentar a los hombres. O así me parecía, quizás interpreté mal. Porque no vestirse con modestia era tentar al hombre. Y de ahí, si se visten con modestia, también se protegen a sí mismas. ¿Se protegen?

¿De las palabras, los juicios y las acciones de los demás, sobre todo de los hombres? ¿O sea que las mujeres son responsables por controlar los deseos de sí mismas y también de los hombres? Porque ningún hombre hace un esfuerzo para intencionalmente no parecer viril, fuerte, o atractivo a la mujer, pero la mujer se tiene que esconder detrás de telas, tiene que esconder la misma cara y el mismo cuerpo que Dios les dio, porque si no lo hacen, ¿ellas son las responsables de las siguientes acciones del hombre, no él mismo? ¿Qué pasó con su fuerza y control superiores? ¿No se aplica a la fuerza metafísica o qué?

Mami una vez me dijo que el amor y el odio no eran opuestos, no más eran dos lados de un espectro lineal, que el opuesto de los dos era la indiferencia, que sería como tridimensional o algo. ¿Será? Y siguiendo esa idea, ¿será también que los valores que decía Aslan y los de este país son también dos lados de un espectro lineal? Digamos que el opuesto absoluto de discriminar es la valoración de las diferencias... o bien la igualdad. Siguiendo esa lógica, las mujeres que se visten, conscientemente o inconscientemente, provocativamente, provocan sexo sobre todo, igual como las que se cubren no provocan sexo sobre todo, y las que se visten bien sin llamarse la atención a su físico no provocan nada. Ni sabes exactamente cómo se ven los cuerpos por la ropa pegada, ni estás preguntando constantemente cómo se ven debajo de la ropa tan enigmática. ¿Pero es posible no provocar nada? ¿Puede ser cierto que las muchachas y mujeres que se visten provocativamente o que se maquillan hasta el tope o que están en *Girls Gone Wild* o alguna cosa así, o que trabajan en *Hooters* así, en el nombre de la liberación femenina, en realidad son tan atadas al sexismo como las que se tapan? La diferencia sería que aquí las mujeres participan en su propia objetificación y luego en las revistas de mujer, en los salones y con otras mujeres siempre se quejan del maltrato de los hombres.

¿Qué? No entiendo a los adultos, ¡y tanto tiempo que yo he querido ser una! Cuando voy con Mami a que me corten el pelo o que le pinten las uñas, es súper prevalente, la hablada sobre los hombres. ¿Tan malos serán? ¿Tan confusos? No puede ser. Los perros no parecen tener dificultad en comunicarse entre los sexos. Ni los caballos. Ni los gatos. Creo que los seres humanos con todo este dimorfismo se han convencido de que la comunicación entre los sexos tiene que ser difícil. O prescrita, que hay ciertas cosas que los hombres no dicen en presencia de las mujeres, y viceversa. Ese tipo de perspectiva tiene que aumentar los malentendidos, ¿verdad? Y cuando menos entendemos un asunto, más tendemos a imponer opiniones y estereotipos. Por ejemplo, aunque nunca lo dirían así, yo creo que la tradición católica, o quizás solo la mexicana, por la que no he visto mucho, pero sin embargo, creo que esa sociedad ha dividido a la mujer como concepto en dos versiones. O es inocente y pura como María o Guadalupe, o es puta. Y no hay ningún intermedio, no hay una figura perfectamente angélica que sea generosa, bondadosa y también que goce de su fertilidad o feminidad. Por lo menos yo no puedo pensar en ni una.

¿Qué otros estereotipos de la mujer se han desarrollado a lo largo de la historia occidental, judeo-cristiana, y demás? Vamos a ver, tenemos a María y a Guadalupe y a la Negrita y demás, que todas son vírgenes, las mujeres vírgenes se valoran por su pureza e inocencia, pero no los hombres vírgenes. Así que esa será una gran categorización de la mujer hoy en día, La Virgen. ¿Qué más tenemos? Esto va a ser como los arquetipos de Jung. Entonces por otro lado, tenemos La Puta, la fácil, la que representa cualquier tipo de descuido. Hay una que ni es puta y ni es virgen, una que representa la belleza y el deseo máximo, puede ser bienportada y virgen, pero a la vez es culpable de ser tan bella. Por lo tanto, se convierte en alguien sumamente deseada por los hombres, un objeto sexual que no impone las mismas restricciones o el sobrecogimiento que provoca La Virgen. Ella sería alguna especie de La Tentadora entonces. Luego qué más tenemos en las historias del mundo, ah, siempre hay La Princesa. La que tiene todo y merece todo o cree merecer todo. Luego podemos decir que hay La Diosa, alguien mágica e intocable como Atenea, o quizás una bruja buena como la del Mago de Oz. Y donde hay brujas buenas, tiene que haber brujas malévolas también, o más bien La Víbora, como la de la Bella Durmiente o la mujer divorciada que era horrible y amarga hacia su esposo, o esa mamá loca en las noticias que mató a su hija de dos años. Y también hay esas mujeres que se portan como animales chiquitos, que temen todo, temen hablar, temen actuar, temen afirmarse, son como venados, pongámosles La Cervatilla. Como opuesto a La Cervatilla, hay la mujer fuerte, la mujer que puede con todo, que es malévola cuando le toca y benévola cuando le toca, pero sobre todo poderosa, capaz, e inteligente, como una tigresa, sí, así, La Tigresa, o una cazadora, la que demuestra la capacidad femenina de hacer cualquier cosa, la poderosa.

Creo que no se me ocurre ningún otro estereotipo que la sociedad haya creado de alguna forma u otra. Ahora a pensar en algunos ejemplos, para ver si tengo una teoría que pueda funcionar. Como Paris Hilton. Ella es La Princesa por excelencia. Meryl Streep es La Diosa, entonces. Demi Moore se percibe como La Puta. Penélope Cruz como La Tentadora, o quizás Shakira. La Cervatilla tiene que ser alguien como Katie Holmes. Y La Tigresa, Angelina Jolie o Salma Hayek. La Víbora, hmmm, como Jessalyn Gilsig, ella siempre hace el papel de la más malévola del mundo. ¿Y La Virgen? Hmmm, es difícil identificar una que es una celebridad… ¿Anne Hathaway? Probablemente ni siquiera es virgen, pero tiene una reputación de inocente o una pinta o algo así.

Ya casi llego a casa, wow, qué viaje más rápido, ni siquiera noté el paso del tiempo. ¿Qué quiero ser yo? Creo que Mami quiere que yo sea La Princesa. Papi quiere que yo sea La Virgen. ¿Y yo? ¿Cuál de esas, si en todo caso me van a poner un estereotipo, cuál quiero ser? Hmmm… me gusta más La Tigresa. Jeje. ¡Ajá, por fin voy a llegar a casa!

SADOC

Quizás lunes

En una habitación sin ventanas quizás un sótano de un antiguo edificio colonial colgaba del techo una pesada cadena que corría por un viejo y gastado rodillo y que tenía en su extremo descendente un amenazante gancho de hierro curvo fuerte como un anzuelo y ese gancho se lo pusieron para detenerle del grillete que mantenía unidos sus brazos a la espalda y una vez sujetado lo izaron hacia el techo que por cierto estaba bastante alto hasta que quedó desgarrándose como a un par de metros del suelo o poco más no creía poder sostenerse durante mucho tiempo en esa posición respiraba con dificultad le dolía todo y temía que los brazos terminarían por desgarrarse casi no tenía fuerzas sudaba demasiado jadeaba se quejaba apestaba gemía y los torturadores seguían preguntando ¿cómplices? ¿a qué hora? ¿lugares de reunión? ¿cuántos eran? ¿direcciones? ¿ibas sólo? apenas entendía sus ojos recorrían el entorno y sólo percibía partes comenzaba por abajo y seguía por arriba por la derecha o por la izquierda pero sólo podía centrar su atención en la articulación de sus hombros sentía que no reaccionaban agotados por completo por el esfuerzo el propio peso de su cuerpo se volvía contra él y muy pronto empezó a padecer los desgarramientos crujidos astillamientos luxaciones percibía partes hasta que su cuerpo se derrumbó se desarticuló y perdió el sentido y quedó colgando ahí en el vacío con sus brazos dislocados alzados por detrás retorcido con la cabeza vencida e incapaz de ningún movimiento por pequeño que fuese

Estaba en el hotel Nutibara y uno de los botones le dijo que en la habitación vecina a la que estaba habían matado de un tiro en la cabeza a un árbitro de fútbol en 1989 porque marcó un penalty cuando terminaba un encuentro entre el Independiente de Medellín y el América de Cali y luego se supo que en ese juego los mafiosos del área dirimían una apuesta de un millón de dólares el botones agregó que en lo que iba del año había habido más de mil trescientos crímenes en esa ciudad a la que llamaban La Villa de las Flores aunque debería llamarse La Villa de las Funerarias pues los únicos que hacían negocio además de los traficantes de drogas eran los dueños y empleados de los negocios de pompas fúnebres y agencias de inhumaciones y volvió su cabeza sin excusarse y él pensó que debía casarse y ser bueno en vez de salir y acuartelarse en Boyacá y sentía que el botones olía la presencia de las bazucas y los G3 que dejaban la ropa apestosa a pólvora temeroso pues no podía caer en ningún tipo de encuentro y sacó su cartera y le dio al muchacho un billete de veinte dólares indicándole con el dorso de la mano que ya se fuera y era como si el tiempo estuviera fuera de sus goznes

O estaba en un hospital aquejado de problemas de estómago su hipertensión arterial sus pulmones jodidos aumentaba su presión sanguínea y le producía insuficiencia cardíaca enfermedad que lo había salvado de la cárcel por orden de un juez de la Audiencia Nacional y recordaba que lo habían detenido con su hijo y su yerno junto a la puerta de un hotel y llevaba un pasaporte venezolano falso y que lo relacionaron con la captura de otro huevón con un cargamento de quinientos kilos de cocaína escondido en el interior de un cargamento de piñas tropicales transportadas desde Panamá el juez lo acusó de ordenar el asesinato desde la cárcel del candidato presidencial Horacio Serpa y lo condenó a veinte años de prisión y varios millones de dólares de multa por delitos relacionados con el tráfico de drogas y por homicidio y tenencia ilegal de armas y él descubrió que podía verse en un espejo si volvía la cabeza desde la cama adonde yacía y observó sus ojeras a la luz blanca del cuarto fluorescente probablemente estaba enloqueciendo se sentía como habitado por fuerzas desconocidas veía o creía ver sus líneas de energía sus torrentes psíquicos sus catexias libidinales flujos reflujos influjos y vio también o creyó ver que en su imagen postural se fundían muchas imágenes posturales de otros

Le cortaban a la gente miembro tras miembro con sierras eléctricas y torturaban incluso a niños y mujeres embarazadas y despedazaban sus cuerpos en trocitos que eran arrojados al río para que no quedara señal alguna de la gente que desaparecían en su mayoría supuestos izquierdistas obreros y campesinos porque o matabas o te mataban y los pescadores empezaron a protestar porque nadie les compraba pescado al ver tantos muertos flotando en el agua unos macheteados con las tripas de fuera o sin cabeza o sin brazos ni piernas aunque ni el mal ni el sufrimiento eran componentes de la condición humana las desgracias no eran desgracias el sufrimiento y los abusos eran hechos sociales

Recordaba que le ofrecieron una elegante y pulida limusina parecida a los coches oficiales pero el conductor era un miembro de las FARC que había superado un exigente curso de conducción y también era experto en empuñar con rapidez el arma cargada que se guardaba en su portezuela que pesaba lo suyo por el blindaje ya que el metal y los vidrios del coche podrían resistir las balas hasta de grueso calibre ya que la carrocería estaba reforzada por un blindaje de titanio y cerámica calculado para resistir hasta proyectiles de 155 mm o minas que detonaran bajo el chasis empotrada en el compartimiento trasero había una mascarilla de oxígeno y un sistema de extensión de incendios un GPS con un margen de error inferior a un metro un sistema de comunicaciones y un inhibidor o antirradar joder lo cansaba tanta tecnología el ámbito de lo no humano seguía siendo lo humano que ocultaba su juego y se sentía como producido como si fuera parte de una máquina informe y feroz precisa porque no se trataba de matarlo de seducirlo de devorarlo o de rivalizar con él de amarlo o de odiarlo sino fundamentalmente se trataba de que funcionara

Sospechaba que el miedo no existía y que no era más que un conjunto de reacciones galvánicas de la piel y temblores musculares involuntarios que emiten 2.2 voltios de energía eléctrica siempre tenía esas manías digamos si hay más de veinte pasos de la puerta hasta el coche eso implicaba que moriría pronto pero podía hacer pasos agigantados descoyuntados o se decía que si parpadeaba antes de contar hasta treinta se derrumbaría el edificio y se tensaba sentía chinita la piel de la cabeza y la espalda y casi se le salían los ojos al concientizar su parpadeo y habían pasado los años y no se había vuelto más listo ni más invulnerable pero había perdido mucho de su capacidad imaginativa y además había hecho de su cuerpo una creación continua un sistema de energía nunca estático ni asustado y por si fuera poco en perpetua autoconstrucción y autodestrucción internas porque había que destruir para poder hacerlo todo de nuevo insatisfecho con la realidad desilusionado iracundo angustiado desbocado

Le habían dicho o creyó entender que Unión Patriótica se había fundado en 1985 y casi de inmediato mil de sus funcionarios y dos mil de sus militantes habían sido asesinados sobre todo en La Macarena en donde asesinaban a una persona respetada en el partido y cuando la enterraban y se congregaban sus deudos alrededor de la tumba aparecía el ejército y disparaba contra la gente arrojaban granadas contra la multitud sin saber que todos esos muertos iban a rondar insaciables alrededor de los vivos como en una película de *Resident Evil* y sólo se contaba con un fluctuante caos imágenes erróneas contradicciones la esquizofrenia podía ser la base de la creación no había universo no había un solo camino sino sólo un infierno con múltiples y multiplicadas estancias

Decían que Pablo Escobar tenía en su hacienda un zoológico con más de dos mil animales que había conseguido en todos los lugares del planeta y que destacaban los elefantes los rinocerontes los leones las jirafas los hipopótamos y sus ayudantes se dice aprovechaban las heces de esos animales para impregnar las envolturas de los paquetes con drogas pues los perros que utilizaba la policía para rastrear los contrabandos temían siempre el olor de animales más grandes y feroces así que todo era producido con excesivo cuidado para que todo se leyera como ellos querían para que todo se disimulara en la cifra de la eficacia que todo se transcribiera en relaciones de fuerza en sistemas de conceptos o en energía computable que todo fuera dicho acumulado repertorizado enumerado cultura de mostrador de la demostración y a la entrada de esa hacienda había una avioneta en un pedestal que se sabía era la primera avioneta que había utilizado para contrabandear cocaína a los Estados Unidos

Le habían metido una pistola automática en la boca y el muchacho tenía los dientes rotos y él creía que el muchacho en su desesperación había mordido el cañón de la pistola para clausurarla para romperla el muchacho estaba tirado a un lado de los contenedores de ácido muriático vaya destino reto sortilegio predestinación vértigo o eficacia silenciosa en un mundo de eficacia visible y de desencanto y no se trataba entonces de vivir sino de ser vivido por fuerzas extrañas y desconocidas y era como si los muertos los vivos y los no nacidos siempre estuvieran en el mismo plano

Decían que la tortura tiene un carácter indeleble y que quien ha sido torturado siempre seguirá estando torturado pero también habría que pensar que no hay mal que dure cien años ni idiota que lo crea que todo pasa y nada queda ya no existe nada duradero sólo evanescentes apariciones no contar el precio exageraciones o extravagancias darse por perdido temeridad locura ir más allá adonde todas las exageraciones son veraces la verdad debe morir carne desgarrada espíritu partido habla entrecortada ininteligible la verdad es un cuerpo roto fragmentos o aforismos fin de los puntos de vista o las conexiones o el orden secuencial mejor generalidades formas rotas abruptas desiguales incoherentes mutiladas la semilla esparcida habla rota por el silencio dejar entrar al silencio afrontar el peligro

Estaba en la región de Puerto Boyacá cuando las FARC decidieron aumentar una vez más los impuestos y se reactivó el rapto no sólo de terratenientes sino también de mujeres jóvenes y pequeños propietarios y a los dos días el gobierno despachó una brigada militar a Puerto Barrio y el batallón Barbulla a Puerto Boyacá y comenzó la represión indiscriminada del campesinado y la mayoría se vieron obligados a emprender el éxodo vivos y muertos disolución del grupo el apocalipsis estaba ahí aceptaban la pérdida de su reino el vacío destrucción de las ataduras las sogas los sostenes las fijaciones que los tenían unidos destrucción de sus ilusiones su mundo aniquilado

Los de las FARC transaron con los traficantes y acordaron prohibir las actividades de los ladrones espías y matones y decidieron que se pagaría a los campesinos con *basucos* que eran cigarrillos impregnados con una base de cocaína y los campesinos exigieron el derecho de sembrar una sola hectárea de coca por cuatro de productos alimenticios y a que no se les cobrara el impuesto del 25% sobre el precio de venta de la coca como si dijeran abrirse paso de las sombras a la realidad y en ningún caso podría decirse que esas decisiones carecían de por qués no lo habían decidido como una tormenta imprevisible en el cielo sin nubes de un país apaciblemente regido por la inercia había una raza guerrera en la que todo tendía a la proclamación de la victoria y otra que tendía a la caballería y otra que tendía al imperio un sistema de honor y uno de dominación algo épico y algo político hombres que se exponen y luchas y hombres que callan y ganan

La cocaína la transportaban semanalmente en vuelos de la aerolínea nacional Satena que salían del aeropuerto de San José del Guaviare en el Meta región controlada por las FARC quienes a su vez proporcionaban suficientes recursos para llevar a cabo sus actividades políticas y militares en esa época el kilo de clorhidrato de cocaína se vendía en los Estados Unidos en sesenta mil dólares se trataba de seducir al mundo haciéndolo enloquecer de iluminar los lugares ocultos sistemáticamente y un paulatino oscurecimiento del resto un perpetuo paseo al corazón de la zona prohibida a la noche de las paradojas la mera anarquía estaba desatada en el mundo el esperanto de la queja no las lenguas opacas y particulares de las personas

O hizo la entrega de las armas compradas en Israel y los guerrilleros que vaciaron los camiones le prometieron entregar el dinero en Buenos Aires en el departamento de su novia y había un grupo que entonaba canciones y se sentía mucha humedad y todos como que jugaban al juego de las interpretaciones su voluntad de poder hundida en el automatismo de los procesos sociales cierta capilaridad tentacular y difusa organización de las necesidades un indiferenciado flujo libidinal colectivo parecía haber suplantado al pensamiento que predominaba algunos años atrás para descubrir las leyes de lo real para cambiarlas y citar a juicio al mundo para cambiarlo las categorías anteriores perdían consistencia y empezaban a disolverse

Les había prometido llevar minas antitanques y no las había logrado conseguir ofreció sus disculpas y las prometió para dentro de un mes o poco más y sus disculpas fueron aceptadas pero pronto el jefe hizo un aparte con él y lo invitó a beber lo que aceptó de buena gana y cierta sorpresa al ver ese hombre en uniforme lleno de polvo y lodo orinar en un vaso cervecero y tendérselo lo que pensó era una forma de decirle que no toleraban los retrasos en absoluto y sobre todo ese haber tomado decisiones económicas sin consultárselos y sustraer otras cantidades para su beneficio sin rendir cuentas y él empezó a beber primero con desconfianza y luego con premura acelerado por el miedo hasta beber hasta la última gota para disolver finalmente ese pequeño cisma y llegar a una frágil tregua en la que debería restablecerse la confianza mutua sonrisas estereotipadas y sobre todo un miedo pequeño que iba agigantándose miedo de ya no ser nadie de vagar como un muerto entre los muertos

Como todos los torturados hablaba desvariaba y no terminaba jamás acostado entablillado vendado y horizontal sobre una cama de lona sentía frío cierta incomodidad

debilidad inestabilidad vacilación incredulidad después de todo estaba vivo y podía escuchar un diálogo entre sus captores que debían ser milicianos israelitas que asesoraban a las fuerzas gobiernistas en contra de las FARC o a la mejor eran asesores del ELN Ejército de Liberación Nacional de tendencia castro-guevarista que fusilaban a los campesinos que se dedicaban al cultivo de drogas o a lo peor eran del Plan Nacional de Rehabilitación e intentaban mejorar las condiciones de vida de los campesinos para atenuar la represión desencadenada por los militares que apoyaban a los escuadrones de la muerte y contaban con más de medio millar de gatilleros desde afuera llegaban ruidos de motores de vehículos para todo terreno avionetas botas radios de intercomunicación en funcionamiento voces gritos murmullos en la habitación que estaba había unas cajas y pudo ver cuando se las llevaban que contenían morteros y municiones granadas cohetes pequeños cañones y varias clases de explosivos sintió cierto estrabismo como si con un ojo buscara golosamente lo real lo que sucedía alrededor y con el otro veía algo como nube todos los tubos a los que estaba conectado uno que iba de su vena en el antebrazo derecho a una botella de suero colgada también a su derecha y otros tubos que debían estar saliendo de su nariz e iban a quién sabe dónde quizás a una toma de oxígeno y sentía en el ambiente un olor a pólvora no podía mover los brazos y blasfemaba despojado de fuerzas pero no de ánimo como si estuviera amotinado contra su condición agónica debía sobrevivir tenía que sobrevivir habría un abracadabra por ahí que lo pondría en marcha de nuevo las palabras eran llaves pero el silencio era una ganzúa pensaba que terminaría vivo todavía vivo y pasional aunque la esperanza siempre la había sentido como una escarlatina infantil que llevara sobre sí mismo desde hacía muchos años quería sobrevivir para volver a jugar el juego del placer para reunirse con su amante argentina en una esfera encantada de una forma indestructible de reciprocidad parodia de lo real anulación del tiempo y del espacio sobrepuja formal de todas las coacciones de la ley ay si pudiera tener la certidumbre de que el embarque de armas había llegado a su destino y el dinero por las mismas ay también aunque la hipótesis fundamental del juego bien lo sabía era que el azar no existía el mundo estaba atrapado en redes de relaciones simbólicas no conexiones aleatorias sino redes de obligación ay bastaba actuar siguiendo los mecanismos ay un militar manipulaba la botella de suero sobre su cabeza ay carajo quizá la cambiaba cómo se siente le preguntó como si de veras estuviera preocupado por su bienestar o como si de veras le importara su sobrevivencia

No recordaba un sólo momento en su vida en que no sintiera que el oficio de vivir era una condena a cadena perpetua una pena que había que descontar a lo largo de una existencia primitiva humilde feroz abnegada era ligeramente despistado hipocondríaco buscarruidos un poquito egocéntrico toda su historia hablaba de una especie de montaje de la razón a la vez en trance de desmontarse su cultura del sentido se hundía bajo el exceso de sentidos su cultura de la información se hundía bajo el exceso de información su sentido de la realidad se descomponía bajo el exceso de realidad y entonces un como amortajamiento del signo y de la realidad en el mismo sudario

El lavado de cerebro dependía de una presión psicológica cuidadosamente calculada y para conseguirla se hacía el uso de la repetición el hostigamiento y la humillación sus estudiantes se turnaban para desempeñar el papel de interrogadores y detenidos pero aquellos a quienes se les había asignado el papel de prisioneros debían memorizar textos izquierdistas cada vez más largos y complejos y a la primera señal de cansancio olvido duda falta de cooperación o incapacidad para contestar correctamente se les aplicaba la técnica de hostigamiento y se llegaba incluso a interrumpir al prisionero mientras comía o defecaba o tomaba un baño y lo adoctrinaban sobre la necesidad y la obligación de prestar atención los humillaban para que sus compañeros se volvieran contra ellos pero los compañeros también eran acusados de ser culpables de sus errores y sólo cuando los instructores decidían que el supuesto prisionero estaba a punto de derrumbarse se podía seleccionar a otro para que lo substituyera en realidad cuando el prisionero se derrumbaba se aprovechaba la situación para enseñarles que con un poco más de presión su mente podría quedar dañada y entonces se explicaba a todos cómo alcanzar un efecto semejante en los demás y por si fuera poco también les enseñaban los pasos necesarios para aniquilar la personalidad de los individuos estableciendo cómo podían crear en ellos un estado de dependencia hasta que la víctima se mostrara dispuesta y urgida para recibir la salvación de quienes habían pasado a controlar cada uno de sus actos y se hablaba también del uso de drogas para alcanzar esos fines drogas que creaban desorientación provocaban miedo producían estímulos generadores de confusión y causaban fatiga y debilidad física

Había permanecido encerrado tantos días y tantas horas que ya no podía llevar la cuenta además estaba solo y en la más completa oscuridad y su único contacto con el exterior era el vigilante que le traía una sola vez cada veinticuatro horas su ración de comida que era entregada con actos de humillación además lo obligaban a que comiera de pie y orinara tendido y cuando llegaba a dormirse lo despertaban en cuanto hacía el menor movimiento era una presión insoportable y estaba seguro de que pronto ya no iba a aguantar más hablaba en voz alta lloraba le pedía a Dios que lo salvara de esa situación lo maldecía porque no lo hacía y de pronto lo sacaban para un interrogatorio sin acusarlo de ningún delito concreto aunque le insinuaban que él sabía cuál era y que podía comunicárselo al interrogador si quería pero en realidad no tenía idea de si había cometido algo malo ni siquiera sabía qué podía ser malo para aquellos hombres y lentamente y sin pausas iban hundiéndolo en una especie de fango mental o también lo sacudía un estado de ansiedad expresado como el temor a que algo malo le sucediera como la locura o la muerte y a veces tenía la sensación de ver la sangre y los huesos de su cuerpo o de pronto sentía estar en otros lugares como paseando por la luna o paseando por una playa maravillosa o tenía la certeza de que alguien le controlaba el cerebro

El torturador era enorme y estaba desnudo y su ropa era tan ligera que podría lastimarlo con alfilerazos era un Goliat a merced de cualquier hondero un Cíclope que ignoraba que se llamaba Nadie un Big Brother cuyas cámaras sólo registraban estática o sus propios fantasmas un Pavlov cuyo perro sólo obedecía una vez de cada tres y la víctima hablaba mucho para no decir nada daba de vueltas se ponía nervioso el suelo parecía hundirse bajo sus pies le dominaba cierto vértigo no comprendía que hubiera olvidado el lenguaje hasta ese punto multiplicaba los datos olvidaba sus sueños se dormía en los interrogatorios fabricaba intrigas y creía siempre que el dinero el sexo y la droga regían al mundo

Decían cerca suyo que el Mosad daba armas a Hezbolá para que mataran a los cristianos y a la vez daban a los cristianos más armas para que mataran a los palestinos y le pareció maravilloso entender todas las palabras y el sentido paradójico del conjunto porque le habían diagnosticado un trastorno de identidad disociativo y un trastorno de estrés postraumático retardado había sufrido tremendos ataques de ansiedad y hacía semanas que había empezado a ser consciente de su alterado estado de conciencia y había ingresado al hospital para tratarse las depresiones severas y las tendencias suicidas vivía con miedo habían intentado anular su voluntad y su mente para crear un estado de conciencia que les permitiera manipularlo y controlarlo lo habían obligado a consumir drogas entre ellas opio thorazine alucinógenos y otras pócimas experimentales le aplicaron tortura con electrochoques y cables eléctricos con pistolas y cinturones que lo dejaban sin sentido y diversos tipos de terapias electroconvulsivas destinadas a destrozar su personalidad y fragmentar sus recuerdos lo habían forzado a lastimar animales realizar investigaciones con luz fluorescente en salas completamente a oscuras torturas ritualizadas y aterrorizamiento lo habían sometido a privación sensorial algunas veces combinadas con drogas en salas acolchadas o en ataúdes enterrados grandes cajas negras y depósitos de agua salada había sido sometido a sesiones de ahogo y reanimación ahorcamiento y reanimación lo habían sometido a pruebas de hambre y aislamiento falsos fusilamientos hipnosis lo habían encerrado en pequeñas jaulas algunas veces electrificadas y también lo habían obligado a ver los malos tratos y las torturas sobre otras personas incluidos niños y bebés lo forzaron a herir a otras personas mientras se encontraba en un estado mental alterado y controlado lo habían forzado a realizar y colaborar en escenas de pornografía ilegal que quizás vendían en el mercado negro o en el Internet y lo forzaron a ayudar en la programación de niños que iban a ser usados como señuelos algunas veces como para ganchos de asesinato se le obligó a participar en emboscadas y crímenes contra personas civiles y en muchas ocasiones le habían puesto un giroscopio y lo obligaban a dar vueltas para alterar en mayor grado su personalidad y a eso le llamaban programación de giros lo habían encerrado en cajas como ataúdes y lo habían cubierto de insectos y gusanos y si en alguna ocasión sus cuidadores lo sorprendían recordando algo le administraban más drogas y electrochoques para alterar sus recuerdos y provocarle amnesia entonces algo como una desintegración la reducción de su humanidad a algo animal la metamorfosis de su cuerpo en carne macerada lastimada jodida y luego de lo animal a lo peor en vegetal y de lo vegetal a lo mineral y de lo mineral a nada a nadie a nunca no somos nada susurró desvalido y creyó oír una réplica de un cantinero en su primera juventud ¡y usted menos que nadie cabrón! la dirección de sus sentidos nunca podía desviarse hacia apoyos consoladores y a veces la oscuridad misma a la que era sometido y hasta el absoluto silencio lo sentía como algo concreto pesado definitivo infinito final

Había dejado las armas y los vehículos adonde las transportaba en el campamento guerrillero y con un guía salió de allí subiendo por un retorcido sendero a una montaña oscura no había aceptado dinero sólo una botella de brandy de la que daban de vez en cuando pequeños tragos el dinero todo en dólares y en efectivo se lo enviarían a Buenos Aires en un par de días y él estaba de acuerdo era peligroso no estarlo y un poco más arriba vieron un caserío y extrañamente todas las chozas estaban vacías así que eligieron la menos destruida y se echaron a descansar su respiración era agitada sentía calor le hubiera gustado nadar o bañarse y ya acostado empezó a pensar que si fuera en un avión que iba a ser secuestrado y se veía midiendo esa situación pasaban un minuto dos minutos tres minutos y entonces se daba cuenta que ya no podría actuar nunca más en situaciones de emergencia el tiempo nunca lo ayudaba y cuanto más esperaba más se paralizaba y habría que tener eso muy en cuenta

A la mañana siguiente se levantó salió fuera de la choza y estiró los brazos como desperezándose y vio un poblado que le dijeron se llamaba Mesetas y al mismo tiempo vio con tristeza que la mayor parte del bosque que lo rodeaba había sido destruido y su compañero le contó que la mayor parte de la fauna había desaparecido lo mismo los cerdos salvajes que los conejos las ardillas y las aves y le contaba todo esto mientras preparaba caldo de tocino y chocolate en una pequeña hornilla de petróleo y cuando terminaron le preguntó si quería conocer los sembradíos de coca y como dijo que sí pues de alguna manera tenían que bajar esa montaña del otro lado para llegar a una carretera que más bien parecía un camino vecinal y empezaron a caminar tropezando y hundiéndose batiéndose por caminos lodosos y su nuevo amigo le dijo que muy cerca había pistas de aterrizaje y se podía ir en una de las avionetas que traían la pasta base para procesar la cocaína y tardó en responder porque la atmósfera era asfixiante pero pronto llegaron a un claro de tres o cuatro hectáreas sembrados de arbustos que originaban la droga estaban cubiertos de hojas que se multiplicaban y ahí parecía que no le daban importancia a esa mala hierba que lo cubría todo lo que pasaba era que esa propiedad estaba abandonada y los campesinos la dejaron cuando se desplomó el precio de la coca el guía lo invitó a ver la cocina instalada en cincuenta metros cuadrados protegidas por un ruinoso techo de asbesto y vieron los hornos rudimentarios las latas todavía llenas de ácido y montañas de hojas secas y podridas abandonadas después de haberles sacado los alcaloides y el guía le dijo que era claro que ese laboratorio podría volver a funcionar si subía el precio de la coca aunque los campesinos quisieran abandonar el cultivo de la droga y dedicarse mejor al cultivo del maíz la yuca el plátano o el café pero el problema es que no había mercados cercanos y el precio del transporte era prohibitivo más que abusivo y los dejaría sin ganancias pues los comerciantes compraban esos productos a precios verdaderamente ridículos y por si fuera poco el gobierno se había olvidado de ellos o si se acordaba era sólo para echarles al ejército encima

   Al sur de esa montaña no demasiado lejos estaba la región llamada El Triángulo del Narcotráfico entre los departamentos de Caquetá y Meta cerca de las llanuras a las márgenes del río Yuri adonde había treinta y cuatro pistas clandestinas y avionetas peruanas y bolivianas venían dos veces por semana a entregar productos básicos para el procesamiento de la mercancía su acompañante no paraba de hablar a nadie he robado decía pago mis deudas puntualmente no hago chanchullos ni con la policía ni con los políticos pago mis impuestos hago obras de caridad voy a misa soy buen padre de familia buen ciudadano y no le pido favores a nadie pero eres narcotraficante contradijo sí aceptó pero eso no quiere decir que sea pecador o delincuente ni juego ningún juego de doble moral ni corrompo a nadie pero nadie te está persiguiendo ni te señala no veo en ninguna parte mala fe contra ti ni mala voluntad de nadie ni tampoco creo que te digan mentiras o te engañen tú los ayudas mucho con las ganancias de la droga y por eso no hay amenazas ni sobornos ni chantajes sino sólo complicidades contubernios compadrazgos uniones colaboraciones y amistades entrañables para poder vivir en la sociedad de los humanos hay que ser complacientes y tú deberías sacudirte el miedo nadie te señala y ¿de veras crees que podré irme en uno de esos aviones que traen la pasta?

Mientras esperaban le contó que no lo aceptaban como miembro en el Club Unión adonde los socios pasaban por las normas más severas de inspiración británica y había que contar con la aceptación de todos los miembros que eran más de mil y que tampoco lo habían aceptado en el Club Campestre integrado por jóvenes industriales y lo peor es que ni a sus hijos los aceptaban en los colegios particulares así que los había enviado a estudiar a Estados Unidos y eso que les pasamos su buena tajada a los gobernantes y sus secuaces luego hablaron de un obispo que había sido suspendido por ofrecer una misa en honor del sacerdote guerrillero Camilo Torres y de otro sacerdote que había declarado a la prensa que aceptaba donativos de la narcoguerrilla para evitar que ese dinero fuera invertido en burdeles de mala muerte compra de armamento tráfico de influencias y otros delitos su proyecto era salir hacia Buenos Aires cuanto antes posible pues ahí no sólo iba a disponer del dinero de su entrega que era mucho más que lo que había tenido nunca sino también tenía a su encantadora y bella minita argentina

Era especialista en controlar y escuchar llamadas telefónicas conocía todos los sensores que había en el mercado y bastaba colocarlos en la línea principal y en los sistemas de comunicación para rastrear los ceros y los unos de las comunicaciones digitales en busca de determinadas combinaciones de palabras algoritmos que generaban los satélites y las emisoras de telefonía móvil y triangulaban desde un satélite hasta la Tierra para señalar puntos de contacto que mostrarían el lugar adonde estaba la persona que hacía la llamada o también apostaba agentes armados con radares portátiles que como aspiradoras electrónicas absorbían todo lo que emanaba de lo que podía ser una casa segura para sus ocupantes o una estación de policía o un Ministerio un compadre también husmeaba en las computadoras y trabajaba para el FBI y afirmaba que los agentes de su corporación eran serios y formales aplicados y leales mientras que los de la CIA era felinos y quisquillosos y siempre practicaban un doble juego y no eran de fiar pero los de la CIA decían que ellos sí eran perspicaces intuitivos astutos y de uñas afiladas y que avanzaban en silencio y sigilosamente y siempre conseguían lo que pretendías mientras que los del FBI eran animales bobalicones que se iban tras señuelos preestablecidos los de la CIA actuaban para conocer lo que era posible conocer realizaban conjeturas fundamentales sobre lo que no era posible conocer y seguían adelante aunque mejor era curarse en salud decir lo mínimo posible y dejar las injerencias al mínimo

Ya en una ruidosa y temblorosa avioneta salvadoreña acordó con el piloto que lo podían dejar en Gualeguay y que ya de ahí seguía solo hasta Buenos Aires curiosamente se sentía como actuando para una película y tenía como una necesidad imperiosa de ser complaciente con el piloto como si aceptara participar en un intercambio como si lo propio de él fuera el resultado de todo lo que sabía el piloto de sus actividades y su pasado él era lo que decían que eran sus pensamientos incluso era lo que los otros le permitían pensar tal vez lo único propio e independiente era su cuerpo aunque también estaba mediatizado por el lenguaje por los rituales por la reglamentación por su alimentación y por la mercantilización de sus movimientos que llegaban hasta la intimidad de sus células era como si estuviera en *probation* bajo la condición de pasar determinadas pruebas que le proponía e imponía un poder inconmensurable casi no hablaba tenía el presentimiento de que siempre que lo hacía terminaba diciendo palabras de más

Mirando las montañas y las erosiones allá abajo y ritmado por el ronroneo del motor de la avioneta se puso a pensar en su madre mizrahi y su padre inglés y en sus cuatro abuelos a los que había conocido en fotografías y en sus ocho bisabuelos de quienes sólo sabía los nombres de tres de ellos y conocía a uno por daguerrotipo y sus dieciséis tatarabuelos de los que ignoraba absolutamente todo pensaba que más o menos cada veinticinco años surgía una nueva generación sobre todo porque antes la gente moría más joven y calculaba que podían haber setenta y nueve generaciones atrás retrocedía así mil novecientos setenta y cinco años es decir justo hasta el apogeo del imperio romano pero de ser así cada ser humano tendría en el año veinticinco de la era moderna unos diecinueve trillones de antepasados o poco menos una cifra que superaría la población de la Tierra en cualquier época e incluso una cifra superior al número acumulado de seres humanos nacidos en toda la historia de nuestra especie lo que implica que es más frecuente de lo que pretendemos el adulterio el incesto la poligamia las bastardías en fin

El piloto notó las heridas provocadas por las torturas que había sufrido y por aliviarlo y pasar más de prisa el tiempo de vuelo le contó que los médicos soviéticos recetaban de manera rutinaria tratamientos psicotrópicos desorientadores o inductores de dolor a personas perfectamente sanas cuya única enfermedad era la oposición al régimen y en Siria y Arabia Saudí los médicos acostumbraban usar un instrumento que consistía en una silla de metal con un agujero en el centro ahí ataban a la víctima desnuda y luego introducían por el agujero un falo de metal caliente que penetraba en el ano y se iba abriendo camino poco a poco y haciendo estragos hacia los intestinos hasta que antes de que la víctima muriera los médicos se apresuraban a retirar el artefacto aunque las atroces y terribles hemorragias internas casi siempre acababan provocando la muerte del prisionero y al terminar de contar miró la cara de su pasajero y se satisfizo con el gesto de horror que estaba haciendo

En Etiopía vertían agua y aceite hirviendo sobre partes del cuerpo de los prisioneros y luego probaban diferentes coagulantes sueros y pomadas que habían proporcionado los rusos para tratar las gravísimas quemaduras y por si le parece poco dijo el piloto en Yubuti dicen que a sus víctimas les inyectan fármacos inductores de coma administraban electrochoques efectuaban amputaciones y sumergían a los prisioneros en agua con sal durante semanas hasta que la piel se les pudría y la carne se les desprendía de los huesos y en Somalia había en Mogadiscio una sala del ruido adonde se sometía a los condenados durante días y días a sonidos cada vez más fuertes hasta dejarlos sordos para siempre y le habían contado que en Somalia había una serie de centros repartidos por todo el país adonde contaban con personal especializado que supervisaban o practicaban castraciones quemaduras de pechos y genitales y amputaciones quirúrgicas de la lengua

Discutieron si la tortura era para forzar a una persona a reconocer su culpabilidad o a asumirla o a inventarse como culpable para que se detuviera el castigo y los asesores norteamericanos aquí en Centroamérica habían entrenado a muchos para el uso de drogas que creaban desorientación inducían miedo producían estímulos confusos y provocaban cansancio y debilidad física y el piloto añadía que todo eso era posible por los avances en genética ya se habían creado gérmenes tan refinados que podían resistir cualquier antídoto y las biobombas eran mucho más baratas de fabricar que las bombas nucleares la tecnología podía encontrarse fácilmente y todo va a poder esconderse bajo cómodas tapaderas como investigaciones farmacéuticas agárrate fuerte nos estamos acercando a la hora del bioapocalipsis

Escuchaba al piloto sin mover un músculo de su cara inmutable aparentemente relajado y tranquilo y más que pensar en todos los horrores que le describía pensaba que él sufría siempre por el mundo que cambia por las verdades que pasaban por las mujeres amadas que se alejaban por las innumerables pérdidas de las cosas por el indiferenciado y fugaz hormigueo de la existencia el juego de las interpretaciones los abusos de poder hundidos en el automatismo de los procesos sociales la tentacular y difusa organización de sus cada vez nuevas necesidades y ese confuso flujo dividinal colectivo que parecía haber suplantado al pensamiento que descubría las leyes de lo real para cambiarlas y convocaba al mundo para cambiarlo pero la cultura espectáculo y la estupidez y la estulticia generalizadas habían derrotado hacía mucho tiempo las posibilidades de cambio y revolución

El piloto no paraba de hablar como si condicionara la altitud el equilibrio o la velocidad o la estabilidad de la avioneta con sus palabras los gringos sí que sabían enmarcar los debates contaba fíjate llamaron guerra del terror a la invasión injustificada de Irak y alivio fiscal a su rebaja de impuestos a los ricos y ay de aquel que se opusiera a la guerra pues se hacía de inmediato simpatizante del terrorismo y ay de aquel que protestaba de la rebaja fiscal porque aparecía como deseoso de que les subieran a todos los impuestos esos neoconservadores hasta parecían a veces pasarse de listos mire ese paisaje en ese caserío yo tenía una mulata de fuego ay pero me la mataron y ahora todo esa extensión verde no le parecía otra cosa sino un inmenso cementerio

La esquizofrenia ya no recibía ese apelativo desnudo y ofensivo sino que se matizaba con otros como latente pseudoneurótica dudosa o creciente así como en las lesiones cerebrales orgánicas se distinguía entre las lesiones cerebrales mínimas y las disfunciones cerebrales mínimas afortunadamente habían aparecido muchos nuevos antidepresivos una extensa gama de tranquilizantes y fenotiacinas más potentes que ayudaban a controlas las funciones fisiológicas y obviamente con eso terminaba la época en que bombardeaban al paciente con todo tipo de medicamentos con la esperanza de que alguno funcionara aunque si él no estaba esquizofrénico cómo podía explicarse su desdoblamiento que a veces era tan palpable que podía a verse a sí mismo durmiendo en su cama y a la vez ya vestido saliendo del cuarto comprobando el equilibrio de su pistola o veía colores distorsionados y sufría alucinaciones y ahí mismo en el avión sentía que ganaba altura que sus percepciones se alteraban que se alargaba la distancia entre el avión y la superficie terráquea a pesar de que el piloto aseguraba que ya habían empezado a descender y él temía padecer un nuevo ataque de ansiedad lamentablemente no sabía ni podría saber que los antiguos poetas de Islandia cantaban al destino y la muerte y llamaban a cada cosa con el nombre de otra sin duda para creer que podían engañar a la muerte además usaban muchos nombres y cambiaban con frecuencia y después de usar uno pasaban a otro y si uno estaba muerto el otro estaba vivo y así sucesivamente confundiendo a todas las autoridades del mundo

El piloto le contaba que había luchado con un oso pardo y sobrevivido al ataque de un toro de lidia y que además había sido piloto de combate en Irak miembro de la tripulación de un submarino en el Atlántico y marino en el helado Norte también había trabajado en las minas de diamantes en África en el Instituto de Investigaciones Biológicas de Tel Aviv baritoneaba con voz suave y educada y mira estamos sobrevolando Sao Gabriel das Cachoeiras y creo que vamos a bajar en una pista de Villavicencio nada cerca de Gualeguay pues bajaremos en donde se juntan Colombia Venezuela y Brasil muy al noroeste pero ahí puedes avanzar hacia el sur en tren o en autobuses foráneos y estarás en Gualeguay mañana por la noche y en Buenos Aires en unos dos días si todo sale bien aunque yo te podría llevar en un par de semanas si tienes paciencia y puedes esperar él pensando en diversas manías que había tenido cuando era niño por ejemplo si había más de veinte pasos hasta un poste de luz que estaba en la esquina de la calle adonde vivía eso implicaba que moriría pronto y hacía pasos tan largos y desproporcionados que los que pasaban se le quedaban mirando o se planteaba que no debía parpadear en sesenta segundos porque si lo hacía se produciría un terremoto espantoso o miraba a una hermosa muchacha y se concentraba para que ella volviera su cabeza y lo viera apretaba los puños y generalmente ese esfuerzo era recompensado y también oía voces en su cabeza que hacían un ruido insoportable como si hubiera muchos yos dentro suyo y sentía cómo se le tensaba la piel alrededor de los ojos así que había aprendido que con el tiempo los seres humanos no se vuelven más inteligentes sino que sólo se taran y pierden la imaginación

El sol era deslumbrante y parecía que volaban dentro de un día perpetuo y que ese sol feroz no se ocultaría nunca y él recordó que en Munich habían matado a un agente soviético Stefan Bandera en plena calle y frente a docenas de transeúntes disparándole en la cara con un falso paraguas ácido prúsico y la víctima cayó al aspirar ese ácido cuyo efecto vasoconstrictor le provocó lo que dictaminaron como ataque al corazón y recordó también de cuando empezaron a probar sobre el terreno un nuevo agente biológico contra los vietnamitas del norte la encefalomielitis equina venezolana que no sólo era tremendamente contagiosa sino también debilitante y provocaba náuseas y todos los síntomas de una gripe aguda querían debilitar y desconcertar al enemigo y sobre todo incapacitarlo para el combate una vez que inhalaban la enfermedad pero lo malo es que también la inhalaban los soldados norteamericanos y survietnamitas y tras varios ensayos se canceló la amplia distribución que habían planeado y de pronto tensión que hizo al piloto mirarlo con cara preocupada pues la avioneta se movía como si fuera sobre una línea que separaba lo que se podía percibir de lo que nadie había visto aún el piloto le puso una mano sobre su muslo y le preguntó si se sentía bien pero se sentía desfallecido y ausente como si estuviera luchando por mantener el equilibrio entre los vivos y todos los muertos que llevaba dentro con su lamento por los muertos y con su propia muerte que sentía próxima y segura como si intentara reactivar sus recuerdos incrementar su deseo por su *garota* bonaerense para sobrevivir a su montaña de culpas y casi sentía los olores de esa chica la suavidad de su piel o escuchaba su risa o su voz demandante o ruidos como si murmurara ay las veces que había tenido que grabar en secreto a sus interlocutores y luego mandar las transcripciones de las cintas la grabadora chirriando con un sonido casi animal porque rozaba por dentro quién sabe qué y era inevitable que a veces borraba muchas palabras de las que se habían grabado aunque existían demasiadas palabras y por lo general todas ejercen mal su función y nadie sabe bien lo que se dice o lo que entienden los demás y sobretodo porque las palabras desaparecen o se olvidan y ya había demasiadas y tan viejas que se podrían afuera se aproximaban a una tormenta fuertes vientos hacían trastabillar la avioneta y el piloto hizo una expresión de enorme concentración y se arrellanó en su asiento no iban a poder seguir conversando y a él le aliviaba poder hablar todo se le agolpaba en la garganta los recuerdos los horrores el miedo el tufo de la tortura los ácidos del estómago siempre con la ilusión de que sus palabras eran algo distinto a esas cicatrices que llevaba por todas partes ese oscuro latir de su cuerpo a veces temblaba sin control al recordar las celdas subterráneas adonde lo habían interrogado la oscuridad del agujero del retrete en el que le metían la cabeza esa peste ese asco y en esas tinieblas viscosas visiones en las que las palabras eran como de otro mundo tendría que resistir

En medio de la lluvia que sacudía al pequeño aparato él pensaba que su futuro era indudablemente más rico que antes que la incertidumbre y el significado de lo que veía y escuchaba lo había llevado a aguzar ojos y oídos y sus manos recogían ahora testimonios insospechados vibraciones sublimes matices imperceptibles casi subliminales micro tonalidades sutilezas insondables del ánimo y del humor desconocidos mensajes de lo inaudible ay la limitada comarca de su conciencia los engaños a los que estaba sometida su identidad él era un enigma él era otro él no sabía quién era pero creía que la clave de su vida desconocida por todos y por cada uno debía buscarla en el deseo de las mujeres que le gustaban que lo desesperaban que añoraba le fastidiaba hacerse ilusiones pero eran como delirios que necesitaba para proteger su vulnerabilidad y también padecía por lo reducido de su lenguaje que sentía como un muro que lo volvía inalcanzable e incomprensible o simplemente ponía una distancia imposible de precisar entre él y los demás o lo ponían en una profunda celda sin ventanas desde donde no podría comunicarse con nadie nunca más cuanto le había sido dado le podía ser quitado el piloto gruñía y se aferraba a los mandos como si la tormenta fuera un ser vivo con el que tuviera que luchar y él se sentía como en libertad condicional vivía siempre como *on probation* bajo la condición de pasar las pruebas y observar los límites que le imponía el poder su lenguaje sería siempre incompleto abierto el objeto de su deseo no estaba esperándolo en el futuro sino que estaba perdido en el pasado

La avioneta por fin pudo estabilizarse bajo la tormenta después de varios sacudones y el piloto le aseguró que ya estaban por aterrizar y empezó a perder altura y su acompañante se llenó de júbilo una pequeña alegría porque se sentía de nuevo en la plenitud de sus posibilidades tenía la facilidad de otorgarse libertad a sí mismo y se la otorgaba al mundo y en ese territorio borroneado por la tormenta iba a salir a la luz y crecer en todas sus vainas seguiría gozando de su amistad con los traficantes israelitas haciendo negocios con ellos y con los milicianos de allá abajo no parecía fácil pero para él era fácil porque no se sentía amenazado y su novia argentina pronto recibiría cajas y cajas de dólares y él gozaba una como voluntad de renacimiento permanente aunque a veces le gustaría poder desaparecer dejar de existir haber sido y no ser ya en eso se hizo un claro pero no se veía casi nada sólo árboles y terrenos vacíos allá está la pista gritó el piloto aferrándose al timón y haciendo bajar las aletas para aterrizar y perder altura él mirando el tacómetro que empezaba a disminuir vertiginosamente la tabla de desviación el altímetro el manómetro de aceite la brújula los ejes de mando de los alerones

La avioneta se zarandeó al tocar la pequeña pista apenas visible desde el aire pero se equilibró más pronto que tarde y el piloto hizo un gruñido de satisfacción no se veía casi nada ya que la vegetación era muy alta y densa, pero apenas apagó los motores tres mujeres con trajes militares muy jóvenes y atractivas se acercaron para ayudarlos a descender lo que no fue complicado pues ninguno de los dos llevaba equipaje al apagar por completo el motor se oyeron las campanas de alguna iglesia cercana y preguntaron dónde estaba y qué tan cerca y les contaron que era la hora del catecismo y el rosario y que esa campana se llamaba Paloma y mientras caminaban hacia el abrigo de los matorrales después de cubrir la avioneta con mantas de camuflaje y hojas y ramas sueltas les contaron que la iglesita del poblado tenía siete campanas y que cada una tenía su nombre y su sonido diferenciado así la Cuaternaria sonaba a las cuatro para despertar a los durmientes del pequeño poblado que a ese sonido le llamaban toque de susto la Triste era la campana de la muerte la Fiesta ponía fin a las clases matutinas de la escuela y la Omega era la que marcaba las horas en punto y la del sonido más hermoso era la Reina que sonaba la víspera y en la mañana de las grandes festividades pero acababa de pasar la Semana Santa y en ese periodo guardaban silencio todas las campanas ya que en eso días se matraqueaba una de las chicas que tendría unos catorce o quince años dijo que ella daba vueltas a una manivela que ponía en movimiento una serie de martillos los cuales percutían en madera dura y había cuatro grandes matracas en las esquinas de la iglesita y los monaguillos campaneros tenían que tocarlas al mismo tiempo para que el sonido repetitivo se expandiera en las cuatro direcciones una de las jóvenes la que casi no había hablado se disculpó para ir a la iglesia y las otras dos entre coquetas y serviciales los invitaron a comer a una rústica cabaña

Se sentía extraño y no podía precisar si tenía miedo o sólo estaba angustiado era difícil determinar qué le pasaba qué era lo que temía aunque su miedo parecía más bien indeterminado y carecía de límites aunque sin duda exageraba pues el mundo era su límite Sudamérica era su límite esa selva era su límite pero sentía que estaba perdido en esa vegetación despojado de cualquier sentido de dirección era como si el mundo ya no pudiera ofrecerle nada viajar y encontrar a su amada parecía difícil sino imposible sentía como si hubiera roto sus vínculos con ella o como si hubiera caído fuera de las relaciones familiares fuera de todas las relaciones posibles o imposibles había intentado usar su celular pero no había señal así que empezó a comer con avidez mientras hablaban de miles de personas que buscaban su salvación en movimientos sectarios como el ocultismo el vegetarianismo la cultura nudista la teosofía la antropología la revolución armada todas esas alternativas como promesas de redención y ofertas de orientación

Se escuchaban graznidos de aves y movimiento de ramas y hojas y las muchachas se disculparon y salieron de pronto a toda prisa el piloto se tendió en el suelo y se puso un brazo bajo la cabeza a manera de almohada y se durmió de inmediato y él se quedó ahí sentado ante su plato todavía con restos de comida estupefacto y cansado también pero sin ningún proyecto pues cómo podría salir de ahí no había visto ninguna carretera ni ningún automóvil ni camión ni ningún caballo ni creía poder disponer de ningún guía entonces la opción era esperar a que el piloto cumpliera su cometido y lo llevara después de unos días a Gualeguay y ya en Argentina todo sería más fácil pero por lo pronto no había un hotel ni una casa adónde dormir y asearse estaban en la selva adonde no había nada bueno tenían tiempo pero el tiempo no era ningún don no les daba ningún contenido ni ninguna orientación o sería que el sentido era el tiempo pero el tiempo no les ofrecía ningún sentido

Sólo con el piloto dormido cerca suyo y sin saber qué diablos estaban haciendo ahí ni por qué habían aterrizado ahí sintió que estaba cara a cara con la nada y sintió que no era real quizás ni siquiera seguía vivo o era real y él podía como ser creador hacer que surgiera algo de la nada tenía que localizar a sus traficantes israelitas era decisivo que pudiera seguir haciendo negocios con ellos era como si de la nada se hiciera algo y lo malo es que de ese algo se hacía nada y esa nada lo conducía o lo hundía en un lugar de cambio o intercambio o recambio lo confrontaba con otras posibilidades con un ser posible que estaba dentro suyo y en eso eructó y tuvo repentinos deseos de salir a defecar pero ¿dónde? sus anfitrionas habían desaparecido y él se sentía como un zombi nómada inmerso en un cuerpo que no era el suyo y se volvía para ver al piloto dormido plácidamente pues temía que si dejaba de mirarlo iba a desaparecer o a desvanecerse y de pronto sintió ganas de romper a llorar como un desquiciado desesperanzado perdido abandonado olvidado

Le ofrecieron para beber un vasito de cartón con aguardiente y en cuanto lo tomó sintió el líquido bajar por el esófago y caer en el estómago blandamente así que poco después se logró incorporar y asomó a la puerta de la choza adonde una mujer joven que vigilaba con un fusil ametralladora AK-47 sobre las piernas y estaba sentada en la suelo a un lado de la entrada le dijo hola y él preguntó si podía salir claro que puedes salir si no eres prisionero sino uno de los nuestros así que salió al aire libre y preguntó qué había más allá después de la iglesia hay casas y una pequeña cantina también una tienda adonde venden cervezas y pequeñas cosas como frutas del área y cereales jabones e instrumentos de labranza y para el otro lado hay laboratorios adonde preparamos la pasta base para la coca y establos adonde puedes tomar un caballo e ir a explorar los alrededores entonces él preguntó qué tan lejos había una ciudad más grande bastante lejos y es muy difícil atravesar la selva porque está llena de fugitivos y soldados emboscados y mercenarios y animales salvajes es mejor que pudieras esperar a que la avioneta salga otra vez además no te podríamos dar armas porque no tenemos suficientes y te internarías en territorio enemigo sin defensa posible gracias dijo y la muchacha sonrió con coquetería y como si fuera a incorporarse pero él le dio la espalda y empezó a caminar hacia donde suponía que estaba la cantina y al entrar ahí le sorprendió ver una televisión encendida con un episodio de policías y ladrones en Miami doblado al español con esas series se inoculaba a los espectadores de historias intemporales historias de amor de violencia persecuciones y crímenes historias de pérdidas y reencuentros desgracias de ricos y famosos y acercamientos a los rostros de protagonistas compulsivos que padecían y se doblaban ante las cargas de la existencia como si la buena noticia fuera hacer patente que afuera del aparato no pasaba nada en realidad pensó con humildad que siempre había algo que nos ocupaba que nos preocupaba que nos afectaba y nos sacaba de nosotros mismos

La cantina estaba casi vacía así que salió a caminar las otras tres o cuatro calles del poblado hasta que se detuvo frente a una especie de gimnasio adonde un grupo de guerrilleros hacían ejercicios de flexibilidad todos eran muy jóvenes quizás menores de veinte años y había hombres y mujeres pero tenían una expresión entre decididos y desheredados entre desamparados y feroces entre seguros de sí mismos y radicales en otro lugar pasarían inadvertidos serían insignificantes pero ahí gritaban se desarrollaban nuevos existencialismos expresionismos automatismos nihilismos deconstructivismos rebeldías como si el ámbito de lo íntimo se pudiera expulsar hacia el exterior con movimientos y gritos para abolir el código que antes les daba la apariencia de sujetos ahora eran parte de un grupo disolvente fragmentado su yo dispersada su fiebre encaminada su furia y su desazón totalmente embriagados de consignas el teatro de su nuevo carácter la imagen de su nuevo mundo su compromiso gritando consignas confirmaciones milenaristas escatológicas puristas o sería mejor decir radicales como si su meta fuera potenciarse hacia estados finales más allá de los cuales no se pudiera ir

Sonaron unas campanadas de la iglesia que él había olvidado qué significaban y salió de la cantina sin consumir nada fuera de un puñado de cacahuates y empezó a caminar bajo unos manglares y vio a tres niños cada uno con una iguana atrapada por la cola que se las ofrecían en venta pero él no tenía cómo cocinarla lo sentía mucho la carne de iguana realmente le gustaba todavía le faltaba un buen tramo para llegar hasta la iglesia y la campana calló le impresionaba que los calendarios se rigieran por el nacimiento del dios de los católicos como si todo el mundo fuera católico y quizás el probable nacimiento de un redentor que sentía y pensaba en términos apocalípticos pero qué extraño que ese hombre todo poderoso tuviera tanta prisa para regresar a los cielos en eso vio salir de la iglesia a un par de guerrilleros heridos que caminaban ayudados por primitivas muletas y de pronto olor a gasolina que probablemente usaban para elaborar la pasta base de cocaína sentía calor su ropa estaba empezando a pegotearse por el sudor y que curioso porque no había civiles ni viejos ni viejas sólo algunos niños armados con fusiles cuchillos o ametralladoras y hasta uno con cara de pícaro y su traje militar que le quedaba excesivamente sobrado y que cargaba un lanzagranadas

SILVANO

Martes

Marie Bonaparte una alumna muy apreciada por Freud sufría afectada por una frigidez irreductible y se sometió a una intervención quirúrgica para acercar su clítoris a la entrada de su vagina

La azafata lo miraba como si escondiera algo

Cada realidad se funda y se define por un discurso

Había visto a Sonia cientos de veces y sólo la recordaba anestesiada en el hospital

Ella tenía miedo de ser enterrada y no estar muerta por lo que le había pedido que le enterrara en el corazón un fino puñal veneciano

Para estar segura

La declararon muerta y de pronto su cuerpo parecía en los límites de la descomposición

Un cadáver nos incita a la renuncia

Estaban en un hospital y él confirmó con el médico el deseo de Sonia de ser apuñalada en el corazón una vez declarada muerta

El doctor lo miró con incredulidad desconcierto acidez y ciertamente desalentado

Todo lo que vive tiembla pero su amiga estaba muerta inmóvil

Él también tenía pavor de ser enterrado vivo

Por decencia debería uno elegir el momento de desaparecer

Lo verdaderamente terrorífico sería ser enterrado y pasadas unas horas despertar en el ataúd varios metros bajo tierra

Pero él no esperó la complicidad del médico y desenvainó el estilete y lo dirigió hacia el corazón oculto de Sonia

Sarah Bernhard dormía en un ataúd abierto

Jorge Luis Borges tenía un cuento en que un criminal maneja un puñal pero en realidad es el puñal quien maneja al hombre

Elizabeth Bishop murió de un aneurisma en el cerebro

El avión comenzó a ganar altura

El cielo azul y las nubes le recordaban el cielo cuando lo miraba de adolescente

Una voz metálica anunció el tiempo de vuelo las condiciones del clima la locación de las salidas de emergencia

Jane Bowles también había muerto de un ataque del corazón

Jackson Pollock fue asistente de David Alfaro Siqueiros

Jorge Luis Borges se casó con María Kodama cuando tenía ochenta y seis años de edad

¿Cómo sería la hija de Sonia?

La había llamado por teléfono avisándole de su llegada

Le impresionó que no se oía conmovida ni expectante

Pensaba que había dirección de conciencia intención de conciencia e intención vacía

Cézanne decía que jamás miramos un paisaje

Si él miraba algo era un caos irisado

¿Cuál sería el abismo de la imaginación?

¿Saben ustedes cómo celebró la victoria en la guerra del Golfo el general Schwarzkopf?

En Disneylandia

Festejos en el mundo de lo imaginario

Walt Disney se hizo congelar en nitrógeno líquido en espera de que en algún futuro la ciencia pudiera resucitarlo

Después de la vaca loca el carnero clonado

Entrar en un libro es como entrar en un mundo y de pronto nos sentimos perdidos trastornados con la impresión de no estar entendiendo nada

Todo diálogo fallido todo amor fracasado es una derrota recíproca

Isaac Newton dedicó la mitad de su vida a la estúpida búsqueda de la alquimia

Si bien no todos los beneficios del petróleo van a parar a los terroristas casi todos los fondos del terrorismo dependen del petróleo

Su vecino de asiento va leyendo un periódico y alcanzó a ver que un ex ministro bosnio asegura que Estados Unidos prometió la impunidad a Karadzic si se retiraba de la política

También que se fugó un represor que estaba detenido en Bahía Blanca

Le ofrecieron una bebida gaseosa pero pidió un whisky con soda y la azafata sonrió

Sonia le había contado del coronel Julián "Laucha" Correa, que era torturador en el centro clandestino de detención llamado La Escuelita

Muchos años atrás durante su permanencia en Bahía Blanca Correa se había infiltrado entre los estudiantes de la Universidad Nacional del Sur como parte de las acciones represivas contra las agrupaciones de izquierda

Alcanzó a leer que en la delegación Bahía Blanca y zonas aledañas se produjeron como mínimo veinticuatro muertes hubo cincuenta y ocho desaparecidos y sesenta y seis detenidos fueron liberados

Ofrecen ciento cincuenta mil pesos argentinos a las personas que puedan aportar datos sobre el paradero de Correa

¿A cómo estaría la moneda argentina respecto al dólar?

Sade quería por encima de todo que la ley asumiera toda su fuerza y potencia y quería probarlas en su propio pellejo

Correa era como un caracol que iba dejando su pasado baboso tras de sí como una huella indeleble y cargaba sus culpas en las que se envolvía cada noche para pernoctar

A veces un domingo disfrazado de miércoles espera un jueves

Le trajeron su bebida pagó y armó la mesita para depositarla

Para Sonia no había salida en el nivel de su apariencia

Acababa de morir y su expresión era de alguien perdido en un ensueño y no del todo presente en su situación

Un semblante que ocultaba al ser que estaba debajo

Con sus dedos firmes le cerró los ojos y apuntó la punta del estilete contra su corazón

Aldous Huxley murió el mismo día que John F. Kennedy

Machado de Asís era epiléptico

Sonia había empezado por perder su capacidad para protegerse eligiendo siempre las opciones más difíciles y peligrosas

También empezó a tener dificultades progresivas en su lenguaje lagunas en su memoria

Y a presentar una amplia gama de trastornos a portarse de manera extraña desinhibida con dependencia excesiva

Para entonces la hospitalizaron y ella le hizo entrega del estilete que él debía encajar en su corazón cuando la declararan definitivamente muerta

Temía la resurrección

Él le había prometido ver a su hija y entregarle una valija con papeles importantes libros y otros objetos

No había estado en Argentina desde la cesión de la presidencia de Alfonsín cuando Carlos Menem tomó el poder y se declaró gran privatizador pro imperialista y ladrón desaforado

En las calles gritaban "que se vayan todos" y "piquetes y cacerolas la lucha es una sola"

Ahora los Kirchner buscaban apoyo social con medidas de fondo e intentaban separar sectores importantes de clase media del bloque reaccionario adonde militaban

La derecha triunfaba en las calles y en el Parlamento y declaraba que no se iba a conformar con "cambiar el collar al perro" sino que exigía que "se cambiara al perro"

Mientras las clases medias trataban de diferenciarse de los negros y los grasas

El cuerpo de Laurence Sterne fue vendido por ladrones de tumbas a una escuela de medicina

Ahí lo diseccionaron hasta que alguien lo reconoció

Georges Bernard Shaw era anti-semita

Robert Lowell era anti-semita

George Santayana era anti-semita

Graham Greene era anti-semita

Jung era anti-semita

El anti-semita es un hombre que tiene miedo decía Sartre

No de los judíos sino de sí mismo de su conciencia de su libertad de sus instintos de sus responsabilidades de su soledad del cambio en la sociedad y en el mundo

Los judíos son sólo un pretexto

En otras latitudes recurrirían a los negros o a los amarillos o a los indígenas

Los antisemitas tienen la nostalgia del orden vertical

James Joyce perdió todos sus dientes a los cuarenta y un años

Van Gogh se disparó en el pecho y luego caminó a su casa se recostó y tardó dos días en poder morir

La azafata le ofreció más whisky y aceptó y lo tomó demasiado rápido

El zumbido de los motores del avión

Un acontecimiento se consuma en una serie consecutiva de frases encadenadas

Ahora podría burlarse del ser oscuro y necesitado que se arrancaba con la cabeza gacha y como un ariete embestía todas las ilusiones

Podía recorrer su pasado con ironía condescendencia y hasta cierta compasión

La mitad de nuestra experiencia desaparece de nosotros como el agua desaparece del lomo de un pato

Dicen que el "Yo" ocupa la zona izquierda del cerebro la zona que tiene que ver con el lenguaje y la lógica

Y que a unos centímetros de distancia hay otro "Yo" un "Yo" sin voz cuya existencia parece ignorar por completo la zona izquierda del cerebro

Sonia tenía reacciones exageradas desconfiaba de sí misma y se inclinaba a la desesperación

Jean Paul Sartre decía que nunca se había sentido tan vivo como cuando formaba parte de la Resistencia francesa y corría el riesgo de ser detenido y fusilado en cualquier momento

Graham Greene cuenta cómo durante su adolescencia cuando se aburría jugaba a la ruleta rusa con un revólver cargado

Cuando el percutor golpeaba una recámara vacía "era como si se hubiera encendido una luz... y sentía que la vida tenía un número infinito de posibilidades"

La humanidad inventó el arte para poder aminorar su propia marcha

No era posible gozar de una galería de arte o leer un gran libro o escuchar un concierto sin "relajarse" y prestar una atención total a los cuadros las palabras o la música

El cerebro derecho era la orquesta y el izquierdo el director

En la tumba de Sonia pidió que grabaran "Logró lo que se propuso lograr" debajo de su nombre y los años de nacimiento y muerte

Fichte afirmaba que el hombre sólo se conoce a sí mismo en la acción

Sentía el rugido del avión y pensó cómo era que antes se acostumbraba perseguir cierto gigantismo heroico

Ahí estaban *La Comedia Humana* de Balzac el ciclo de los Rougon Macquart de Zola *El anillo de los Nibelungos* de Wagner *La Guerra y la Paz* de Tolstoi el sistema de Hegel las grandes catedrales europeas

La mayoría de los libros actuales no pasaban de las 300 páginas

Según Pascal infinito era aquello cuya existencia entrevemos y sin embargo no podemos ni asignarle una cantidad ni nombrar su número

¿No sentía en su interior la atracción del infinito?

Sabía qué y no sabía qué

De pronto se sentía ligeramente angustiado

Jorge Cano Morsilla y Francisco Kaldebrón estaban confiados en que su partido les haría la tarea sucia de imponerle a su país el despojo de la industria petrolera

Maquiavelo afirmaba que en interés del estado el gobernante estaba obligado a actuar sin lealtad sin piedad sin humanidad y sin religión

Lo que llaman música clásica ya no es moneda cultural

Los griegos crearon los mejores monstruos dejando su realización a la historia posterior

También crearon la lógica

La angustia decía Novalis era oscilación e incertidumbre terror sin causas terroríficas malestar crónico e indefinido miedo sin tener miedo

Tenía que presionar a muchos funcionarios para la entrega del petróleo y tenía que entrevistarse con la hija huérfana de Sonia para comprobar que no le faltaba nada y entregarle algunas posesiones

No duraría poco ni mucho no tenía espesor ni contenido ni un gran intervalo de duración

En dos o tres días estaría de vuelta

La angustia era el vértigo del ser humano ante el instante

Su conciencia le parecía tan débil como el apretón de manos de un bebé

El mal o el sufrimiento no son componentes de la condición humana

El mal y el sufrimiento son *hechos sociales*

Sonia tenía una enorme necesidad de vivir cosas nuevas ella decía que le hicieran palpitar violentamente el corazón que la hicieran salir de su pasividad afectiva aunque fuera en forma transitoria

¿A qué jugaba la azafata cuando se acercaba a su asiento demasiado solícita cuando se inclinaba demasiado atenta y tomaba los objetos desechables y cuando preguntaba con un interés demasiado solícito si quería algo más?

Jugaba a ser azafata

La comedia del ser

Como si los pasajeros reclamaran que las azafatas actuaran ceremoniosamente

A veces sentía que nuestro camino nace de un sueño brumoso dura un instante y concluye en un sueño

Camus creía que nos pasamos la vida entera intentando convencernos de que no somos absurdos

Festinger creía que el hombre no era un ser racional sino racionalizador

Somos como animales con una maldición la maldición de una corteza cerebral tan grande alrededor del cerebro de serpiente que tenemos que el instinto y su corolario el sentido común han sido aplastados

La enfermedad y la salud sólo existen en la cabeza de los médicos

Lo cual implicaba que su hígado sólo le fallaba en la cabeza de su amigo cercano Salvador Sánchez, MD

Quizás no es el cerebro el que nos hace sino que nosotros lo hacemos a él

Desde que Gilgamesh luchó por liberarse de los planes a los que su dios lo había predestinado nos preguntamos y preocupamos profundamente por el grado en que la orquestación de nuestros actos está en nuestras propias manos

Cuando llamó a la hija de Sonia ésta le dijo que los travestis de Buenos Aires se habían mudado a otro sector de los Bosques de Palermo

Él no sabía a pesar de su edad cómo dar la noticia de la muerte de su madre

La hija de Sonia no lo dejaba hablar

Le contó que había muerto Alicia Zubasnabar a los 92 años, la cofundadora de las Abuelas de la Plaza de Mayo

En 1977 la organización se llamaba Abuelas Argentinas con Nietitos Desaparecidos

Él tuvo que interrumpirla

La hija de Sonia hablaba de María Isabel Mariani la otra fundadora de las Abuelas Argentinas y atropelladamente la interrumpió

La detuvo y comenzó a hablar pero no podía pasar de decir Tu mamá estábamos en una reunión con Greenspan que insistía que era improbable que existiera una severa distorsión en los precios del sector inmobiliario y tu mamá empezó a quejarse de un terrible dolor de cabeza

Sufría de dolores de cabeza constantes y cuando la reunión se terminó la ayudé a incorporarse y tenía fiebre una calentura desmesuradamente alta

Fuimos al hospital y le vaticinaron sólo unas horas más de vida

Tu mamá obsesivamente me decía las cosas que debía rescatar de su departamento para llevártelas a ti me dio las llaves de su caja bancaria las de su coche

Temía que algo importantísimo se le iba a olvidar

Se desesperaba

Yo no quería abandonarla ahí

Ella creía ser testigo del sinsentido del Ser de revelar lo absurdo de los nexos y los seres

Freud afirmaba que algunos problemas sólo se presentaban como grito

Lacan traducía *palabra* jugando con el sentido ambivalente del térmi-no en francés "palabra es lo que se calla" "ninguna palabra es pronunciable"

"Se trata de las cosas en tanto cosas mudas que no son lo mismo que las cosas que no tienen ninguna relación con la palabra"

Rilke no quería curarse porque temía no poder seguir escribiendo poesía

Todos padecemos lo que Freud llamaba el dolor inevitable de la vida normal

Acompañé a tu mamá siete días hasta que se apagó por completo en medio de convulsiones alarmantes

¿Estás ahí? La hija de Sonia guardaba silencio

Lo único que dijo fue que se sentía como castigada y él quedó de verla pronto la semana siguiente para entregarle todo lo que quería mandarle su madre

El avión empezó el descenso y el piloto notificó que se debían enderezar los asientos y ajustar los cinturones de seguridad

Pasaría dos o tres días en Buenos Aires y volaría de regreso para ver a su esposa y su hija

Buscamos respuestas

Desplegar los límites de lo nombrable

Probamos por aquí y probamos por allá

Los discursos elípticos de los amigos la obsesiva evocación de una *nada* que resume la enfermedad del dolor

Naufragio de las palabras frente al efecto innombrable

Sentía cierta ansiedad un como miedo en segundo grado un como miedo que reflexionaba sobre sí mismo

Sentía una como pérdida de control cierta embriaguez cierta necesidad de perderse

Amamos y trabajamos

Matamos y recordamos

Somos cadáveres con permiso decía Sartre

El avión se sacudió al tocar tierra

Sonia parecía haberse posesionado de su memoria y él de pronto se sentía como embrujado esclavizado por su recuerdo

Sonia ya no podía cambiar no podía dar ni un sólo paso más de los que había dado en vida no podía conocer a nadie más de los que había conocido y ni siquiera podía envejecer

Después de pasar migración y aduana sacó su celular y llamó a la hija de Sonia

Habla Silvano Salazar el compañero y amigo de tu madre y acabo de llegar y voy para allá dijo con parsimonia

Un pasado que no pasaba

La muchacha dijo algo ligeramente confuso como si su discurso estuviera al borde de sus palabras

Turbaba al hablar de una como tristeza incomunicable

Le extrañó no escuchar música en su casa

Había una fila de taxis y abordó el más cercano

De pronto se encontró diciendo que no conocíamos ni el cómo ni el porqué de los millones de maneras en que el cuerpo puede fallar ni sabríamos cómo curarlos o aliviarlos siquiera

Tengo miedo dijo ella todavía en el auricular

El miedo no existe replicó él

El miedo no es más que un conjunto de reacciones galvánicas de la piel y temblores musculares involuntarios que emiten 2.2 voltios de energía eléctrica

No he comido se quejó ella

Él esperaba que hubiese reído

En cuanto llegue a tu casa te invito a cenar propuso y se despidió

El taxista era muy joven parecía tener apenas un poco más de dieciocho años

Sintió que iban demasiado rápido y trató de asomarse al tacómetro ciento diez kilómetros guau

Se arrellanó en el asiento

Era más fácil renunciar al alimento que a las palabras

Se agarraba a las palabras como por instinto

Aunque las palabras se arrastraban a veces hacia la palabrería el bla bla bla el güiri güiri

De pronto era imposible oponerse a su expansión a su energía natural a su ímpetu hacia la disolución hacia la inflación al ruido

Los escritores siempre terminan diciendo más de lo que tienen que decir

Dilatan su pensamiento y lo recubren de palabras

Toda palabra era una palabra de más

De cualquier libro sólo subsistían dos o tres frases relámpagos en un fárrago

Acostumbraba subrayarlas con un plumón amarillo

Quizás la literatura estaba destinada a desaparecer

Era posible e incluso deseable

¿Para qué serviría la farsa de nuestras ilusiones nuestros problemas nuestras ansiedades nuestras interrogaciones?

Las fuerzas parecían abandonarlo

Se sentía cansado

La intensidad de sus obsesiones menguaba

¿Cómo serían las lecciones de Aristóteles?

Quizás llevaba demasiadas horas sin dormir

Nora Barnacle era camarera de hotel cuando la conoció James Joyce

Proust y Henri Bergson eran primos por matrimonio

Pascal era hipocondriaco

El taxista rebasaba todos los coches que compartían el camino

Como si estuvieran en un juego de *Playstation*

Sófocles y Herodoto eran amigos íntimos

Por su voz la hija de Sonia se había oído desalentada

Apática quizás tan pasiva hacia la muerte de su madre como podía estarlo de lo poco que era la vida

La joven le había dicho que soñaba todas las noches que desenterraban a su madre y la llevaban a la entrada de su edificio o la reclinaban contra su puerta o la metían y sentaban en su sala

Lo abrumaba el ronroneo del motor

Le preguntó al taxista si podía poner el radio si tenía radio

El taxista lo prendió cuando un locutor decía "Feroz choque militar entre Rusia y Georgia aliado clave de los Estados Unidos"

La guerra había comenzado había dicho Vladimir Putin

Hablaban de cientos de muertos y miles de refugiados

Podía apostar que Estados Unidos no intervendría militarmente a favor de Georgia

El taxista movió el dial hasta dar con una estación de música vernácula

Georgia pensó era un territorio crucial para la expropiación petrolera

El tiempo desnudo era insípido incoloro e inodoro

El crepúsculo era espectacular

Turner hubiera podido rescatar esos colores del atardecer

Turner era un maestro del color y sus texturas más insignificantes

Turner dejó cientos de acuarelas en cajas

Era tan avanzado para su tiempo que no mostraba sus cuadros los metía en cajas

Heredó ese acervo al Estado Inglés que lo mantuvo guardado demasiados años

Ruskin abrió esas cajas y quemó muchos cuadros que le parecieron pornográficos

"Estoy orgulloso de haberlo hecho" declaró después

Ruskin era amigo de Turner y parece que era su mayor influencia

También dijo que todas esas cajas con dibujos de Turner narraban el nacimiento o conocimiento del color

Empezaba a caer la tarde y el tráfico en la carretera empezó a congestionarse

Puesto que sólo conocemos fenómenos no conocemos más que lo que aparece

Se acordó de Borges "El verdadero laberinto es la línea recta"

Bergson decía "memoria" y se podía vivir ahí adentro

Spinoza decía "Dios" y parecía un mundo saturado disolviéndose

Eran centros de alta presión anticiclones

Emily Dickinson había dejado al morir mil setecientos setenta y cinco poemas

Le gustaría escribir un libro sobre la amistad entre Stravinsky y Picasso

Llamó a su esposa y ella le preguntó si se sentía bien

Le dijo que iba en un taxi y que el vuelo había transcurrido sin problemas

Preguntó por sus hijas pero la mayor estaba en clases y la menor no contestó

Cuando se despidieron suspiró largamente

El taxista movió de nuevo el dial para escapar de los anuncios y se detuvo en una estación de noticias

"En su declaración ante el tribunal que lo juzga Bussi lloró y justificó la dictadura"

"Insistió en que había una guerra contra terroristas marxistas leninistas"

¿Dónde lo están juzgando?

En Tucumán dijo el taxista

"Esas bandas no eran jóvenes idealistas sino traidores a la patria"

"Los ideólogos de la subversión hoy están en el Gobierno" vociferaba Bussi

El taxista se volvió a mirarlo y dijo que ese juicio era inconstitucional

Silvano hizo un gesto de asombro no como rúbrica a esa opinión sino porque se precipitaban contra un camión detenido

El choque lo lanzó contra el asiento pero él se había enconchado primero

El parabrisas estalló y algunas esquirlas cortaron la cara del taxista

En cuanto pudo incorporarse Silvano le preguntó si estaba bien

Un hombre afuera les urgía a abandonar el coche

Había humo saliendo de todas partes y un como clamor de vocecitas llamándolos

Era el crepitar de algo incendiándose en el motor

Como pudo abrió la portezuela a su izquierda y sacó sus dos piezas de equipaje

Otra persona forcejaba con la portezuela del taxista para que se abriera

Cuando lo consiguió otro taxi se había acercado y se ofrecía a llevarlo

Silvano se acercó al joven herido y le preguntó cuánto le debía

No es nada dijo el taxista no se preocupe son episodios del laburo

Subió al nuevo taxi y le dio la dirección de destino

Miró el coche que tenía el cofre desgarrado como por un gigantesco abrelatas

Esperaba que eso no fuera a ser una metáfora de lo que lo esperaba

Delante del camión detenido había un poste derribado y varios obreros de uniforme trataban de moverlo para que no estorbara

Tres mujeres miraban esas operaciones y pensó en Parcas o Moiras la tercera de las cuales se llamaba Átropo la Inexorable

Borrar era tan importante como escribir dijo Quintiliano

Siempre habría tres mujeres la paridora la compañera y la corrompedora

O de otro modo la madre misma la amada que elegimos a imagen y semejanza de aquella y la madre tierra que volverá a acogernos en su seno

Diógenes le preguntaba a la gente porque daban dinero a los pordioseros y los lisiados y no a los filósofos

Porque temían que un día pudieran perderlo todo o tener un accidente debe haber dicho en cambio nunca se harían filósofos

Albert Camus comía en un restorán parisién cuando el mesero se acercó a él y le avisó que había ganado el Premio Nobel

Simone de Beauvoir era más alta que Jean Paul Sartre

¿De dónde viene? preguntó el taxista

De Estados Unidos

¿De qué parte?

De Washington, D.C.

Ah, ahí está la Biblioteca del Congreso ¿verdad?

Sí, ¿usted conoce Washington?

No nunca he salido de Buenos Aires pero me gustaría viajar

Había más de quinientos sesenta millas de libreros en la Biblioteca del Congreso

Pero ¿usted no es norteamericano?

No soy sesquidoble de la ciudad Sesquiáltera

Stephen Crane había escrito *La roja insignia del coraje* en diez días cuando tenía veintiún años

James Joyce había aprendido noruego para poder leer a Ibsen

Nada es tan difícil como vivir con un intelectual decía Nora Joyce

¿Es verdad que el santo Malverde protege a los narcos?

Creo que así se llama sí pero también le rezan y se encomiendan a La Buena Muerte

¿Y qué me puede contar de las maras y los zetas?

Realmente nada, no estoy enterado sólo sé que son pandillas de jóvenes centroamericanos y mexicanos que se dedican al tráfico de personas de drogas de armas a la ciberseguridad y probablemente al terrorismo

Y andan todos tatuados

Eso no sé si es verdad o parte de un imaginario colectivo

¿Y a qué viene a Buenos Aires?

Vengo a visitar a la hija de una amiga muy cercana que murió y le traigo algunas posesiones que su madre le hereda

Pero por su equipaje no puede ser mucho

Bueno son títulos papeles documentos no objetos de gran tamaño

Jamás olvidaría el día en que Sonia había muerto

Yo nunca había llevado a un mexicano en este taxi

A lo mejor sí pero nunca lo supo

Georgia era una firme aliada de Washington y su viraje hacia occidente y su intento de incorporarse a la OTAN habían indignado a Rusia

El cadáver de Sonia iba adquiriendo un valor traumático

Tendida allá bajo la luz blanca del hospital privada de vida

Como si desnudase eso que siempre permanecía velado en sus relaciones es decir el cuerpo deshabitado esa parte real por la cual el cuerpo ya no es sino cosa al límite de la descomposición

¿Se siente bien?

Estoy cansado no he dormido como en cuarenta y ocho horas

Ya estamos por llegar no se preocupe

Igual que Kafka sabía que su tarea era asumir en su persona lo negativo y el mal de su época

San Francisco había predicado a los pájaros y Santiago de Compostela a los salmones

El taxista le llamó la atención sobre una esquina donde una bomba en 1974 había hecho volar un auto en el que viajaban el general Carlos Pratt y su esposa doña Sofía Cuthbert Chiarleoni

Los mandó matar Augusto Pinochet presidente ilegítimo de la República de Chile

Carlos Pratt había sido Ministro del Interior durante el gobierno de Salvador Allende

¿Y cómo es que se acuerda de todo eso?

Yo sobreviví a las juntas militares era demasiado joven tenía nueve años cuando asesinaron a Pratt

¿Y sentía miedo?

La guerra devenía la imagen más radical de la vida entendida como eventualidad desorden violencia causalidad destino

El orden de los desfiles se descomponía en la batalla y se recomponía en la simetría de las tumbas y las cruces alineadas en los cementerios

Eso lo decía Gregor Von Rezzori

En el libro de Stephen Crane no se entiende nada de los movimientos de las tropas ni de los planes que deberían obedecer soldados y oficiales van y vienen se detienen en la calle entran en un restorán y nadie habla de estrategias ni nada parecido

Sonia había sido ella misma antes de morir

Freud decía que no había representación de la muerte en el inconsciente

Porque el inconsciente ignora la negación

Sinónimo del no goce equivalente imaginario de la desposesión fálica la muerte no sabe verse

Estamos entrando a Palermo dijo el taxista

Unas calles más y vio a una joven reclinada en la entrada de un edificio

Creo que es ahí dijo el taxista hemos llegado

Después de pagar y tomar sus maletas descendió y la chica avanzó hacia él

¿Eres la hija de Sonia?

Ella lo abrazó con tal intensidad que casi lo hizo perder pie

Estaba llorando

El taxista los miraba antes de arrancar y dio una vuelta en U para alejarse del lugar

La mujer se sentía vaciada blanca y terriblemente triste como si nada tuviera sentido y se encontrara en un estado de estupor

Mi lengua es como de yeso murmuró

Él la apartó ligeramente de sí y sugirió que sería mejor entrar

Notó que era más alta que Sonia a pesar de que traía zapatos bajos

Y se parecía notoriamente a su amiga desaparecida muchos años más joven

La sexta esposa de Norman Mailer tenía la misma edad que su hija mayor

Stephen Crane había muerto de tuberculosis en 1900

Bertold Brecht había muerto de un infarto

August Strinberg era un hijo ilegítimo

Miró los edificios las casas y otras construcciones que los rodeaban y pensó que no importaba si alguien había puesto a una agrupación de casas de madera el nombre de Buenos Aires hace seiscientos años o tres millones o dos billones de años

Lo importante es que la Tierra se mantuviera girando que no hubiera ningún agujero negro y sátrapa del universo que la aspirara como una *Hoover* último modelo

Y que él lograra relajar a la hija de Sonia y hacerle comprender la importancia de toda la documentación que llevaba consigo

Todo deseo erotizado masculino o femenino es una manía de gozar de un semejante bajo el espejismo de un superior

Volvió a abrazar a la joven al cerrar la puerta de su departamento

Roces caricias imágenes apenas distintas que se hundían la una en la otra borrándose o velándose sin estrépito en la dulzura de cierta disolución licuefacción fusión

O el roce de las mejillas suaves irisadas no de deseo sino de esa apertura cierre eclosión marchitamiento abrazo que apenas formado se fundía rápidamente en un mismo calor flotando acunando drogando

Distensión de sus conciencias sueño despierto ni lengua ni dialéctica ni retórica sino paz o eclipse comprensión y abrigo nirvana embriaguez y silencio

Cuando por fin se separaron como una amiba ella le ofreció una bebida

No la aceptó pero dijo que antes de salir a cenar quería enseñarle lo que le había traído

Empezó por abrir su portafolio y sacar papeles que iba numerando títulos de propiedad fondos bancarios ya depositados en tu cuenta acuerdos de regalías direcciones electrónicas de sus inversiones ahora tuyas cesión de derechos en fin

La muchacha se veía abrumada y ajena

También te traigo dos cajitas con fotografías le dijo

Pero quizás será mejor que las mires al volver de la cena

Miró el pequeño departamento dos clósets una recámara un vestidor la sala con la televisión apagada el comedor pequeño una cocineta sobre una encimera

Ella se levantó por un abrigo ligero y él se ajustó la corbata y reacomodó su saco

El relato moderno (Joyce Bataille Kundera) tiene la intención de comunicar el fulgor amoroso

Ese fulgor donde el Yo se eleva a las dimensiones paranoides de la divinidad sublime aunque permanezca cerca del hundimiento abyecto del asco de sí mismo

El relato se hace literal mediante la revelación de la fantasía sexual

Aparentemente sin orden sin estructura simple asociación libre sin puntuación una deriva un engranaje de sucesos narrativos

Además la narración se hace meditativa retomando con esto la reflexión teológica o filosófica para apoyarse en ella o para destruirla

Bajaban por la escalera y él le preguntó si tenía coche

Ella dijo que sí pero que prefería caminar ya que el restorán estaba sólo a un par de calles

Ningún artista tolera la realidad dijo Camus

En el restorán pidieron empanadas y carne asada

¿Ya habías nacido cuando la guerra de las Malvinas?

Todavía no eso fue en 1982

Estaba de presidente Leopoldo Fortunato Galtieri quien también creía que sus espaldas estarían cubiertas por Washington

¿Por qué también?

Porque ahora mismo hay cierto paralelismo ya que Mijail Saakashvili presidente de Georgia decidió lanzar el limitado potencial militar de su país contra el gigantesco oso ruso

Creo que puedo verlo dijo ella mirándolo con sus enormes ojos verdes

El erotismo escrito era una función de la tensión verbal

Un entre-los-signos

Se habían sentado en la barra uno al lado del otro y él repegaba uno de sus muslos a uno de ella

El chimichurri estaba delicioso

Ella contó que habían procesado con prisión preventiva a dos vecinos suyos sospechosos de integrar una banda de pedófilos

Imagínate seis chicos de clase media de Palermo y Recoleta acusaron a un psiquiatra un profesor de música y un profesor de gimnasia de haberlos abusado

Yo me cruzaba con frecuencia con Jorge Corsi el psiquiatra en la estación de nafta

¿Y no han hablado de fantasías de los chicos o fabulaciones?

¿Por qué?

Porque los pedófilos siempre argumentan eso problemas mentales de los denunciantes

Pero ahora hay ADN ya no es como antes

Ya nada es como antes

Fue como si el fantasma de Sonia se detuviera entre ambos y los abrazara a cada uno con un brazo

La joven reclinó la cabeza sobre el hombro de él

Recordó una vieja canción francesa que decía que el cuerpo era Abelardo y el corazón era Eloísa

Sentía cierta voluptuosidad

Investidos de la voluntad de decir el mundo los libros se ven en el trance de que todos sus medios tradicionales son impotentes para expresar situaciones nuevas

Empezó a oírse música de una máquina de discos

Una música compuesta de notas dispersas de series breves entrecortada incierta y diríase inquieta

Veía las manos de la muchacha los brazos sus labios los senos turgentes bajo el vestido y todo lo veía sexualizado y atractivo

Rousseau creía que el lenguaje no podía tener más que un origen la pasión

Bach jugaba con la palabra "Bach" en música

En su inconcluso *Arte de la fuga* que compuso ya ciego y cercano a la muerte utilizó las letras de su apellido que tienen sus notas correspondientes en la notación alemana

Si bemol La Do y Si natural esta serie es conocida como "Motivo Bach"

Se levantó al baño y había un tipo que vomitaba en el lavabo

Era una espalda encorvada que vomitaba

Una espalda presa de la fuerza vomitiva

Salió tan pronto como pudo

Pensó en Malcolm Lowry vomitando en Dylan Thomas vomitando

Diego Rivera había seducido a Paulette Godard

¿Dónde y cuándo conociste a mi mamá?

Él puso su mano izquierda sobre el muslo mórbido de la chica y dijo que a finales de los años setenta en una galería de arte o no en un museo

Fíjate le conté que Cézanne había dicho al final de su vida que por fin había comprendido la manzana y uno o dos vasos

Tu mamá tenía mucho sentido de humor

Creía que los cuadros de Pollok eran desordenados

Eso decía Bacon le señalé pero mira una línea de Pollok es una línea que cambia de dirección en cada uno de sus momentos y que no traza ningún contorno

Pero en el Kandisky más abstracto todavía es reconocible un triángulo digamos

No se dejaba vencer

Le conté a tu madre que Pollok pintaba con la tela en el suelo

Se sentaba en un extremo de la habitación y meditaba largo tiempo frente a ella y luego tomaba el bote de pintura y el pincel o la brocha o el palo con un trapo amarrado en la punta y corría enloquecido sobre la tela fustigándola azotándola marcándola una y otra vez con diferentes colores con energía con dirección con voluntad con ira

Bacon pintó gran cantidad de trozos de carne

Los llamaba "crucifixiones"

Rembrandt también pintó un gran trozo de carne sobre una osamenta *El buey desollado*

Y Soutine también una serie infinita y muy bella

Mira este pedazo de carne enarbolándolo pinchado con un tenedor sus matices sus accidentes sus líneas

Su deseo era propiamente deseo de desear

Notó que la muchacha temblaba ligeramente cuando él pasaba la mano sobre su muslo

El amor era su realización su fracaso el más absurdo el más sublime

Le fascinaba pensar que la experiencia amorosa unía indisolublemente lo simbólico lo prohibido discernible pensable con lo imaginario y lo real ese imposible adonde los afectos aspiran a todo y donde nunca hay nadie que tenga en cuenta el hecho de que uno no es más que una parte

Miraba a la hija de Sonia y entraba en una dinámica tan desconcertante en una garantía suprema de renovación tal que se excitaba y comenzaba a sentir su erección

¿Establecía una identificación morbosa con Sonia?

Pensó que esa muchacha se iba a reír de su erección y se cernió de nuevo sobre su asado

Tiziano hacía con una sola gota de óleo un brazo de un extremo al otro

Cezanne en cambio quería que todos sus tonos fueran conscientes

Procedía por yuxtaposición de tonos

Él necesitaba esa ley de modulación para acercarse a esa muchacha

¿Cuántos años tienes?

Veintidós

¿Y tienes novio?

Sí

¿Qué hace a qué se dedica?

Tiene una empresa de importaciones y exportaciones

¿Cómo se llama?

Sadoc

Qué raro nombre

En hebreo significa justo inocente y en la Biblia es un sacerdote judío que por mandato de David ungió como rey a Salomón

¿Te sirvo otro poco de vino?

Por favor

Debo buscar un hotel no muy lejos

¿Por qué no te quedas conmigo? Puedes usar la cama y yo duermo en el sofá

Es que estoy demasiado cansado

Entonces yo duermo en la cama y tú en el sillón

Él la miró con estupefacción fascinación y cierta ansiedad

No te creas estoy bromeando

Lo bello es lo verdadero decía Keats

Tenía que censurar sus propios pensamientos reprimir sus deseos inaceptables irracionales

Era como si su Yo deviniera en dos uno elevado y uno bajo

Un Yo controlador y uno que debía ser controlado

Debía controlarse a sí mismo si bien la estricta concepción de autocontrol era paradójica

Platón señaló que el hombre que era dueño de sí mismo era por lo tanto esclavo de sí mismo

Su capacidad de autoengaño

La chica le pidió brindar por su futuro

Silvano alzó su copa desganadamente y sonrió teatral

Sólo un ser racional podría comportarse irracionalmente

Pidió la cuenta y entregó una tarjeta de crédito

Ella dijo que cada noche alguien caminaba delante de ella e iba abriendo puertas en sus sueños pero ella no sabía entrar

Pensó que estaba junto a Sonia y que ella estaba como embrujada

Ella seguía hablando y decía que cada movimiento que hacía era equivocado y como si hablara siempre con palabras erróneas

¿Nos vamos? propuso él

Y de pronto temió estar padeciendo un insomnio infinito

Te ves muy cansado dijo ella será mejor que tú tomes la cama

Él la abrazó por los hombros y sintió que esa mujer era comestible

Los seres humanos habían iniciado su carrera como primates obsesionados por el sexo y sin duda pensaban que su vida sexual sería fuente de felicidad

Pero consiguieron algo diametralmente opuesto

Las preocupaciones anímicas los celos los crímenes pasionales las extravagancias sexuales el libertinaje las orgías los dolorosos ritos sexuales la amputación de los órganos genitales la castración los abortos artificiales la represión y los temores sexuales eran fenómenos exclusivamente humanos

Las instituciones sociales los sistemas económicos y políticos y la organización de las iglesias nacían y caían por razones sexuales

Sentía despertar su libido y no sabía cómo comportarse

Hacía frío y la muchacha se apretaba contra él

Le impresionaba el volumen y el peso de sus senos

No traje abrigo dijo él no me acordaba que aquí están apenas saliendo del invierno

Iban llegando a su destino y cuatro hombres malencarados parecían esperarlos

Pidieron permiso para pasar entre ellos y el más alto y fuerte detuvo a la muchacha de un brazo

Tú eres la novia de Sadoc ¿sabes dónde está?

Él trató de apartarla y dos hombres lo sujetaron con violencia

Fue a Colombia y regresa la semana que entra

¿No sabes qué llevó a Colombia?

No sé pero iban varios vehículos

¿Cuándo salieron?

Ayer a medianoche

¿Estás segura?

Sí eran como las once de la noche cuando los despedí

Ya nos volverás a ver ya sabemos dónde vives

La soltaron y ella se refugió en los brazos de Silvano

Dieron media vuelta sin dejar de mirarlos y subieron a un vehículo todo terreno

Ella temblaba cuando trató de meter la llave en la cerradura

Déjame a mí dijo él

Mientras esperaban el elevador él le preguntó ¿a qué me dijiste que se dedica tu novio?

Importa y exporta todo tipo de bienes dijo ella

¿Qué clase de bienes?

Realmente no sé iPods celulares laptops relojes pulsera calculadoras copiadoras cosas así

Las puertas del elevador se abrieron y ella se repegó a su cuerpo

Cuando entraron en el departamento él le pidió permiso de bañarse

No hay problema dijo ella

Él se sentía avergonzado desvalorizado impuro sucio tal vez cansado de más

¿Conocías a esos hombres?

Nunca los había visto

Mira estas son las cajas de fotos que tu mamá veía con bastante frecuencia

Ella las tomó con curiosidad

Pensó que Edgar Morin clasificaría a esa ninfa de bio-clase

Perdona que te deje si ignoras con quien se fotografió yo te diré cuando termine

No te preocupes por mí y siéntete como en tu casa

Se bañó largamente y se rasuró al salir de la regadera

Cuando salió del baño la muchacha estaba ya en piyama y había acomodado una almohada y una manta sobre el sillón de tres plazas

Yo dormiré aquí murmuró

Te agradezco mucho sólo serán dos noches y pensó en salvarse por medio del sueño

No había diferencia entre los sueños de un carnicero y los de un poeta

Thomas Szasz el llamado Anti psiquiatra decía que no existía la psicología sino sólo la biografía y la autobiografía

No vivimos la vida basándonos en trucos y tretas que nos motiven

No podemos engañarnos por mucho tiempo

No debemos relegarnos a un mero papel de apoyo en nuestras propias vidas rechazando la búsqueda de nuevos retos y evitando responsabilidades

La partida interior

Esa era la partida

No era psicología era la vida y así debíamos vivirla

Una autobiografía en evolución

En eso la puerta de la recámara se abrió y un haz de luz se movió como midiendo la habitación

Tengo miedo dijo ella ¿puedo dormir contigo?

Él se hizo a un lado para dejarle espacio y no dijo nada

Vénganos en tu reino pensó

SILVANO

Miércoles

¿En qué pensaba cuando copulaba con la hija de Sonia?

Quería poder abandonarse sin que ese abandono en el gozo pusiera término a su excitación

Si te pido que cedas a mi deseo es porque en el fondo es el tuyo

La sexualidad residía casi por entero en el campo de lo visible

Ella parecía decir pasa por todas las partes de mí

Pasaba escapaba surgía resbalaba

Imita mi goce parecía murmurar porque en él te espera tu propia libertad

Le gustaría sentir como esa joven

Sin tregua

En una pérdida incondicional de su ser

El éxtasis femenino era su utopía en lo que fantaseaba y era prohibido

Confundiendo en su geometría lo alto y lo bajo lo horizontal y lo vertical lo liso y los volúmenes las curvas y las rectas

Y también era la amenaza inquietante que le revelaba su inferioridad en sus relaciones con las mujeres la historia la especie la vida

Múltiples paraísos se disputaban el espacio finito de sus cuerpos

Su piel se erizaba de tentáculos se convertía en puerta entre el fuera y el dentro respiración sensorial del afuera mientras el afuera se convertía a su vez en fragmento del cuerpo

¿Por qué no imaginar una lista de los inconvenientes del pene?

Colgaba oscilaba entre las piernas como un péndulo de relojería

Era vulnerable pasivo testarudo tumescente detumescente

Se levantaba cuando nadie lo llamaba y se quedaba fofo y disminuido en los instantes cruciales

Se bamboleaba en la entrepierna al caminar tenía potencia de riego limitada

Aspecto a un tiempo terrible miserable furibundo y perpetuamente frustrado y estúpido escribió Claude Simon

Salía a escena de vez en cuando y desaparecía entre vestidores acabada la proyección

Lo que al comienzo exhibía con tanta espectacularidad era sobre todo su propia debilidad

¿Era todo una locura desde el principio?

¿Se merecía este *bocato di cardinale*?

¿Habría habido un principio?

¿Cuándo vendría el final?

Era como si abrazara a un fantasma a alguien que se negaba a aceptar que había muerto

Sin el desorden de la lectura no hay un solo escritor

No había mostrado ni demasiado miedo ni demasiado poco

Aunque ya no existía la aritmética del demasiado y del demasiado poco

A veces pensaba y a veces era

¿Eran las mariposas del deseo las que se encendían en el fuego del final?

¿O eran las moscas del cementerio las que giraban en torno a su éxtasis?

Las mujeres gritaban de dolor al dar a luz y también gritaban de placer en el momento del orgasmo fenómeno completamente desconocido en el mundo animal

En el grito de una mujer extasiada había la virulencia de la locura y la claridad de un mensaje

Se apartó penosamente de ella y recordó a aquel libertino sadiano que en *Justine* se ahorcaba para eyacular varias veces seguidas y cortaba la cuerda antes del estrangulamiento total

Le contó de un hombre que a modo de masturbación se colocó una ordeñadora eléctrica en el pene y murió de agotamiento unos minutos después en medio de un baño de sangre

Sintió que sólo había gozado para dejar de gozar

El acto sexual es la versión jurídica del erotismo dijo ella

Él quiso reír pero no lo consiguió

¿No te quieres bañar otra vez?

Él no respondió nada y se levantó trastabillando

No se sentía extraviado sino desorientado no quería nada y quería la diversidad de los laberintos la multiplicación de todas las desviaciones posibles

La in-ter-mi-na-bi-li-dad del goce femenino

Sentía aún la humedad la presión el calor la electricidad de esa vagina

¿Liberaría las innumerables riquezas de ese exterior en el que estaba atrapado?

Bajo la regadera pensó ¿cuántos habían sido cuando hacían el amor? ¿Dos cuatro ocho uno?

Compartían el gusto por su extrañeza recíproca una mutua ignorancia insuperable

Ella se enjabonaba los cabellos y él advertía que no podía entrar en la realidad deleitable y desconocida que se jugaba junto a él tan cerca que la sentía irremediablemente cerrada

Al terminar él trataba de secarla con ternura constatando que su deslumbrante desnudez no lo acercaba a ella sino que consagraba su separación

Esa muchacha joven tenía un cuerpo que él no tenía un cuerpo extático

Se puso una camiseta a modo de piyama

¿De veras quieres dormir a mi lado?

Ella no respondió y sólo lo abrazó antes de meterse en un camisón muy ligero

Se acostaron de nuevo y ella se acomodó con su cabeza en el pecho de él

Durmió de inmediato más que relajado y cuando despertó le asustó comprobar que había dormido quince horas consecutivas

La muchacha ya no estaba a su lado y se oía moviendo cosas fuera de la recámara

Él se levantó cubierto con una sábana y la fue a buscar y preguntó ¿ya desayunaste?

Te estaba esperando dijo con una dulzura singular

Notó que a manera de mesita para soportar una lámpara había una caja que había servido para transportar ametralladoras AK-47

No dijo nada y se arrellanó en un sillón

Le impresionaba no haberse dado cuenta de esa caja la noche anterior

Quizás estaba deslumbrado

Tomaron café con galletas

Casi podía palparse la concordia entre ellos cierto ecumenismo un como comunismo de sus corazones y de sus cuerpos

En eso vio una fotografía sobre un mueble de cajones

Es mi novio dijo ella al lado de Marulanda un guerrillero colombiano

¿Y aquel otro?

En esa mi amado era adolescente y está rodeado de montoneros aquí en Buenos Aires

¿Qué edad tiene?

Es veintisiete años más grande que yo

Un nuevo desorden amoroso

Copérnico le había enseñado que estaba en el centro del universo

Darwin le había retirado el privilegio de ser el rey de la creación

Freud no le dejaba tiempo para respirar y le había enseñado que no era el dueño de su propia psique

En alguna novela había leído que las mujeres no existían

Que lo que existía en el espacio que las mujeres deberían ocupar eran las muchachas de veintidós años tan armónicas como la hija de Sonia

Seguían conversando como seres discontinuos y ella parecía hermética

Abierta sí pero a su propia abertura

Abierta al deseo de abrirse

Interpelada contemplada por la avidez del visitante pero sin sacar de esa situación ninguna facultad de transmisión

Su emoción era incomunicable

Su desfogue lujurioso era prueba exaltante de la elisión de ellos

Como si no hablaran la misma lengua

Él no podía entrar en la realidad deleitable y horrible que se jugaba cerca suyo

Tan cerca que le estaba irremediablemente cerrada

¿Más café? propuso ella

Tan delgada era la pared que los separaba que era infranqueable

Sólo había conocido la intensificación como horizonte infinito

Sin parada ni oasis para levantar ningún campamento

Y no podía albergarse en ella y temía que a partir de ahora su goce careciera de lugar

Decían que sólo había un sexo el sexo masculino

Pero sólo había un cuerpo sexuado que es el femenino

O más bien un cuerpo monocentrado metonímico

En el que la parte se confundía con el todo

Encerrado bajo la égida fálica en algunos casos

Y un cuerpo femenino desorganizado desplazado agrietando cualquier permanencia erosionando los compartimientos orgánicos atravesando las inmutables ordenaciones

Ninguna revolución ninguna catástrofe ni siquiera la más radical podría abolir el privilegio del goce de las mujeres

Se levantó para vestirse y pensó que el cuerpo de ella era como una tabla de multiplicación

¿Me dejas bañar otra vez?

Haz lo que tú quieras siéntete como en tu casa

Y agregó yo voy a ir al gimnasio y volveré pronto

Él la despidió con un beso en la frente y pensó en la semejanza entre el relato la empresa libertina y el acto sexual calcados los tres sobre el esquema contractual de la ascensión y la caída

Sintió que le dolían los brazos y notó que estaba amoratado en los lugares de adonde lo habían sujetado la noche anterior

También le dolía ligeramente el cuello quizás por tensión

No había entendido bien qué querían esos hombres

Al salir de la regadera decidió rasurarse y comprobó en el espejo que sus cabellos eran ya más blancos que negros

Incluso sus cejas habían empezado a encanecerse

En la recámara abrió el clóset más por costumbre que por buscar alguna cosa

Y le llamó la atención una serie de cuatro chalecos antibalas de fabricación israelí

Aún desnudo y sin haberse secado del todo empezó a buscar otras cosas no sabía qué

Al pisar descalzo un tapete al lado de la cama notó una protuberancia que lo hizo levantarlo

Era una puertita y apartó el obstáculo y trató de abrirla pero no pudo

Caminó a la cocineta y tomó un cuchillo para usarlo como palanca

Teología del no-ser

Desconfiar de todos para quedarse solo

¿Merecía encontrar algo comprometedor?

¿Le habría vuelto loco la muerte de Sonia?

¿Habría sido una locura viajar a Buenos Aires?

¿Era él mismo algo así como la última instancia?

¿Estaba sólo en el principio?

¿O se acercaba al final?

La compuerta cedió y era un espacio entre el suelo de duela y el techo del departamento de abajo

Pero ese espacio estaba lleno de armas de muchas clases diferentes

Había incluso percutores sprays para maquillaje estuches con granadas silenciadores

Trató de no tocar nada

A veces movía un revólver con el cuchillo de cocina o una pistola escuadra reglamentaria del ejército

Cerró todo y acomodó de nuevo el tapete

Sintió que su rostro había cambiado

De niño imaginaba a los fantasmas como alguien que se negaba a sentirse muerto

La memoria empezaba a fallarle pero todo seguía allí

Se vistió con parsimonia y sintió que a sus articulaciones de brazos y piernas les faltaba algo como aceite

Casi las oía crujir

Pensaba que no podía acusar a la hija de Sonia

Era como si reaccionara como propietario ante la abolición de la esclavitud

O como Ku-Klux-Klan de la masculinidad destronada

Esa joven parecía tener tanto miedo

¿Qué temía?

Era como si los dioses hubieran cambiado de nombre a escondidas

Se habían amado y eso no debía conducirlos sino a amarse de nuevo

De mil otras maneras

Tal vez fue Freud el primero en historiar el narcisismo femenino demostrando que las mujeres se entregaban a su belleza para compensar su opresión

Dirigían hacia su propio cuerpo un deseo que les había prohibido exteriorizar

Se amaban hasta bastarse a sí mismas como para vengarse de no ser libres en sus opciones

El hombre era mirada y la mujer era objeto y la noche anterior los dos interpretaron simultáneamente ambos papeles

Todos somos vigilantes y vigilados inquisidores y víctimas pues todos esperamos la salvación del cuerpo

Todo su cuerpo era una máquina de locura

La amada en el amado transformada

¿La medida de todas las cosas sería placer y dolor?

No hay buena literatura con buenos sentimientos

La literatura interroga la verdad del sentimiento no su moralidad o inmoralidad

Hay el amante que desea y la amada en su deseable belleza

Los hombres antes se creían en el centro y no al final de la historia

No confiaban en dominarla por el concepto hasta el punto de que dejara de girar en mil sentidos

¿Por qué ya no era capaz de juzgarse a sí mismo?

¿Por qué se sentía incapaz de conocer la verdad?

¿Por qué y en qué tenía esperanzas?

¿Por qué no se habían cumplido sus proyectos?

¿Por qué estaba continuamente descontento?

¿Por qué buscaba algo que era incapaz de definir?

¿Por qué no encontraba paz consigo mismo ni con su medio ambiente?

¿Vivía sin temores?

¿Era más sano que antes?

En eso sonó su celular y dudó en contestar pero se animó

¿Estás bien? escuchó

Ya voy para casa ¿no necesitas nada especial?

Por decir algo él le contó que en la India se conservaba una leyenda que afirmaba que el hombre vivía en la antigüedad bajo tierra hasta que en una época ya tardía logró colgarse del rabo de una vaca que estaba paciendo en un campo y ésta lo sacó a la luz del día

Ella se rió con franqueza y le prometió que llegaría pronto

Encendió su laptop y leyó que Michael Dell cuya fortuna ascendía a 16.4 mil millones de dólares notificaba que Argentina sería parte del próximo "*top ten*" entre los países emergentes

Eso era un traspiés para las presiones que acostumbraba hacer el Banco Mundial

Habían muerto diez soldados franceses en una emboscada en Afganistán

Descubrieron dos mil esqueletos humanos bajo una iglesia de Berlín

Advertían que Estados Unidos no podría escapar de la recesión

El celular volvió a sonar y era la muchacha ligeramente más angustiada

Hay una manifestación de piqueteros que no termina de pasar dijo con cierta desesperación

Él trató de calmarla precisamente diciéndole que no conseguiría nada con angustiarse

Precisamente por eso me desespero porque no conseguiré nada

Demasiados nombres en la cabeza como alfileres

Te esperaré prometió te estoy esperando y colgó el teléfono

El sobrepeso de los muertos lo marcaba

Bataille decía que la voluptuosidad misma exigía que la angustia tuviera razón

El amor aspiraba a la reciprocidad de la demanda del intercambio y del don

El amor también quería desafiar el tiempo no tener fin

Se sentía vivido por fuerzas desconocidas indomables

El sensualismo el cachondeo la sexualidad el amor la pasión la perversión lo maravilloso

Artaud llamaba al artista "el chivo emisario" porque su deber era atraer imantar cargar sobre sus espaldas las cóleras errantes de la época para descargarla de su malestar

El espacio y el tiempo se nos han extraviado

Paul Virilio descubrió que hace largo tiempo nos hemos convertido en mutantes y que nos encontramos en estado de furioso período de inactividad

Lo que considerábamos real ha desaparecido hace mucho

No decir nada es la única esperanza de decirlo todo

Los medios de comunicación han suprimido ya cualquier posibilidad de distinguir entre apariencia y realidad

El mundo es ahora una simulación

En 1962 cuando Marshall McLuhan alborotó la escena con su teoría de la televisión la caja idiota ya estaba en una sala de estar de cada dos

La televisión o el cine no sirven para la comunicación

No permiten la interrelación entre el emisor y el receptor

El lenguaje de este relato está hecho de inquietudes y también de contradicciones

Étienne Marey desarrolló su cámara para investigar procesos de movimiento en animales

Hollywood le era muy lejano

Graham Bell pensaba en personas con perturbaciones auditivas cuando se le ocurrió la idea de la telefonía

Gutenberg no proyectaba en modo alguno las cuentas enviadas por correo ni la prensa sensacionalista cuando creó los tipos móviles

Sólo quería imprimir una Biblia hermosa

Cuando menos se la había pasado sin madres de alquiler trasplantes clones selección prenatal seguros de desempleo y chips implantados en el cerebro

Para el año 2029 lo habían programado para escanear su cerebro y duplicarlo en una computadora

No había que ser un Hegel para darse cuenta de que la Razón era a la vez razón y no razón

Sólo escribir estaba privado de todo auxilio no se quedaba en sí mismo era broma y desesperación

Gödel se ocupaba críticamente de la ambigüedad de sus posibilidades de conocimiento y en la física cuántica lo impensable es siempre algo cotidiano

En eso se oyó el ruido de la chapa se abrió la puerta y apareció ella

Él se sintió como un público de un solo espectador que contemplaba un espectáculo de una sola intérprete

Rousseau pintó el Volador Wright número 4 en el cielo

Fue el primer lienzo en el mundo adonde aparece un aeroplano

La muchacha lo miró y él se levantó del sillón adonde rumiaba sus pensamientos

Ella se abalanzó sobre él como

¿Un toro que corre hacia el capote en movimiento?

¿Cómo un delfín que salta?

¿Cómo una polilla a un foco?

¿Cómo el sexo abrazando a la muerte?

El placer de besar era en realidad un placer de oler y acariciar con la suya otro rostro cargado de olores personales

Kafka vio volar a Curtis y a Rougier en Brescia

Él gozó el volumen de sus senos sobre su pecho y puso sus manos sobre las nalgas turgentes y firmes de la chica

¿Cómo habría que describir ese abrazo caníbal?

¿Mediante una teoría de los sistemas dinámicos una teoría de la complejidad de las relaciones humanas una dinámica no-lineal una dinámica de redes?

¿O la atracción caótica los fractales las estructuras disipativas la auto organización o las redes auto poiésicas?

"No somos sino remolinos en un río de incesante corriente" escribió Norbert Wiener en 1950

Y también dijo que "no éramos materia perdurable sino pautas que se perpetuaban a sí mismas"

Wiener tenía la desconcertante costumbre de quedarse dormido durante las discusiones llegando incluso a roncar pero aparentemente no perdía el hilo de lo que se decía

Al despertar hacía de inmediato penetrantes comentarios o señalaba inconsistencias lógicas

Su intención era crear una ciencia exacta de la mente

Pero su mente estaba perdida en el cuerpo de la hija de Sonia

Cuando hablo es el deseo lo que habla en mí dijo

En el olor de las mujeres jóvenes había algo elemental como de incendio tormenta y mar

Algo que latía con energía desesperación y lujuria ascendente

Ella lo apretaba con cierta desesperación ansiedad miedo ternura y sus labios buscaban los suyos

Cada cual se daba al otro para recibir al otro

Ella desesperadamente obra desesperadamente extraña desesperadamente polimorfa

Despertaba en él un cuerpo que no sospechaba

Conformaban un cuerpo fabuloso bello y gozoso que daba un resplandor de felicidad física

Estaban en un no-lugar adonde habían dejado de ser

Principio de desorganización permanente bajo el contacto con otro cuerpo que no esperaba más que conmociones idénticas

Innovaciones que su cabeza no podía prever porque no se producían en el lugar donde se esperaban

Algo desconocido y gozoso se desencadenaba se desgarraba ahí sin que ninguna finalidad lo obstruyera

Se las arregló para despojarla del vestido de una sola pieza

Deslumbramiento absoluto

La muchacha no usaba ropa interior y era como si su cuerpo tartamudeara

Desajuste del ser andrógino

Traspiés al llevarla hacia la cama y derribarla

Nerviosa separación de ese cuerpo fabuloso en lo que se despojaba de su propia ropa

Y pronto la caída en el goce el contacto múltiple los signos del placer

El estremecimiento de cada centímetro de sus epidermis

Requerían un ejército de receptores para crear esa delicadeza sinfónica que llamaban *caricia*

La emoción que los abarcaba cierta alegría desbordante

Multiplicación de las circulaciones y las conexiones mezcla de la sangre con el sudor del sudor con el fuego del fuego con las secreciones marinas coincidencias y diferenciaciones insostenibles

Besaba su rostro con su rostro puesto que con su rostro ella besaba su rostro

Mezcla de las bocas las lenguas y las salivas

Ya no sabían en dónde terminaba cada quien y empezaba el mundo

En eso empezó a sonar el teléfono como si sonara en otra dimensión

Voltaire empleaba la espalda desnuda de su amante como escritorio

Y en eso la desviación la salida de los raíles canónicos del placer la salida de quicio

La explosión fluida remontaba se dispersaba la sostenía la anulaba la bipartía y ella estremecida gimiendo desordenada cada vez menos verdadera incomunicable retorciéndose y convulsionándose apretándolo sujetándolo crispada como si se multiplicaran incesantemente los espacios del goce alquimia

El teléfono dejó de sonar

En cuanto pudieron recuperarse ella tomó el aparato y escuchó un mensaje

Van a traer unas cajas le dijo y las van a dejar en la portería

¿Unas cajas?

Con libros u objetos de los que importa Sadoc él debe saber

¿Tienes hambre?

Me comería una ballena

¿Te gustó?

No respondió nada pero lo miró con picardía abriendo mucho sus ojos azules

Ella se incorporó trastabillando y entró al baño y él la oyó abrir la regadera

Entonces él también se levantó tratando de no manchar con semen las sábanas

Bajo la ducha la miraba con arrobamiento

Ella le enjabonó el pecho y la espalda le lavó el cabello y el sexo

Obligado vehículo de un placer transitorio

O más bien el cuerpo no se dividía en órganos de placer y órganos neutros

Todo era de entrada motivo de excitación y el sexo no poseía ninguna primacía

El cuerpo de ella lo asombraba lo trastornaba lo obnubilaba

Sentía su maltratado corazón palpitar más de prisa

Mientras suspendía la caída de agua ella se lamentó de que mañana tuviera que irse

Debo ir a otra ciudad ¿quieres acompañarme?

Las clases en la Universidad comienzan en una semana no podría

¿Y cuándo regresa tu novio?

No sé a veces sus viajes toman meses

¿Me dejas secarte?

Ella se colocó disponible y sonriente

Las manos son la parte visible del cerebro dijo una vez Immanuel Kant

Ella era como una música mientras durara la música

La belleza siempre era una excepción decía Berger siempre sucede *a pesar de* y por eso nos conmueve

Truman Capote escribía acostado y aseguraba que era un escritor horizontal

Cuando le pidieron que definiera la poesía A. E. Housman respondió que no podría definir la poesía como un perro no podría describir un ratón pero creía que ambos reconocían el objeto por los síntomas que les provocaba

La percepción de un cuerpo desnudo costaba exactamente la pérdida del mismo ¿Dickinson?

Proust había escrito que no había nada más limitado que el placer y el vicio

Todo lo que ocurría era el resultado de muchas causas cuya totalidad se desconoce de manera invariable diría Henry Adams

Joyce reinventó el arte de la lectura

En el restorán adonde fueron a almorzar le sorprendió la eficacia de los meseros que no tomaban nota de nada y atendían a un buen número de clientes

Él le contó de Cindy McCain esposa del candidato republicano a la presidencia en los Estados Unidos quien hablaba sobre su vida como hija única en un programa de televisión

Pero de pronto apareció Kathleen Hensley asegurando que era su media hermana

Dijo algo como que estaba afligida y enojada y que su media hermana la hacía sentir como una no persona

Ella era hija del primer matrimonio del padre de Cindy McCain quien heredó la fortuna del padre mientras su hermana recibió sólo diez mil dólares

Pero lo extraño es que tanto Kathleen como su esposo son demócratas

A su joven amante le encantaba el jugo de carne

Ella contó que en las instalaciones de Harrods iba a empezar un festival mundial de Tango

Que se habían inscrito 406 parejas de las que 90 eran de otros países

¿Podrían ir?

Víctor Hugo y Benjamín Franklin escribían desnudos

Alfred de Musset uno de los amantes de George Sand confesaba que le gustaba escribir inmediatamente después de hacer el amor

Edmond Rostand escribía sumergido a medias en la tina de baño

T. S. Eliot prefería escribir cuando padecía gripe

No sé si quiero ver bailar tango o si me gustaría más ir al cine

¿De veras tienes que irte mañana?

Sólo vine a traerte esos papeles para que dispongas del dinero que te dejó tu madre y a ofrecerte mi apoyo si lo necesitas y a conocerte

¿En sentido bíblico?

Conocerte fue como abrirse a la desmesura

A mí me gustó mucho

Es como si exigiera que fuéramos felices

También tendríamos que exigir que los demás fueran menos felices que nosotros

Gilles de Rais lugarteniente de Juana de Arco se dedicó a raptar violar y asesinar a decenas de muchachas jóvenes

La Esfinge era un monstruo en que se mezclaban muchas formas en un solo cuerpo

Tenía rostro y voz de virgen alas de pájaro garras de grifo

Nosotros también somos una especia de monstruo

Creo que estamos desvariando saliendo de los raíles canónicos del placer

Me dan miedo las noches a veces despierto y estoy en la tina de baño o en el balcón y llena de moretones

Es como una desesperación aletargada

A veces me despierto llorando y esto es raro porque cuando estoy despierta nunca lloro

Y también creo que seguimos sexualmente excitados

Que experimentamos cierta diferencia cierta irrealidad

Una verdad erótica que nos altera que nos saca de quicio

Pidieron la cuenta y decidieron volver al departamento

Al llegar al edificio la portera les dijo que les habían llevado unas cajas y que las habían dejado a un lado de su puerta

Subieron por el elevador y vieron con asombro que habían hecho como una segunda pared de cajas de pequeño tamaño

La chica abrió la puerta y él empezó a cargar los paquetes y a meterlos

¿Qué guardamos aquí?

No tengo idea dijo ella

Pero a él le parecía sospechoso así que cuando terminaron de meter las dos o tres decenas de cajas decidió abrir una

No eran libros ni drogas sino dólares envueltos en plástico transparente para evitar la humedad

Cada pequeño paquete debía tener varios centenares de billetes y había paquetes con billetes de muchas denominaciones

La muchacha no sabía qué decir y decidió hablarle a su novio

Él sustrajo dos paquetes con billetes de 100 y lo escondió bajo un cojín del sillón

Sadoc no contestó y ella sólo le dejó recado de que las cajas habían llegado y que las habían metido al departamento

El manual de juego de Al Qaeda utilizaba mensajeros para transportar el dinero en efectivo y entregaba sus cartas a mano

Así ralentizaba el ritmo de sus operaciones y escondía los movimientos financieros

Pero seguramente Sadoc no era terrorista

Empezaban a formarse en su cabeza muchas preguntas

Ese montón de cajas escapaba a las reglas de la emoción y de la ética cotidiana y a todo cálculo o motivo

¿Quién manipulaba a quién?

Su visita se había complicado

Esa hermosa muchacha no era inocente no era inanimada no era cuadrúpeda no era un pájaro

No era aquella que su imaginación imaginaba

La chica se había sentado en la cama y se veía apesadumbrada

"Yo me lavo en la sangre esta agua suda sangre" canta el Woyzeck de Alban Berg

Oía esa ópera dentro de su cabeza y a veces tomaba medicina para al menos bajarle un poco el volumen

John Cage al salir de una habitación insonorizada declaró que no existía el silencio

Epicteto el Estoico sentenció que Dios nos había dado dos oídos pero sólo una boca para que oyéramos el doble de lo que se decía

¿Dónde está tu coche?

Lo estaciono en un garaje que está en la esquina

¿De veras no sabes dónde está Sadoc?

Hace meses que no lo veo en realidad como tampoco he logrado hablar por teléfono con él quizás ya no existe

Pero las estructuras de negocios que organizó siguen su marcha dijo señalando el cajerío invasor

¿Vamos al concurso de Tango?

Quizás hará frío ¿tienes un suéter o un saco más grueso?

Estaban por salir y empezaron a tocar en la puerta con excesiva violencia

Ella miró la entrada como preguntándose ¿cuánto podría resistir? y lo tomó de la mano y lo llevó de prisa al balcón

Desde ahí vieron a dos hombres fumando y como vigilando la entrada del edificio

Ella saltó al balcón del edificio de al lado y él la siguió con cierta dificultad y hasta estuvo a punto de perder el equilibrio

Se distanciaron así un par de inmuebles y lograron salir a la calle

Ella sufrió un golpe en una de sus piernas

Los hombres frente a su edificio habían empezado a sacar las cajas y a meterlas en una camioneta

Ellos corrieron hacia el garaje para huir en coche

Pero en cuanto salieron del lugar los asaltantes los vieron y tres de ellos subieron a un Mazda 6 y arrancaron tras ellos

En todo relato hay un destino que debe cumplirse

Sensación de impotencia

Escapar de esos hombres parecía imposible

Aquí la prosa tiene algo de excitación no se puede escribir esto con tranquilidad como una prosa clásica

Lo agudo lo grave lo enroscado lo dulce el despertar la caza lo melodioso la aceleración las curvas

Como si hubiera un clarinete un oboe un corno unas trompetas

Intentaban abrirse paso en la confusión de lo ya dicho

Muy despiertos y como alterados nos alejamos nos callamos nos acordamos de atajos probables los perdemos de vista nos escondemos

Los edificios parecían moverse a su favor

Hasta la grava parecía pensar y los árboles tenían una memoria antigua y el mar se adivinaba majestuoso y fértil

SILVANO

Jueves

La vida es música y lo es más cuando se vive a la vez sin ilusiones y con la ilusión necesaria

Llaman a este arte la *gaya ciencia* y viene de lejos

Es ligero lírico encendido brillante simple intenso complicado cómico

Imparables fugitivos desesperados sensatos huyendo

El espíritu es un movimiento perpetuo aire libre amor libre creación libre

Terminamos la persecución sin que nos alcanzaran detenidos en un recoveco en el quinto piso de un estacionamiento

Lo propio de lo real ¿no será ser indomable?

Y lo propio del sistema ¿no sería quererlo dominar?

Todo ese mar de gente estaba bañado en sudor expectantes pero vivos y tensos

Cada persona tiene un olor ligeramente diferente un olor distintivo y personal que se distingue al igual que nuestra voz nuestras manos nuestro intelecto

Cuando éramos bebés podíamos reconocer a nuestra madre por el olor y a medida que crecemos podemos reconocer según los que saben hasta sesenta mil olores diferentes

Pero el aroma de esa muchacha lo seducía

Tanto los hombres como las mujeres tenemos glándulas apocrínicas en las axilas alrededor de los pezones y en las ingles

Estas glándulas entran en actividad en la pubertad y son almacenes aromáticos que difieren de las glándulas ecrinas que cubren casi todo el cuerpo y producen líquidos inodoros que en combinación con las bacterias de la piel producen el olor de la transpiración

Baudelaire creía que el sudor erótico era la residencia del alma humana

Joris Karl Huysmans seguía a las mujeres a través de los campos mientras las olía

Napoleón le mandó una carta a Josefina en la que decía "llegaré a París mañana por la noche no te bañes"

En la Inglaterra de Shakespeare las mujeres se colocaban una manzana pelada bajo las axilas hasta que la fruta se saturaba de su aroma y entonces la entregaban al amado para que la oliera

Las brujas de New Orleans recomiendan que se prepare una hamburguesa y se impregne la carne con su propio sudor se cocine y luego se sirva a la persona que se desea conquistar

Me estoy enamorando de ti dijo ella medio sofocada como si hubiera corrido a pie

Stendhal dijo que el amor era como una fiebre que llega y se va con total independencia de la voluntad

¿Mi mamá era tu amante?

Fíjate que no aunque nos abrazábamos a menudo y nos tocábamos nunca hicimos el amor pero dependíamos mucho el uno del otro y muchas cosas no las podíamos hacer sino juntos

¿Llegaste a verla desnuda?

Muchas veces porque era muy desprejuiciada

Porque fíjate que ella al igual que tú no usaba ropa interior de ninguna clase y casi todo el tiempo era fácil intuir su desnudez además fantástica porque estaba muy bien formada

La respetaba por decirlo así la respetaba de más

Y el respeto siempre es un distanciamiento el distanciamiento del deseo

¿Habrán roto la puerta de mi departamento?

Si la rompieron pondremos una nueva como de caja fuerte de acero si es preciso

Pero no sabemos si la rompieron o sólo la forzaron

Parecía que estaban jugando como cuando eran niños a las escondidillas a ser envenenados golpeados vigilados perseguidos abandonados acosados torturados vilipendiados castigados

¿Y tienes idea de quiénes eran?

No sé pero déjame llamar a Sadoc y contarle lo que ha pasado

Marcó en su celular y espero un rato y luego entró la grabadora y ella hizo un relato vertiginoso de lo sucedido

Me extraña que Sadoc no se haya comunicado conmigo

¿Crees que podemos volver a tu departamento?

Riesgo de autoritarismo de psicologismo de infatuación de arrogancia de aforismo

Sadoc no deja pasar una semana sin llamarme y hace casi un mes que no sé nada de él

¿Tienes idea de dónde pudieron venir esos hombres?

Nunca los había visto antes y nunca habíamos tenido conflictos de este tipo

¿Querrían sólo las cajas o algo más que tenías en tu departamento?

No tengo idea ni siquiera si venían por mí o por ti

¿Cómo cuántos eran?

Sin el peligro todo se hundiría en el absurdo y la nada

No sé pero espero que ya se hayan ido

La muchacha encendió el motor y puso la palanca de velocidades en reversa

Me da un poco de miedo volver a mi departamento titubeó

Nos podemos quedar en un hotel y lo vamos a ver mañana

Recordó los héroes racinianos que en los momentos más difíciles su mirada se veía libre de turbiedad

Y en sus arrebatos de furia siempre les quedaba algún discernimiento

Nunca llegaban ni a la clarividencia ni a la ofuscación completa

¿Qué te parece si cruzamos frente a tu departamento para mirar si todavía hay movimiento de esos bandidos en la calle o si todo ha vuelto a la normalidad?

Estaban sometidos al cambio pero anhelaban alcanzar acceder al sentido

Lo sucedido no tenía la propiedad de despertar en ellos sentimientos de culpa

¿Andará metido en drogas tu novio?

Yo creo que más bien anda metido en tráfico de armas

Eso era como una ilusión del conocimiento si el conocimiento es una ilusión

Nietzsche decía que el conocimiento era un error aún peor una falsificación

El coche dio una vuelta tan forzada que pareció que iba a volcarse

No tenemos que ir tan rápido sugirió

Cualquier fuerza era apropiación dominación explotación de una porción de realidad

Cruzaron por la esquina de la calle adonde ella vivía y no había coches estacionados

Sintieron algo como el aliento del vacío sobre sus rostros

Se sentía más frío

Se estaba haciendo de noche cada vez más de noche

¿Qué quieres hacer?

No sé murmuró y detuvo el coche

¿Vamos a ver los estropicios que hicieron o vamos a ver el festival del Tango o nos vamos a inscribir en un hotel para no regresar al departamento?

Decidieron dejar el coche estacionado ahí y caminar hasta su edificio

La portera los saludó con afecto y como si no hubiera pasado nada

Habían roto la chapa pero la puerta estaba bien

Corrió al sillón y levantó los cojines para comprobar si estaban ahí los dos paquetes con billetes que había escondido y estaban

Bueno dijo tomándolos aquí tenemos suficiente como para que viajes conmigo si quieres

Me gustaría esperar noticias de mi novio

¿No le puedes escribir un correo electrónico?

Hace mucho que no me contesta

¿Qué hacemos con la chapa?

Espero que la vengan a cambiar mañana

¿Qué quieres hacer?

Abrázame

Auden comparó el deseo sexual con "una intolerable comezón neuronal"

H. L. Mencken la describió como "estar enamorado es simplemente un estado de anestesia de los sentidos"

Helen E. Fisher dice que "la violenta perturbación que llamamos enamoramiento o atracción podría iniciarse en una pequeña molécula llamada feniletilamina o FEA"

Conocida como la amiba excitante la FEA es una substancia localizada en el cerebro que provoca sensaciones de exaltación arrobamiento alegría y euforia

Pensaba en todo eso mientras se abrazaban ondulándose como si quisieran incrustarse el uno en el otro

Sentía que a esa muchacha que temblaba entre sus brazos le atormentaba un miedo al futuro estrechamente relacionado con un sentimiento de inseguridad y de impotencia

Sería mejor salir de aquí vamos al concurso de Tango

Todavía brillaba el sol pero se sentía frío

Ella le enseñó la funesta Escuela Mecánica de la Armada y se estacionó casi enfrente

Había una manta que decía Sexto Mundial de Tango de Buenos Aires

Y adentro luces verdes rojas amarillas y parejas que bailaban los hombres con números en la espalda

¡Dale Pochi!

Ese del traje blanco es un verdadero verdulero

¿Un qué?

Un verdulero mirá cómo tira pasos figuras barridas todo mezclado

Ese cree que bailar es revolotear las gambas y lo que se necesita es mucha cadencia mucho compás mucha elegancia

Mucha cachondería pensó él

Lo dice un viejo no es raro que el baile sea una competencia el tango siempre fue muy competitivo cuando había milongas en los clubes la puja era tremenda venían cuatro o cinco bailarines de un barrio y querían imponer su forma de bailar empezaban a hacer pasos y los locales hacían otros se enfrentaban y muchas veces terminaban a las piñas o a los sillazos era un clásico

El locutor anuncia a otras doce parejas que suben al escenario dos colombianas una serbia una coreana dos italianas seis argentinas todas de veinte años o poco menos

Arte histérico de insinuación contención escamoteo

Las cabezas firmes rígidas pegadas los tórax juntos los vientres alejados los pies revoloteando muy bajito

El tango es una historia de amor que dura tres minutos dijo una chica con acento caribeño

Y ¿qué es lo lindo? ¿Que sea una historia de amor o que dure tres minutos? la provoca su amiga

Las dos cosas

Un bebé lloraba porque su madre se maquillaba

Alberto Moravia sugería que poseer el cuerpo de una mujer era lo único que el hombre moderno podía poseer de la naturaleza

Un moreno dijo que bastaba con que encendiese un cigarrillo para que llegara el colectivo

Cuerpos celinianos cuerpos asépticos dolorosos descuidados anoréxicos ecos de trenes en marcha y de bombardeos frente al silencio de los acordes y su logorrea

Yo soy un hombre de mensaje no soy un hombre de ideas soy un hombre de estilo protestaba el número 129

El padre de Scott Joplin era un esclavo

Carnavalización de la sociedad

Los bailarines pagaban su libertad con su renuncia al mundo real

Apretamientos jaquecas convulsiones imposibilidad de lo normal desesperaciones

Por ahí un Don Quijote de la mística un D´Artagnan de la triste figura arrastrándose con la Jaqueline de Pascal

Una mujer daba la impresión de que tenía un cuerpo de más un cuerpo que excedía de sentido y la impulsaba a arrojarse

Y su pareja la recibía exaltado una especie de cuerpo que se hacía verbo o un verbo que se hacía cuerpo

¿En serio la pista está muy resbalosa?

Una chica se queja de que tendría que haber un vestuario para hombres y otro para mujeres

¿Estás loca vos?

Los que acaban de bailar se ven transpirados y satisfechos

Para los japoneses el abrazo del tango es un cambio muy fuerte porque no están acostumbrados a tocarse dice otra chica

Ay dime cómo te llamas porque no puedo amarte sin conocerte como dice una canción mexicana

Me llamo Destino y soltó una carcajada

¿Cómo es que no sabes mi nombre?

¿Sara Sonia Selena Solange Sibila Severina Silvia Sol?

No sólo Sofía que en griego significa sabiduría y dicen que era la madre viuda de Fe Esperanza y Caridad

Alejandro Dumas decía que tu nombre era uno de los pocos que se podían escribir con letras enteramente distintas

Gengis Khan tenía quinientas esposas o concubinas

Parejas con ojos de derrota

Había dos modalidades el Tango Escenario que era el más profesional de exhibición y el Tango Salón que era el viejo tango de barrio el que soportaba piruetas desfiguros y acrobacias

Otro decía que no era necesario ser argentino para bailar el tango pero que conocer la milonga sí que ayudaba

La milonga es el abrazo esa forma de compartir algo fuerte con un desconocido

La postura las parejas la elegancia la coordinación la comprensión de la música su interpretación

Un joven invitó a bailar a Sofía y ella lo miró como para pedir su anuencia y él la conminó a aceptar

Cuando los hombres bailan tango lo que menos importa es el levante sólo bailan disfrutan ese acto

Empieza a sonar *Libertango* de Astor Piazzolla

La vio avanzar hacia la pista coqueta y lujosa

El gozo femenino expresaba un mundo posible y desconocido para los demás

Mundo que era preciso descifrar e interpretar aún a sabiendas de que siempre seguiríamos ignorándolo

Ecumenismo concordia comunismo de los corazones las parejas parecían entenderse a fondo perdido

"Verte desnuda es recordar la tierra" había escrito García Lorca

No había contradicciones y todo parecía rítmico estudiado lujurioso delicado laborioso casto atrevido transgresor coherente

La fiesta protege a los seres de su propia timidez

No se toleraría ningún paso en falso

Los bailarines debían residir por entero en el campo de lo visible

Cerca suyo una mujer que parecía condesa descrita por Proust

Sentía como fuego en el cuerpo

Escuchaba caer en sus oídos esas palabras confusas secretas susurradas incoherentes sobresaltadoras con las mujeres suelen decir amor

¿Por qué describir un salón de baile?

¿Para decir las cosas una vez más?

¿Por qué no ocuparse del principio físico de la relatividad o de la paradoja lógica matemática de Couturat?

Quizás hay cosas que no se pueden despachar científicamente que no se dejan atrapar por la seducción hermafrodita del ensayo y porque es un destino atender tales cosas un destino de escritor

Habría que tratar de contar lo que pasó después con los restos del arte de contar que le han dejado

SILVANO

Viernes

No se sentía un moderno si la modernidad era el pensamiento fuerte que unificaba sistemáticamente el todo sino que más bien era un contemporáneo si contemporáneo era todo el sentimiento de lo inacabado y de la fragmentación de lo real de su movilidad

El color del rostro maravilloso de Sofía era aún más intenso cuando se despidieron

La transparencia del amanecer y la de su corazón mezclaban sus tintes sobre sus mejillas

Conocedor de la *Teoría de los Colores* que Goethe contrapuso inútilmente a Newton sabía que la luz se propaga pero que nosotros por suerte no vemos longitudes de onda sino verde azul el rojo de ese amanecer y de las mejillas de Sofía

Detenerse dormir desaparecer

Ivan el Terrible murió mientras jugaba ajedrez con Boris Godunov

Hegel se sintió depravado cuando concluyó que admiraba la ópera *Figaro* de Rossini más que los trabajos de Mozart

Nada de lo que escribió Dante existía ninguna nota ninguna firma ninguna lista ninguna página manuscrita

Oscar Wilde sintetizó nuestras contradicciones

"Hay dos grandes tragedias en la vida" escribió "perder al ser amado y encontrar al ser amado"

Una princesa austriaca cuyo nombre no recordaba se vistió de yegua azul para asistir al entierro de su caballo favorito

Musil nunca habría podido escribir el Evangelio

Dostoievski casi lo escribió

Ya junto al aeropuerto besó por última vez apasionadamente a Sofía y rogó en su interior que ojalá y no fuera la última vez

El goce no es lo que responde al deseo o lo satisface sino lo que lo toma por sorpresa lo excede lo desorienta lo hace ir a la deriva

Después de registrarse y pasar migración y aduana intentó llamar a su esposa y sus hijas pero no había cobertura

Acababa de dejar a Sofía y la extrañaba visceralmente

Se sentía inquieto asustado de abandonar a esa chica nervioso de más y pensó en Rosseau

Rosseau autor de la Educación del Origen natural del Bien de la Interioridad sagrada del Discurso de la Individualidad y de las Bellas Letras en su realización admirable

En resumen el representante de la Neurosis misma

Sentía su "yo" íntimo invadido por su propio cadáver

La puerta rota el saqueo de las cajas ese flujo derrame hemorragia

El agujero de la puerta del departamento de Sofía esa herida

Al llegar a su asiento en primera clase vio en la bolsa del asiento delantero un periódico local y lo tomó

La noticia principal le hizo cosquillas en el estómago

Tragedia en Corrientes: ocho muertos por el choque entre una camioneta y un micro

En la camioneta encontraron cajas con millón y medio de dólares

Ocurrió esta madrugada decía el periódico en el kilómetro 428 de la ruta 14

Un vehículo utilitario impactó de frente contra un ómnibus de la empresa Crucero del Norte que iba hacia Puerto Iguazú

Todas las víctimas viajaban en la camioneta

Los pasajeros del micro se encontraban fuera de peligro

La tragedia se desencadenó a las cinco de la mañana cuando una Kangoo impactó con un ómnibus detenido a la altura del kilómetro 428 de la ruta 14 en la localidad de Curuzú Cuatiá

Los ocho ocupantes del vehículo murieron en el acto

En tanto los pasajeros del micro que había partido a las 21:30 de ayer desde Retiro y se dirigía a Puerto Iguazú sufrieron sólo algunos golpes pero todos se encontraban fuera de peligro

De la camioneta destrozada empezaron a volar dólares que salían de cajas desfondadas por el impacto

Se creía que los ocupantes eran traficantes de drogas o compradores que iban por el botín

Soltó el periódico y trató de llamar a Sofía

Entró la llamada y ella le dijo que lo extrañaba mucho y que apenas iba en dirección a su departamento

Él le contó la noticia y ella prometió comprar el periódico Clarín de esa mañana

¿Cómo pueden ayudar los tranquilizantes si la intranquilidad es racional y viene de los pensamientos?

Ella le confió que había soñado con un perro que la miraba y tenía dos hocicos uno abierto y uno cerrado

¿Qué diría Freud?

En su situación actual tenía pocos o casi ningún estorbo fuera de él

Y dentro de él todavía muchos

Demasiados

Algo tiene que ocurrir decía ella

Y ¿qué significa ocurrir? ¿Una unión? ¿Pero cuál? ¿De qué tipo? ¿Con quién? ¿Con qué?

Amor significa dijo él sólo quiero seguir y seguir oír una única palabra decir una única palabra permanentemente eternamente

Ella le preguntó cuándo volvería a visitarla

Él pensó que escribir significaba ocultarse y mostrarse una y otra vez

Contarlo todo de uno mismo y no revelar nada

En eso pasó una azafata y le pidió que apagara su celular

No había advertido que se habían cerrado las puertas del avión y seguramente habían advertido por el sonido que se apagaran los aparatos eléctricos

No viajé a Buenos Aires se despidió sino a un País de las Maravillas

Hasta siempre dijo ella antes de colgar

Él apagó el teléfono y pensó que viajar como escribir como vivir era omitir

Una mera casualidad llevaba a una orilla y perdía la otra

Ulises lloró cuando escuchó en la mesa de Alcínoo al aedo que cantaba sus gestas que ya habían dejado de pertenecerle

Sofía representaba lo absoluto y la vanidad del deseo y la estupidez de los titubeos burgueses los maquiavelismos eróticos el cinismo libertino y la retórica sentimental

Para el Barroco el mundo era teatro y nosotros vamos al teatro para que nos aplaudan o para distraernos

Broch deploraba que el teatro hubiera sido suplantado por la catedral pero lo peor era que también había sido substituido por la taberna

Sofía desconocía los pudores y los arrepentimientos y se había lanzado sobre él con una avidez en la que se mezclaban ternura amor deseo voluntad de poder

Su tersa y despiadada transparencia ahora inalcanzable

El avión empezó a rodar sobre la pista

Lo esperaba un largo viaje

Había empezado en su recámara de niño y de ahí a la cocina y al comedor el pasillo adonde formaba sus soldaditos de pasta el despacho lleno de libreros cubiertos por cristales corredizos la azotea con la abuela sentada al sol

¿Su Troya o Ítaca?

Ya en el aire a quién sabe cuántos metros de altura volvió a tomar el periódico

Leyó que de los 27,442 estudiantes académicos y trabajadores que habían participado en la primera consulta universitaria sobre la reforma energética y la educación pública

El 84.4 por ciento se había manifestado contra la participación de la inversión privada nacional y extranjera en Petróleos Nacionales

Mientras que el 97.2 por ciento demandó que una parte de los excedentes petroleros se destinaran al fortalecimiento de la ciencia la educación y la cultura

En la Cámara de Diputados dieron a conocer que en la consulta sobre el tema petrolero se habían emitido 130,017 opiniones

Y que el 19.67 por ciento opinó que el tema era de suma relevancia para los ciudadanos y 82 por ciento dijo NO a la privatización del petróleo y demás energéticos

Se sentía como Don Quijote acabando de dejar la Cueva de Montesinos su cabeza confusa de todas las maravillas y encantamientos

Pero a Don Quijote Sancho le reclama que esos encantos no fueron sino un despropósito

Y Don Quijote respondió "Todo pudiera ser"

Viajar significaba desmontar reajustar volver a combinar

Lo real se revelaba indeterminista sujeto a repentinos colapsos remolino de confusión de todas las cosas pero también del imprevisible brote de una nueva sensualidad

Se sentía provisional oscilante punto de cruce de acontecimientos y sensaciones un sedimento dejado por una historia volatizada

Su historia era un todo espumoso rebullente donde burbujas ansiosas por emerger se destruían entre sí reventando una tras otra

Le pesaban los párpados cuando el avión se internó en un cúmulo de nubes

Sueños y larga vida era el saludo y el auspicio en Samoa en tiempos de Stevenson

El poeta Borkman el personaje de Ibsen escrutando a fondo el malestar de la civilización decía que pretender vivir de verdad era asunto de megalómanos

"En esa magia estaba" como escribió Borges cuando se quedó dormido

Soñó que discutía con una enfermera al lado del cadáver de Sonia

Primero se entierra a los muertos decía ella pero entierran sólo su cuerpo y sobre el alma dicen que se va al Cielo o al Purgatorio cuando no se ha sido muy bueno en el mundo

Dicen pero no lo saben decía él nadie ha regresado a contárnoslo

Es la religión la que lo dice gruñía la enfermera desconcertada

Pero si la religión dijera otra cosa diríamos otra cosa

Sí pero eso es lo que dicen

¿Cómo puede vivir la gente sin saber adónde va y parecerle eso muy divertido y muy bien?

Después estaba en una estación de trenes y había mucha gente todos muy nerviosos y exaltados

Gritaban contra la compañía de trenes

Había un convoy de nueve vagones y de pronto comenzaron a incendiarlo

También incendiaron la cabina adonde se vendían los boletos

Había niños y ancianos que corrían y se escuchaban sirenas de carros de bomberos que se acercaban

Sonia estaba junto a él y no se atrevía a decirle que se había muerto

Son troskistas decía ella son del grupo Quebracho

En eso el fuego de los vagones se convirtió en una hoguera en un claro de un bosque

A su alrededor había árboles y plantas desconocidas

Había muerto una mujer y él discutía con sus amigos y familiares porque ella había establecido que no quería que su cuerpo fuera estudiado como si fuera un animal prehistórico

En el suelo había el hocico de un mono de trapo

Escribía en una máquina eléctrica sobre páginas de papel amartillado amarillo

Provisional oscilante punto de cruce de acontecimientos y sensaciones el sedimento dejado por una tradición y una historia volatizadas

Luego estaba en un salón de clases muy grande quizás un auditorio y trataba de convencer a un grupo alborotado y ruidoso de estudiantes para que cedieran el petróleo a las compañías norteamericanas

En eso despertó y sintió que se le había entumido uno de sus brazos

El avión había tomado la pista y el contacto del tren de aterrizaje con el asfalto lo había despertado

Había dormido más de ocho horas no lo podía creer

Sintió hambre

En cuanto bajó del avión sacó su celular y llamó a su casa

Le contestó su hija menor contenta de escucharlo

Le contó que habían lanzado al espacio un anuncio para tentar con aperitivos de maíz a posibles consumidores extraterrestres

El anuncio lo habían transmitido desde un potente radar de ultra frecuencia de 500 megahertzios del Centro Espacial de la Asociación Científica Europea de Radares de Dispersión Inconexa radicado en el archipiélago ártico de Svalbard entre Noruega y el Polo Norte

El mensaje publicitario iba dirigido a potenciales clientes alienígenas de un sistema solar localizado a cuarenta y dos años luz de la Tierra y cuyos planetas orbitan en torno a la estrella cuarenta y siete Ursal Majoris que se halla en la constelación de la Osa Mayor

Este anuncio papá viaja a la velocidad de la luz y tardó un poco más de un segundo en pasar la luna cuatro minutos y medio en dejar atrás Marte nueve minutos en rebasar el sol y unas cinco horas y media en abandonar nuestro sistema solar

¿No te parece padrísimo?

Después hablaron de su salud de su nueva amiga una tal Ayla de sus actividades

Su esposa no estaba en casa y su hermana Amaya estaba en la Universidad

Él caminaba por un largo pasillo lleno de tiendas para consumidores estúpidos hasta que vio un letrero que señalaba un mostrador para alquilar coches

Pensó una vez más en Sonia que vivía sin dejarlo vivir que estaba ya disuelta en polvo pero siempre hermosa dándole guerra descansando en paz

En los melodramas cada personaje se revelaba a través de sus conflictos con otros

La sensación de lo siniestro decía Freud resultaba del hecho de que el "doble" una vez formado como garantía de inmortalidad más tarde revierte su aspecto y retorna como heraldo de muerte como espíritu o fantasma de los muertos

Para Lacan lo real era abundancia en el vacío o vacío bullente

Leonardo da Vinci tomaba y abandonaba sus pinturas y temas incansablemente y siempre interrumpía una para pasar a otra

Pensó en Sofía como anamorfosis o mancha en sentido lacaniano es decir como sujeto por excelencia forjador de nuevas pasiones aparecida imprevistamente entre los objetos del mundo

El amor era aquello que hacía amable lo que el otro era

Había amado en Sofía algo más que a su cuerpo

Nietzsche decía que al puerco todo le sabía a puerco

Las muertes deberían celebrarse como una fiesta de la dialéctica que es toda una furia del devenir del transformarse y disiparse

No poder escribir todo aún

Un sentimiento tranquilizador por no atreverse a todo

En las películas de Truffaut las mujeres se desmayan

En las películas de Godard se masturban

A Proust toda su vida lo llamaron El Pequeño Marcel

Los edificios sucios de su país el cielo azul de su país

Esa semana parecía transcurrir hacia atrás y no hacia adelante

Vio la placa de un coche que lo hizo sonreír TBC Y TDG

Tenía la sensación de que había viajado un jueves y era viernes

Sentía como si fuera un martes disfrazado de viernes esperando un sábado

¿Cómo se llamaba el dulce aquel que llevaba cerezas negras mandarinas fresas y claras de huevo batidas sobre helado de vainilla?

Era el favorito del zar o la zarina o Rasputín o Cagliostro o alguien así

Le dolía cada árbol

Como decía Octavio Paz ahí reinaba un Calígula con mil rostros

La alegría y la filosofía eran hijas del mismo instante

Lo dijo Epicuro

Se decía que en esa ciudad podían vivirse las cuatro estaciones en un día

Llegó al hotel que había reservado y un uniformado se ofreció a estacionar su coche

Ya en su habitación se despojó de la corbata y el saco y abrió las llaves para llenar la tina del baño y abrió cuatro botellas de whisky del minibar

Mientras corría el agua el teléfono las citas los nuevos compromisos componendas alianzas chantajes generadores eléctricos vías rápidas puentes peatonales muelles aeropuertos parques industriales

Podía prestar miles de millones de dólares a condición de que diferentes compañías norteamericanas construyeran todos esos planes

Y luego el compromiso de ceder los energéticos pese a la oposición creciente e histérica

Cualquier teoría social que haga referencia al goce descubrirá que ninguna tela alcanza por si sola a cubrir todos los deseos

Willie Stark en una novela de Robert Penn Warren escribió que cada retazo de tela será tan inadecuado como una manta de una plaza en una cama doble con tres tipos en la cama y una noche fría

La manta nunca alcanzaría

¿Qué general mexicano había dicho que no había político que resistiera un cañonazo de cien mil dólares?

Afortunadamente sus municiones tenían muchos más ceros y eran realmente muy atractivas

Su vida era como una alfombra en un telar un cruzarse y deshacerse de destinos como hilos de diferente color acontecimientos figuras y personajes tejidos y deshechos por el tiempo por el azar por inexorables necesidades o fortuitas coincidencias igualmente vividas disfrutadas y sufridas con verdadera pasión

La ciudad adonde estaba parecía estar demasiado llena de lugares sagrados demasiado llena de monumentos y muertos ancestrales que no hacían fácil la vida

La vida era continuamente sacrificada al pasado y a ancestrales otros por cuyos sueños los vivos se juzgaban a sí mismos se medían y se valoraban

Esa ciudad era cada vez más difícil de ser vivible

Toda su conversación con el presidente y sus asesores iba a ser un ultimátum

Y nadie iba a poder salir de ese juego que se iba a jugar indefinidamente

Dentro de un par de horas tendría que reunirse con toda la jerarquía de mandamases hiperpoderosos justo la cúpula que mantenía los sueldos bajos de millones de esclavos obreros profesores de escuela taxistas burócratas en fin

Y esperaba no verse forzado a proponer la instalación de bases militares o a controlar las votaciones en las Naciones Unidas

Pensó que sólo el amor era exitoso porque en el amor si todo va bien encontramos al Otro

También podía prometer ayuda militar para que pudieran mantenerse en el poder

Sobre todo si se llegaba a probar que se habían robado las elecciones

Lamentablemente había que sofocar las protestas de miles de personas pero eso se los dejaría de tarea

Lo esperaban el principio y el desenlace el hacer y el deshacer

Sin una buena dosis de ferocidad no podría llevar sus pensamientos hasta el fin

La fuerza disolvente de la conversación

Se acicaló con varios litros de Versace y abrió su laptop en lo que lo llamaban para llevarlo al Palacio Nacional

Cioran previene que no es posible decir nada de nada y que por eso es ilimitada la cantidad de libros

El Papa Inocencio IX había encargado un cuadro en el que se le representaba en su lecho de muerte y lo miraba cada vez que tenía que tomar una decisión importante

Lo llamó una mujer y le dijo que lo estaban esperando en el vestíbulo

Tomó su portafolio y se arregló el cabello frente a un espejo que había junto a la puerta

Al salir del elevador lo sorprendió la belleza y el porte de la edecán que había ido a recibirlo

El coche era un Lincoln negro tapizado de piel y el chofer iba uniformado pero la edecán le abrió la puerta trasera y se sentó a su lado

¿Quién miraba lo bello de una manera desinteresada?

Desde ahí las calles parecían tranquilizadoras y silenciosas y él dejó de pensar en sí mismo porque todo parecía debilitarse y deteriorarse empezando por sus angustias

Miraba a la edecán que no paraba de hablar de frivolidades y disfrutaba imaginándola desnuda

Su cuerpo sudoroso

Aspiraba a la reciprocidad de la admiración de su curiosidad del deseo de la demanda del intercambio y de la intimidad

El amor era algo de lo que se hablaba y quizás no era más que eso y los poetas siempre lo habrían sabido

El enamorado decía Julia Kristeva era un narcisista que tiene un objeto

Su relación con Sofía estaba garantizada por su brevedad y por el secreto

"Identidad de causa" decía Breton de la pareja que integraban Trotsky y Natalia Sedova

El amor necesita desafiar el tiempo no tener fin una historia ejemplar hecha de victorias sobre las vicisitudes de la existencia

Ulises en la más irónica de las leyendas contando la loca aventura de la fidelidad

La poesía musulmana había inducido a los ensueños y el amor cortés europeo

Al llegar al Palacio caminaron hasta un elevador privado para el que la edecán tenía llave

Ella caminaba de una manera muy provocativa

Jacob Boeheme llamó al diablo el Cocinero de la Naturaleza porque su arte daba gusto a todos

Lacan que bien lo sabía afirmaba que solo hay relaciones sexuales y no hay más que eso

Entraron a una enorme sala de juntas y cerca de la cabecera estaban dos hombres que fueron presentados como el Secretario de Gobernación y el Secretario de Recursos

El Presidente no tardó en llegar y se presentó seguido por un militar de alto mando exageradamente más alto que él un doctor a juzgar por su maletín y un joven dinámico que debía ser su ayudante personal

Se saludaron afectuosamente y con una extraña familiaridad como si se conocieran hacía mucho tiempo

¿O lo abrazaban y lo palpaban para saber si andaba armado?

Le ofrecieron bebidas de todas clases y no aceptó nada

El Secretario de Gobernación pidió un whisky con soda

Entraron tres secretarias con libretas de taquigrafía para tomar notas y un hombre de mediana edad con una grabadora de origen japonés muy delgada y extendida

Los acuerdos se cernieron con rapidez y eficiencia

Aumentar substancialmente el número de becas para que militares locales fueran a especializarse en el Pentágono

Traer a un número elevado de agentes de la DEA para combatir el narcotráfico que parecía írseles de las manos

El envío de jefes policiacos a estudiar y entrenarse en los Estados Unidos

La presencia cada vez mayor de agentes encubiertos de la CIA y el FBI ya que el número de secuestros había aumentado abrumadoramente

Nombrar el problema irresuelto exaltarlo disecarlo en sus mínimos componentes

La destinación de dos satélites espías para localizar plantíos y escondites subterráneos de delincuentes y guerrilleros

Reabsorber el duelo sobrepasar la incertidumbre reencontrar la eficacia

Creación de infraestructuras para hacer muelles y embarcaderos en la mayor parte de las costas del Golfo

Y lo más importante la necesidad inmediata y sin discusiones de la cesión de derechos del petróleo el gas y otros recursos naturales

Crear un régimen jurídico de excepción para que la paraestatal petrolera estuviese bajo el manejo patrimonial del ejecutivo

Permitir contratos riesgo contratos éxito contratos incentivados y concesionar bloques para la explotación de hidrocarburos

Aceptar la sumisión del país en materia petrolera a tribunales extranjeros y emitir bonos

Propiciar la creación de filiales de la empresa de Petróleos que propicien su privatización y entrega

Miradas de ingenua sorpresa de impotencia de incertidumbre

Ofreció la posibilidad de traer especialistas para controlar los medios informativos y que no repercutieran las protestas de la disidencia

Una pequeña tos antes de seguir

Decían que los demonios se comunican con toses quejidos gruñidos silbidos

Y también la amenaza de que no cumplirse todos esos requerimientos entonces vendría la instalación de bases militares en diferentes puntos de la República y el cierre definitivo de la frontera

El cobro inmediato y condicionado de la deuda pública y la devaluación inmediata de su moneda nacional

Los Secretarios de Estado lo miraban con avidez y como queriendo interrumpirlo

El ayudante del Presidente aclaró precipitadamente que ya se habían enviado seis iniciativas de ley en materia energética a fin de someter la industria petrolera nacional al capital privado norteamericano

El Presidente se veía maquillado prepotente y complacido

Esas iniciativas se habían enviado en abril y mayo pasados a las cámaras de Senadores y Diputados con la sugerencia y la presión de que deberían ser aprobadas

Pero no habían sido aprobadas

Su voz tuvo un exasperado acento sombrío

El Banco Mundial no podía esperar mucho tiempo más a que se llegara a este acuerdo

Y además estamos en septiembre

La agresividad en ese contexto significaba dinamismo innovación mejoras valor riesgo y el propósito de pasar a la acción

Hemos de aprender la importancia de desequilibrar la situación y tomar la iniciativa

Para hacer una tortilla hay que romper primero unos cuantos huevos

No hay que llevar navajas a una pelea con navajas dijo el Ministro de Gobernación

Cierto miedo a la aristotelización de sus pensamientos a las divisiones las definiciones y demás juegos vacíos

¿Les parece bien que fijemos una fecha como límite último?

Pensó que cada palabra que pronunciaba era falsa que cada palabra que escribía era falsa que todas las palabras eran falsas

Pero ¿qué haríamos sin las palabras?

Su fuerza la tomaba de Hobbes de Maistre de Nietzsche

Gérard de Nerval en casa de Víctor Hugo ¿Que no tengo religión? ¡Tengo por lo menos diecisiete!

Incertidumbre generalizada desazón inquietud nerviosismo

El principio de incertidumbre no pertenece sólo al ámbito de la física sino que está en el centro de todos nuestros actos en el corazón de la realidad

Sentía que el poder era un lugar vacío corrupto sin esperanza

Baltasar Gracián decía que la estrategia de Dios era mantener todo eternamente en suspenso

Diderot afirmaba que era más importante no confundir el perejil con la cicuta que saber si Dios existía o no

Inútil transcribir la conversaciones que siguieron las opiniones las recomendaciones los subterfugios las corruptelas las frases hechas

Una planificación sin la acción es inútil la acción sin una planificación es fatal

Sun Tzu lo escribió hace siglos la estrategia sin táctica es el camino más lento hacia la victoria

La táctica sin estrategia sería el ruido que precedería a la derrota

Se levantaron de la mesa y estuvieron hablando en pequeños grupos antes de disolver por completo la reunión

¿Qué hacer por qué para qué? se preguntaba Pierre Bezujov en *Guerra y Paz*

Tenía que seguir sus parámetros de no contradicción conservación y confirmación

Nada importante en ese bla bla bla posterior nada digno de atención

Cierta sordidez y mezquindad

Al despedirse todos volvieron a abrazarlo afectuosamente

En la sala de recepción había un enorme retrato del Presidente dominándolo todo

Ni el personaje del cuadro es el reflejo del modelo ni el que aparece en el espejo es el reflejo del personaje

Negación del realismo

La misma edecán que había ido a recogerlo se ofreció a acompañarlo de regreso

Yo creo que la tierra está hecha del polvo de los muertos

Ella lo miró abriendo mucho sus ojos

El coche rodaba ya por alguna de las avenidas principales como si se abriese paso en la selva de lo ya dicho

¿Hasta cuándo se va a quedar con nosotros?

Mañana vuelvo a Washington dijo con cierta pesadumbre y cierta amargura

La edecán quería preguntarle más pero se sentía ligeramente asustada desconcertada expectante

Él ni siquiera se atrevía a mirarla con deseo ni a decirle ninguna otra cosa

El aroma de sus cabellos era su único punto de apoyo

Mirar a una mujer hermosa no curaba no calmaba no sublimaba no desinteresaba no eliminaba el deseo ni el instinto ni la voluntad de poder

Era como un excitante del querer

La timidez lo invadía precisamente un como estado en que el lenguaje se le escapaba se embalaba o se bloqueaba y le decía a ella lo contrario de lo que él quería hacerle oír

En el pánico eran sus propias palabras las que le hacían daño las que hablaban mal de él

¿Le gusta la comida mexicana?

Soy mexicano murmuró

Él quisiera ofrecerse hacer circular su imagen y sólo producía bajo el dominio de una fuerza indomable un simulacro una fuerza grosera una casi calumnia

El ser que aparecía no era él era un estúpido y quedaba como borrado por ese usurpador

Su torpeza lo difamaba callaba precisamente por la curiosidad de la edecán perdía sus medios cuando era imperioso que los movilizara

Cedía a los estereotipos como a una especie de vértigo y se hundía en la estupidez por la misma violencia que su deseo quería hundirse en ella

No tenía peor enemigo que su propia boca

En eso el automóvil se hundió en el túnel del estacionamiento del hotel

La saludable edecán parecía gozar su perplejidad y el efecto de su constitución física

El amor es una fiesta para los ojos

Miguel Ángel creía ver ocultas bajo la masa del mármol las formas de sus estatuas

Schopenhauer decía que el arte tenía un efecto de calmante sexual

La observaba abiertamente curioso admirado sorprendido con devoción y sin decir nada

Cuando el chofer uniformado abrió la puerta y ella descendió para despedirlo se acercó a él al darle la mano y le dio un beso cálido en la mejilla

Las fauces abiertas del hotel

Como a los gatos ahora le tocaba dejar de jugar y desaparecer

Él se quedó de pie ahí un buen rato antes de dar media vuelta y dirigirse a los elevadores

Desde su habitación esperaba poder llamar a Sofía y a sus hijas

Comenzar para un hombre era esperar el instante en que tuviera miedo

Recordó una inscripción en un baño público de Barcelona "desearía conocer monja no demasiado mística para aplacar antiguos fantasmas sexuales"

¿Esa bella edecán sería amante de alguno de esos políticos?

Imágenes del pasado inmediato que se precipitaban en su cabeza como aviones en un cielo sereno

Al entrar en su habitación sonó su celular

¿Estás pensando en mí?

¿Sofía?

Tu Sofía

Sí cada vez que te recuerdo me masturbo y después te olvido en seguida

Ella rió y dijo con picardía ¿cuándo vendrás otra vez?

No sé mañana viajaré a Washington

Es que estoy tan hermosa

No lo dudo

Hoy me arreglé para ti

Y yo ante una noche irreparable sin esperanza alguna de consuelo

Qué teatral

El tiempo estaba como fuera de sus goznes

¿Cómo te fue en tu reunión?

No faltó nadie estaban el adivino los dos reyes el advenedizo el hombre de la sanguijuela el mago el abominable el mendigo voluntario el último Papa y la sombra

Ella volvió a reírse

¿Y qué sacaste en claro?

El resentimiento y la mala conciencia

Promises promises

Era como si quisieran castigarse ella por la entrega a la que había cedido y él por la voracidad que le abocaba a ella

¿Has sabido algo de Sadoc?

Todavía no y se pasa de raro

Horas después su diálogo con Sofía casi podía escucharse en la habitación vacía

Escribir significaba ocultarse y mostrarse una y otra vez

Sentía algunos estorbos dentro de sí

¿Cuántos eran los amantes cuando hacían el amor?

¿Uno cuatro u ocho?

Un singular plural

Cuando estaba con Sofía se sentían otros cuerpos pero abiertos en espiral otros organismos otros sistemas nerviosos como sobreimpresos

Muchos cuerpos en uno como en las palabras de múltiples significados mil epidermis universos de células diferentes que nunca aparecían realmente pero que eran rozadas reconocidas temblaban bajo la piel se dejaban oír

Conglomerados furtivos de muchas superficies cutáneas

Enciclopédicos en sus fines picarescos en sus trayectos meticulosos en sus ocupaciones

Había honrado su cuerpo pacientemente

El flujo de las intensidades

ALDA

Viernes

Viernes, viernes santo, santo viernes. ¿Cuántos viernes más hasta que termine este año y empiece el colegio, cuando por fin puedo tomar clases avanzadas de ciencia? Quizás en biología me explicarán la estructura del cerebro humano. Por lo que dice Mami, no hay suficiente enlace entre los campos de neuropsicología y lingüística. O tal vez sería suficiente que hubiera más conexión entre la psicología cognitiva y la lingüística. Cuando veo los artículos de Mami en su oficina, parece que la lingüística aplicada está intentando saltar barreras a las que la psicología cognitiva todavía no ha llegado. O quizás Mami no hizo repaso a los artículos esos porque no estaban en la base de datos que usaba. ¿Por qué los campos cognitivos no trabajan más juntos? ¿Será que un neurólogo no tiene tiempo ni interés en asociarse con un neuropsicólogo o con un psicólogo cognitivo o hasta con los terapeutas? Supongo que estas áreas son muy diferentes en cuanto a los detalles, pero al ver el conjunto, ¿qué?

¿Será que la lingüística ha luchado para ser su propio campo por tanto tiempo, que a veces los expertos se olvidan de que hay seres humanos que hablan esas lenguas, seres humanos que nunca van a expresar las reglas matemáticas de una lengua perfecta? Es un poco como la idea cristiana de que los seres humanos fueron creados en la imagen de Dios, pero uy, qué grieta más grande entre el principio y su ejemplo. No sé hasta qué punto sería mejor que nos comunicáramos telepáticamente con imágenes en vez de palabras. Pero entonces ¿qué harían los ciegos?

Espero no tener que ir por Ayla todo el semestre. Imagínate desviarme así todos los días, no, pues, su papá en algún momento la tiene que dejar ir solita... ¿no? Bueno, pero es el final de la primera semana, cálmate, qué te pasa, generalizando así como si la primera semana fuera a ser como todo el resto del año, por favor, ten paciencia, no seas ridícula.

Hola, Alda, ¿qué tal?

Hola, hola, bien, ¿cómo están todos?

Bien, bien, mi papá por fin me preguntó que si me sentía cómoda para ir a la escuela solita, jaja.

¿Y qué le dijiste?

Uy, pues, yo he estado contigo toda la semana, ahora es más bien como que he pasado años haciendo esto, eso le dije, que no iba a pasar nada. Pero ya viste cómo es él, tan sobreprotector.

Bueno, gracias a Dios, ahora puedo ir directo, voy a ahorrar como media hora de camino. ¿Media hora? No exageres. Quince minutos, máximo. Admítelo, tienes un gran prejuicio hacia la gente dependiente, te parece patética, débil, ignorante. No me parecen patéticos, ni débiles, ni ignorantes. ¿Segura? ¿Y segura que no te estás acusando a ti misma de lo mismo? Acuérdate de Freud. ¿No eres dependiente, tú? ¿No dependes de tus papás para pagar la escuela, para la casa, para la comida, para la ropa? Aun si quisieras un trabajo, no lo podrías conseguir a tu edad. En cuanto a las leyes de la sociedad, los niños son unos inocentes ineptos. ¿Y por qué te molesta tanto eso? En todas las culturas los niños se valen por lo mismo, por su inocencia, su belleza, su falta de cinismo. ¿Por qué tienes tanta prisa para crecer, cuál es la presión? Sí, ¿por qué estoy en carrera siempre para crecer? Yo siempre he sido así. ¿Cuándo me hice tan cínica? Deja ya de pensar en esto, porque vas a llorar y lo peor sería que Ayla te viera llorando, así que contrólate.

Sí, es un poco sobreprotector, jeje, bueno, un poco más que un poco. Qué lata tener un papá así. ¿De veras? No manches, por lo menos están pendientes de ella. ¿No te gustaría que Papi se preocupara por ti de la misma forma? No, porque qué lata. No te puedes mentir a ti misma, nadie más está escuchando, solo tú. Confiesa. Que sí, es un poco encantador. Un poco nada, ¿no te encantaría ser hija única, no te encantaría que Papi supiera dónde estabas por si te pasaba algo, no te encantaría que Papi estuviera para proveer la más mínima protección, porque conoce más del mundo que tú? ¡Pero si yo estoy bien! Y además, Papi trabaja mucho para darnos lo que necesitamos, ¿por qué me estoy poniendo tan ingrata?

Oye, Alda, ¿ves a ese muchacho?

¿Ah? ¿Por qué me está susurrando, qué pasó? Pero Dios, ¿tiene que ser tan obvia, susurrándome y viendo directamente al muchacho? ¿No es este muchacho el mismo que vi el otro día en esta estación, en esta posición? Sí, es él. Cómo sabes, no le ves la cara. Pues creo que esta es la misma manta verde que vi el otro día. *Sí, ¿y?*

Pues no sé, nada, digo, me da pena, se ve tan joven, se ve como…

De nuestra edad.

…de nuestra edad o algo.

Sí, estaba pensando lo mismo. Espérate unos segundos para salir del túnel por lo menos, uf. *Pérate un momento.* En estos momentos de la mañana, ni las voces pueden ensordecer el trueno de los pasos humanos, todas las conversaciones por celular, todos los chismes en desarrollo bajo estos techos abovedados, ni vale la pena hablarle a Ayla siquiera, los zapatos me engullen y de igual forma, si estuviera sentada en la acera como este pobre muchacho, me harían una pupusa aquí mismo. Ahora sí, dime algo, si puedes, dime algo relevante, ahora que te escucho

Era chico, ¿verdad?

Supongo que el contraste entre chico y chica es relevante. *Creo que sí, pues sí, era varón, ¿no?*

Pobrecito, ¿qué le habrá pasado?

Pero tiene que haber muchos sintecho en Turquía, casi se porta como si nunca hubiera visto a ninguno. La lástima puede ser una de las peores emociones. No sirve para nada. No es útil para entender a la gente, como la simpatía, o para entenderte a ti mismo a través de otro, como la empatía. No es como el duelo, simple y necesario, o el enojo, que por lo menos motiva. ¿Para qué servirá la lástima, aparte de hacerte sentir más afortunado, y por lo tanto, superior a la otra persona? No ayuda a mejorar la situación, ni siquiera sé si es mejor que no prestar atención en absoluto. Es un día tan bonito hoy y quién sabe si para él hay días bonitos. O si hay cambio en absoluto. Si las horas se desangran de día en día, si sabe que hoy es viernes, si le importa. Ayla tiene razón, qué le habrá pasado, no habrá nacido aquí en la calle

Yo pensé que esas cosas no pasaban tanto en Estados Unidos.

Las estadísticas no mienten. Creo que mucha gente piensa eso, pero hay muchos aquí que no tienen casa y es peor en los climas más calientes.

Supongo que ocurre en todas partes, entonces.

Ooobvio, no me gustan esos comentarios tan clichés. ¿Por qué estoy de tan mal humor? Es que está hablando no más por hablar, y odias eso, no te hace ningún comentario útil ni intuitivo ni nada, ¿por qué los seres humanos se sienten tan incómodos con el silencio? Leí en alguna parte que el silencio puro es necesario para la salud mental y fisiológica. Creo que era en *Time*. A veces simplemente no tengo ganas de hablar, a veces sólo quiero mirar, como ahora, ver a la gente entrando y saliendo del tren, pensar en la imagen de ese chico sin tener el diálogo constante. ¿Me casaré con un sordomudo? ¿Soy muy anti-social?

¿Cuál es tu primera clase hoy?

Ahm, ah, creo que es inglés. Afortunadamente.

Ah, con la profe que tanto te gusta.

Sí, yo la amo. Qué bonita manera de empezar el día.

¿Y luego?

Luego mate.

Fuchi, con el señor Campanas. Uy, ¿cómo va?

Mal, pues ya hay cosas que no entiendo y voy a tener que preguntarle.

Uy. ¿No puedes preguntarle a otro profe?

Lo voy a intentar, había pensado lo mismo, de hecho. Tengo libre después de esa clase y voy a ir a las oficinas a ver quién está.

Ten cuidado. Me dices cómo te sale, ¿sí?

Sípi. No hagas un drama. Nada va a pasar. ¿O soy yo o es ella que está complicando el asunto?

Uy, pero tú sí estás de supermal humor, ni siquiera deberías intentar interpretar tu mundo de momento, todo se te sale negro, hijos de la carcajada... Anda, pero allí está la profesora Murti, tal vez ella te puede sacar de tu amargura. ¡Yo no estoy tan amarga! Ah no, chuchita, no...

Ohhh, qué bella la vestimenta de la profesora Murti hoy, el verde le queda súper, sobre todo con ese bordado dorado. Me gustaría tener una copia más fina de *Los hijos de la medianoche*, esta copia se ve un poco hecha jirones, cuán bien habría estado el espíritu de Aadam Aziz en ese momento cuando se pegó la nariz considerable en la tierra y se rindió a la duda. En realidad, la sensación egocéntrica que Saleem revela no deja de irritarme, me parece difícil sentir simpatía hacia él con ese ego tan monumental, pero supongo que si yo fuera un símbolo andante de un país en transición, yo me sentiría especial también.

De hecho, si miro a mi alrededor, muchos de mis amigos aquí exhiben esa misma sensación tan tangible de sentirse especiales, pero Saleem en verdad lo era, mientras estos otros, no sé, Mami siempre me dice que esta generación se siente con derecho a toditito. Saleem nació en el momento de transición, nosotros en un momento de estancamiento o algo así, diría Mami. Pero los adultos siempre son más pesimistas con los años que van acumulando, ¿no?, siempre piensan que los mejores tiempos ya pasaron, llegan a cierto momento y la sombra de la muerte los empieza a asustar y se ponen nostálgicos, ¿no? Pero ¿no puede ser que la muerte sea más bella que fea? ¿Más de alivio que de susto? ¿Más ángel grácil que diablo áspero? ¿Qué pasaría, en realidad, si la muerte fuera una fuerza supremamente bella, si todo el dolor de la vida material simplemente se desvaneciera a una paz mucho mejor que los mejores momentos de la felicidad en la vida de uno?

A un personaje como Saleem Sinai no lo pueden dejar morir, primero porque es un protagonista y los protagonistas no pueden morir, ¿o sí? ¿Alguien habría escrito una novela nula? Digo, que no empieza como nula, obvio, pero ¿que así termina? No he leído nada así. ¿Se puede hablar de la existencia nula? Hay lenguas que, ilógicamente, aceptan negativos plurales, aunque la falta de tener algo implica, por extensión, que no puede existir en forma plural. Como decir, en inglés *I don't have any hamsters.* ¿Hámsteres? ¿Por qué puños se te ocurrió decir eso? No sé. Bueno, hámsteres. En español dirías no tengo ningún hámster, no dirías ningunos hámsteres, porque es imposible tener un plural de algo que ni existe. O en francés, así : *moi, je n'ai aucun hamster,* ¿o no?

Y yo, que ni estoy prestando nada de atención aquí, vaya, pero en todo caso, ella me va a preguntar sobre *Los hijos de la medianoche,* entonces, ¿qué podemos discutir acerca del rol de Saleem en la política del país como representación de la India moderna, integrada entre el mundo musulmán e hindú? Que por cierto no refleja muy bien la realidad actual de lo que pasa en esa región, pero a lo mejor al escribirlo en los años ochenta, ¿Rushdie preveía otro futuro para su país? Pero imagínate ser como Saleem, no en términos políticos, sino en su interior. ¿Cómo sería estar tan intrínsecamente atado a tu nación, que siempre tengas un hogar que sea tuyo o quizás del cual seas suya? O quizás, si no lo sobre piensas, te sientes en casa en el lugar de tu nacimiento, ¿es eso natural?

¿Dónde me siento yo más en casa? Parece que todo el mundo tiene un lugar que es más casa que otro, una casa superlativa, algo así. Pero está tan complicado, no me siento completamente en casa en ningún sitio, o tal vez es que me siento en casa en todos los sitios, lo cual crea el efecto de no sentirme totalmente cómoda en ninguno. Creo que lo estás analizando demasiado. Creo que es más simple que todo esto, mira: el problema con pasar mucho tiempo en muchas culturas diferentes es que reconoces aspectos que te gustan de cada una que naturalmente, por extensión, te lleva a criticar los aspectos negativos de otra, aun si es la tuya y luego, extrañas lo positivo de las otras cuando todos los demás alrededor tuyo parecen felizmente inconscientes de los problemas en su propio mundito. Creo que eso lo resume fácilmente, no sé por qué te enredas tanto.

Como la vez que Papá tenía que ir a El Cairo y Mami, Amaya y yo fuimos al Museo de Egipto y tenía una pregunta sobre Hatshepsut que nadie me podía contestar. Y Amaya estaba tan aburrida que se fue a sentar en un banco y puso esa cara de teodiochupamedias y Mami no sabía cómo contestar mi pregunta, ni los guías tampoco, así que increíblemente, alguien se fue a preguntar a uno de los historiadores especialistas. Hasta la fecha no puedo creer que se haya hecho eso por una niña, habré tenido como diez años en ese viaje. ¿Y te acuerdas de cómo te sentiste cuando el historiador ese salió de su oficina donde había estado trabajando? Uuuy, nunca te olvidarás de ese momento, su cabello oscuro y rizado, esos anteojos de montura metálica que quitó para hablarte, sus ojos ridiculosamente profundos y con esas chispas en los iris que sólo la gente inteligente parece tener.

¿Sería la metafísica reflejada al nivel corporal? Era como si algo hirviera allí en esa mirada suya, burbujas en el brebaje de sus pensamientos y un velo de pestañas imposiblemente largas que habría servido para ocultar el resplandor de su vistazo. Dios, qué divino estuvo y la manera en que contestó tus preguntas, hablándote como si tú también fueras experta en vez de una chiquita preguntona. De hecho, cada vez que respondías a sus explicaciones, se le pasó una expresión de sorpresa por la cara y luego vaya, esa sonrisa, ¿te acuerdas? ¿Te acuerdas de cómo te sentías?, extrañamente como si alguien por fin pudiera interactuar contigo, como si tu interés por un tema no fuera lo más raro del mundo, que es lo que te hace sentir Amaya, tus compañeritos de clase, y a veces hasta Mami. Pero no, él no, él simpatizaba contigo, diciendo que si tu interés en la historia te hacía una nerdita, entonces él también era uno y siempre lo había sido, lo cual te hacía sentir un poco mejor.

En realidad, yo quería que Mami y Amaya desaparecieran del planeta en ese momento, porque allí estaban, persistiendo, perdurando, haciéndome presión, y ¿qué más teníamos que hacer ese día?, no fue mi idea ir al museo en primer lugar. Si hubiera sido más grande, habría podido ir solita. Pero el punto es que con este extraño, ¿cómo se llamaba?, se te presentó no como doctor profesor tenmerespeto, sino con su nombre, ¿cómo era?, Aarón, con este Aarón que ni siquiera conocías, sentías que te entendía mejor que la misma familia que te acompañaba. Es más, me hubiera gustado pasar todo el día hablando de la historia con él y que Mami y Amaya me hubieran dejado allí toda la tarde mientras iban de compras para alguna cursilería, porque nada saca a Mamá de sus depresiones como un poco de terapia de compras. Ese día yo pudiera haber sido egipcia.

O el día que pudieras haber sido jordana, en ese viaje cuando fuiste sola con Papá porque Mami tenía que ir a una conferencia o algo y Amaya había dicho que antes muerta que perder la fiesta de cumpleaños de su mejor amiga, así que fuiste con él y te enfermaste horrible de un yogur fresco que te habían ofrecido. Pues me sentía obligada a comérmelo, ¿no? Hubiera sido muy maleducada decir que no y quién sabe qué pasó, porque a Papá no le pasó absolutamente nada y comió lo mismo, bueno, total, no paraba de vomitar ni por media hora y en el hospital me pusieron como dos litros de suero antes de que empezara a sentirme mejor, qué desastre. Y encima recuerdo que la mañana siguiente Papá tuvo que ir a una reunión que duraba todo el día, así que me dejó internada allí en el hospital con fiebre y la piel que me dolía de estar tan deshidratada, uy, lo feo que es sentir que la piel te duela, pero luego vino la enfermera esa que tenía el nombre tan bonito, Aqila, que me contó que su nombre en árabe quería decir sabia e inteligente. Y su acento en inglés era tan bello, igual que su vestimenta, como ese velo ligero de azul marino que llevaba aquel día que la conociste, era el color perfecto para embellecer el verde de sus ojos, haciéndolos parecer casi azules, ¿o eran azules?, no me acuerdo. Se quedó conmigo casi todo el día hasta que Papá regresó por fin y nos encontró riéndonos de un dibujo que había hecho por estar tan aburrida todo el día en la cama, dibujé un pescado, pero Aqila pensó que era un pájaro y en realidad era más pájaro que pescado, pero reírme me dolía mucho por haber estado vomitando tanto, lo cual me hizo reír aún más, porque intentar contener la risa es una tarea hercúlea para mí y total, Aqila era tan maternal, dulce y atenta que me sentía como en Egipto, igual, en ese hospital con ella me sentía en casa.

¿Será por ser joven que me puedo adaptar? ¿Es que la sociedad mundial ve a las niñas como inocentes y por eso me llevo bien con todo el mundo? No puede ser, porque hasta en México a veces me siento que no soy lo suficiente mexicana para ellos y aquí que soy demasiado mexicana, así que bueno, el mundo es mi casa y así me gusta. Pero sí sería bonito tener siempre un solo lugar adonde regresar y saber que pertenecías a esa tierra, a esa cultura, a ese sistema de valores, a esa sociedad, a esa comunidad. Le envidio un poco a Saleem. Pero claro, estando él en Egipto o en México, no hubiera tenido mi suerte.

Ah, no. ¿En serio? ¿Ya es hora para irnos? Fuchi y ahora tengo que irme a la clase de mate, nooo.

Alda, ¿cómo estás, entonces, estás bien, sí? ¿Todo bien con el libro?

Pero qué bella manera de hablar que tiene la profesora Murti, con una entonación y musicalidad a su — ¿cómo lo llama Mami, idiolecto? — que casi parece una mini-aria, una recitativa. Ojalá y yo pudiera hablar inglés como ella, como que quieres arroparte en su voz y dormir.

Sí, todo bien, me está gustando mucho, ¿tenemos que reunirnos para discutirlo?

Yo creo que deberíamos, ¿no?, pues es un estudio independiente, hay que hacer ese tipo de reuniones con cierta regularidad. ¿Te parece el lunes, tienes libre después de esta clase?

Puedo venir en mi hora libre, sí. Qué pena, yo quería vernos hoy, pero a lo mejor está muy ocupada. O es viernes, ya se hartó de la primera semana y no más quiere que este día termine, como yo. ¿Por qué me siento tan incómoda? Me duele la panza, me siento como que se me va a soltar el estómago o algo, pero no he comido nada raro hoy, es más, no he comido siquiera, no hay nada que soltar.

Muy bien, Alda, perfecto, me va a dar mucho gusto reunirme contigo.

Sí, profesora, a mí también. ¿Qué te pasa? Dile algo más, no seas tan cordial, como si no la conocieras, dile qué tan emocionada estás de poder hablar con ella. No, pues no me sale, me siento muy rara, no quiero ir a esta clase, pero me tengo que ir, me tengo que ir sí. ¿Pero qué caramelo te pasa? ¿Qué crees que puede pasar en una inocente clase de matemática? Vas a aprender alguito no más, ándale, vete ya, no sé por qué te estás friqueando, hooola, qué tipo de escenario te estás creando,

¿eh? No seas tan dramática. Pero nadie nunca estaba feliz habiendo confiado más en su lógica que en sus instintos. ¿Ah sí? ¿De veras? Y, ¿quieres ser como ellos, algún tipo de adivina, como Louise Hay o Deepak Chopra o hasta Freud y Jung, que casi eran peores porque pretendían que lo suyo fuera una ciencia basada en datos? Los instintos sólo funcionan si son bien guiados. Los animales tienen instinto, tú tienes razón. Tengo razón e instinto. Exacto y de ahí sale el conflicto. Si no más tuvieras uno de los dos, la decisión sería fácil. ¿Qué excusa tienes para no ir a clase? ¿Qué, eh, vas a decir que no fuiste a clase por un mal presentimiento? Seguro que les encantaría oír eso, anda, díselo.

Buenos días, buenos días, buenos días, Alda.

Hola. ¿Por qué a mí me saluda con el nombre y a nadie más? Tengo un nombre particular, a lo mejor es eso. A lo mejor, sí. ¿Cómo será enseñar el mismo material hasta seis veces consecutivas, sin cambiar de tema, sin cambiar de nivel? ¿No será muy aburrido? ¿Tendrá clases de otros niveles? Tiene que tenerlas, no le van a dar clases de un solo nivel, ¿o sí? Cuando empieza a dibujar los ejes esos, ya me pongo incómoda, ya sé que cuando sugiere algo de seno y coseno y tangente y demás, ya no entiendo nada, voy mucho mejor con la abstracción del álgebra o las pruebas geométricas o algo así, sobre todo la geometría, tan concreta, casi tocable.

No levantes la mirada, pero él te está mirando con esa mirada otra vez. Pero no lo mires, no lo mires. Uy sí y lo peor es que te mira tan fijamente que los otros lo tienen que notar, ¿no? ¿Cómo lo pueden ignorar? ¡Enfóquese en otra cosa, señor! Como en el pizarrón, adonde lo tienes todo escrito y explicado. En realidad es buen profesor, explica las cosas de manera lógica, lo que pasa es que no entiendes la base del concepto desde el principio, tienes que volver al punto cero. Sería tan bonito entender todo inmediatamente, siempre. ¿Será que los genios pueden hacer eso? Me encantaría ser genio. Así no tendría que ir a la oficina del señor Campanas pidiendo ayuda, por ejemplo. Ay, qué reduccionista, ¡como si lo mejor de ser genio fuera eso! Claro que no, pero sería bonito. Oye, quizás la razón por la cual nunca entiendes nada es porque no estás prestando atención realmente. Inténtalo a ver qué pasa. Bueno, vamos a ver…

Pero de hecho, no me importa mucho lo que vale x en la ecuación 13 = 2x + y, porque no me interesa mucho resolver ni x ni y con la otra pista de 26 = 8x + 4y, porque francamente no me importa, prefiero estar con un libro, pero no sé qué pasó, porque antes la mate me interesaba y ¿te acuerdas? El año pasado te morías por poder tomar cálculo y ahora mírate, enredándote con ecuaciones simples que no serán tan difíciles, pero concéntrate, ¿qué te pasa? Tal vez es que tengo ADHD. Pero qué barbaridad, ¿cómo vas a tener ADHD si eres lo opuesto de hiperactiva? Digo ADD. O tal vez es que no soy exteriormente hiperactiva, pero que tengo la mente hiperactiva. ¿Será que el resto de la gente no pasa el día en diálogo consigo mismo? ¿Cómo y en qué pensarán los demás? ¿De veras? ¿De veras eso preguntas? Pero si es la pregunta eterna, el problema eterno, contra el que utilizamos todo el lenguaje posible para combatir ese aislamiento de la mente individual de las otras mentes, quéquéquéquéquéquéqué. ¿Paqué te enredas, en serio? Tendría sentido si tuviera ADD. Si tuvieras ADD, no podrías pasar todo el día inmersa en un libro sin darte cuenta de las horas, te distraerías, tendrías dificultad en prestar atención, no podrías controlar tus emociones adecuadamente y según la situación, no escucharías a tus profes ni a Mami ni a nadie, no podrías llevar las conversaciones intensas que llevas con los adultos, de hecho, más bien eres todo lo opuesto. ¿Lo soy?

A ver, vamos a analizar esto racionalmente, sin humildad. ¿Prestas atención en clase cuando es necesario, como en tu clase de francés, por ejemplo, no estás cautivada allí, pendiente de cada sílaba que diga el profe para no perder ni un milisegundo de gramática o vocabulario? Bueno, sí. Cuando la profesora Murti te habla, ¿no te sientes totalmente enfocada en ella, como si el resto del mundo no existiera y sólo importara lo que sale de su boca? Bueno, sí. Ok, y en tu clase de ciencia, ¿no encuentras fascinante cada aspecto de la estructura celular de los organismos y no puedes recitar de memoria ahorita mismo todos sus componentes, a ver, adelante? Sí, el citoesqueleto, los ribosomas, el citoplasma, el núcleo, la mitocondria... ¿Ves? ¿Entonces?

Entonces probablemente no tienes ADD. Lo que pasa es que estás aburrida. Sumamente. ¿Y por qué estaré aburrida? Quizás porque eres muy inteligente. Pero no puede ser, yo no creo ser más inteligente que los demás aquí. Ah, sí y entonces ¿por qué sales primera en casi cada clase que tienes? Bueno, soy inteligente, pero lo que pasa es que trabajo más que los otros, paso más tiempo estudiando. Ajá, pasas mucho tiempo estudiando y con buenos resultados, lo cual sugiere que no tienes ADD, hooooooooooola, ya. ¿Convencida? No. ¡Bruta!

Bueno, ahora que aparentemente se ha terminado la clase, a entender qué pasó entre todo ese gis que cubrió el pizarrón. Ojalá y haya otro profe por allí que me lo pueda explicar, de hecho, lo mejor sería que este señor tuviera otra clase ahorita y que no estuviera en su oficina. Parece que allí anda la señora Schlussel, qué suerte, ella seguramente me podrá ayudar.

Hola, señora Schlussel, ¿cómo está hoy?

¡Ay, Alda, qué gusto verte por aquí! ¿Cómo te va la primera semana? ¡Extraño tenerte en mis clases! ¿Hay algo que necesitas?

Yo también, señora Schlussel. De hecho, sí, quería saber si tenía un momento para ayudarme a entender un aspecto de la clase. Me está causando mucho rollo, la verdad.

¿A ti? No puede ser. Pues en este momento voy saliendo. Tengo que enseñar ahorita, pero ¿puedes pasar luego? Después de esta clase estoy libre.

Oh, qué pena, este era mi único período libre… Hijos de la granada, en serio yo quería que ella me ayudara…

Pero, mira, ¿no estás en clase con el nuevo profe, el señor Campanas?

Sí, señora, estoy en su clase.

En inglés se dice que hay "una sensación en el foso del estómago" cuando sientes un miedo inmediato, indefinido, irracional. Pero es súper irracional. Como ahorita. Súpercalifragilisticoespialidosoirracional.

¿Y te cae bien?

Pues, la verdad… Uuuy, casicasi. Casicasi le dijiste que te parece una anguila, justamente cuando ahí viene entrando. Dios mío, qué vergüenza.

Ah, bueno, pues seguramente él te puede ayudar, Alda. ¿Erik, tienes este período libre?

Sí, Elizabeth, de hecho, sí, ¿por qué?

Ah, es que Alda estaba preguntando por ti, a ver si le ayudas con unos aspectos de la clase que dice que no entiende.

Señora, estoy aquí a su lado, perfectamente pudiera haber hablado por mí misma. Y no preguntaba por él, no invente. Todo lo opuesto, de hecho. Ahora no me queda más remedio, gracias. Estoy atrapada.

Claro, con mucho gusto. Ven, Alda, a ver qué es lo que no entiendes.

Ah, bueno, pero si es inconveniente, yo puedo venir en otro momento. Para mí es inconveniente estar aquí con usted.

No, Alda, qué va, estoy aquí para servirte.

Ay sí. Para servirme. *Bueno, la verdad, he tenido problemas los últimos días con todo esto que vimos en la página veintitrés. No me queda muy claro.*

Ah, pero esto te debería resultar fácil, ¿no? Los pájaros me dicen que eres una de los estudiantes más inteligentes de la escuela.

Pues como muchos pájaros no tienen la laringe desarrollada para eso, dudo que le hayan dicho algo, señor. No hay nada peor que este tipo de expectativa. ¡Es cierto! Yo debería ser más inteligente, debería entender esto, pero ¿qué voy a hacer, quedarme quieta, fingiendo entender y luego sacar una mala nota? ¿Será ésta una táctica que los maestros y profesores usan para hacerte sentir culpable por no cumplir con la imagen propia que tienen de ti y de tu capacidad? ¿Y cuántos de nosotros inconscientemente hacemos un esfuerzo extra para realizar esa imagen? ¿Es mi deseo de tener éxito un deseo mío siquiera, o nomás el deseo de resultarles una estudiante ejemplar, conveniente? Esto de averiguar si un profe es bueno no queda en los estudiantes buenos, que o sí o sí sacarán buenas notas, por más horrible que sea la enseñanza. Queda en la capacidad de hacerles entender a los otros lo que antes no entendían. Y eso que no soy ninguna tontita, así que si este profe no me puede hacer entender este desastre matemático, pues ¿para qué está enseñando? *Obviamente no soy una de los más inteligentes, señor. No estaría aquí.* ¿Ya se fue la señora Schlussel? ¿No hay nadie aquí en la oficina excepto nosotros? Cómo puede ser que tooodos los profes están en clase menos él...

Nada que ver. Uno no puede entender todito todo el tiempo.

Así es...

A ver si podemos orientarte, anda. ¿Tienes tu libro? La versión mía tiene todas las respuestas y eso no te sirve muy bien. Vamos a resolver este problema paso por paso, a ver si así entiendes mejor.

Bien, pero ¿por qué tiene que estar tan cerca? Su aliento huele a café… Tiene los dientes muy amarillados… ¿Por qué estará sudando tanto? Le tiembla un poco la mano.

Bien, pero tú puedes hacer esto, a ver, intenta resolver este primero y luego ya veremos.

Él respira hondo: una vez, dos. Es lo que hago yo cuando me siento muy nerviosa, pero no creo que los adultos se pongan tan nerviosos como yo. Qué lindo sería ser adulto, no tener que impresionarle a nadie, mostrarles tu inteligencia, contar con ellos, qué lindo sería tener control absoluto de tu vida. Ah sí, el problema, la mate, creo que no más debe ser así y asá y luego, *voilà*, no parece tan complicado, pero…

Ve aquí cómo no cancelaste esta parte de la ecuación, si cancelas esto al lado derecho, hay que reducir también el lado izquierdo, ¿ves?, es un error muy pequeño, fácil de arreglar. Vamos, intenta resolver el siguiente, es la misma idea.

Quite su mano de mi hombro, señor. Estamos resolviendo problemas de mate, no estoy en una sesión de terapia física. Pues si no te gusta, díselo. ¿Cómo? Es mi profesor. No más espero a que me la quite, en algún momento me la tiene que quitar. Ah, sí, ¿ves?, me la quitó. ¿Ves cómo no era nada serio? Deja de ser tan dramática, tú, no era nada en realidad… Espere… por favor. No haga eso, por favor, ¿qué hace? No haga eso no haga esonohagaeso… Mueve la pierna, muévela para quitar sus dedos de tu rodilla. Pero muévela. ¡¿Qué haces?! ¡Haz algo! No puedo. No me puedo mover. Quiero y no puedo. Congelada. Así se deben sentir los paralíticos. Oh. Nomás te tienes que levantar y se acabó. Si no más te levantas. ¿Qué hago? ¡Muévete! No puedo. Ni respirar. Ay Dios, no puedo respirar. Socorro, no puedo respirar, me duele el corazón, late tan fuerte como para quebrarme las costillas. ¿Qué es esto? Siento el flujo de la sangre a través de mis venas. Mis arterias se van a reventar. Estas oraciones dramáticas hay que controlarlas, tampoco es que tiene un bisturí contra tu yugular. Pues no me está tratando mal, no me está hiriendo ni nada. Pues si le echo mirada a la cara, no le veo nada de maldad en su expresión… más bien parece desesperado. ¡Ouch! Duele. Duele. Dedos ásperos, secos. ¿Hasta dónde me pueden llegar? Si siguieran subiendo, ¿qué los detiene? ¿El útero? ¿Me lo podría perforar? Y si me lo perforara, luego qué, ¿llegarían hasta las entrañas? ¿Y luego? ¿Los pulmones, el corazón? ¿Podrían hasta arañar mis órganos vitales? No. Te olvidas del cérvix, ¿no es cómo se llama esa cosa?, eso ha de detenerlo, ¿no? La cara muy grasosa, se me está pegando su grasosidad al cabello, fuchi, fuchi, fuchi. Su aliento húmedo contra mi mejilla. Olor a ostras. Aléjese. Por favor, pare, lárguese. No, pero no llores. No llores. No lo dejes verte llorando.

Dicen que eres la más inteligente de la escuela. ¿Sabes cuánto me gustan las mujeres inteligentes? La inteligencia no se valora lo suficiente en las mujeres.

¿Cómo es posible sentirse tan grande y tan pequeña a la vez? ¿Tan débil y tan poderosa? Si alguien entrara en este momento, él perdería todo, el juego de ser maestro ya se acabaría. Pero obviamente le eres embriagadora, una fuerza que le altera bastante y te ve como adulta, ¿no oíste cómo te dijo que eras una mujer inteligente? No una niña, ni muchacha ni chica como todos los demás piensan, no, una adulta. ¡No le hace! A lo mejor él se siente muy solo o está deprimido o está a punto de sufrir un ataque de nervios o algo y yo soy su escape. ¿Lolita quería ser la Lolita que llegó a ser, o la hicieron así? ¡Oh! Pasos en el pasillo, el chirrido de las tarimas tan viejas, ¿puede ser que esos pasos vienen hacia acá? Se acercan más y más. Gracias a Dios, que alguien entre aquí y nos distraiga. Me quitó la mano. Ya viene otro profe, levántate ya. ¡Ya puedes! Como que se rompe un hechizo, ya no me siento paralizada. ¡Ya estoy de pie! Adolorida, con una rara sensación de fiebre entre las piernas y como sudada. Dios mío, tengo toda la camiseta empapada de sudor, las axilas y los muslos húmedos, toda la ropa se me pega, esta pinche falda… ¡Corre, por Dios! Pero cuidado, porque no quieres que nadie se entere de que hay algo aquí de raro, ¿no? Sería lo peor que alguien te preguntara algo acerca de esto. Qué vergüenza, ¿a quién le contará y qué tal si me echaran la culpa a mí? Pero no, no puede ser, ningún adulto aquí haría eso, todos me conocen, yo conozco a todos, a todos les caigo bien, siempre soy la preferida y todos me acusan de eso, dicen que soy la chupamedias, si dijera algo y los otros estudiantes se enteraran, también dirían que soy una superchupamedias, entonces mejor no decir nada, mejor portarme como si nada hubiera pasado. Nada pasó, ¿verdad? A lo mejor no era nada serio.

Hola, Alda, ¿estás bien?

Hola, profe, sí, nomás tengo prisa para no llegar tarde a mi siguiente clase. Qué mentira, pero supermuchasgracias por aparecer aquí en este momento, señor, ahora voy a mi clase de coro, a ver si eso me hace sentir mejor. Ni siquiera le preguntaste a él que cómo estaba. Me muero por salir de este edificio, nunca me he sentido tan mareada bajándome unas escaleras. Ojalá y la puerta pudiera acercarme un poquito más, levantarse e instalarse aquí frente a mis narices para que yo no tuviera que caminar ni un paso más hacia ella, jamás he odiado tanto estar en un solo sitio, lo único que me apetece en este momento es salir allí afuera al sol y mezclarme con el gentío y desaparecer.

Mira, allí anda Ayla al otro lado de la calle, ¿se lo voy a contar? No, mejor no contárselo a nadie, calladita más bonita, pero ella tiene que sentarse con él durante el almuerzo, le toca ir a su mesa, y qué pasa si él le pone una mano encima… Ahorita en la clase de coro intento pensar en una solución. A ver si la puedo alcanzar después de esta clase, antes del almuerzo.

Me siento tan distraída, no quiero estar aquí, de hecho no más quiero encontrar a Ayla y avisarle que no se siente allí en esa mesa con él, que venga a la mesa de nosotras con la profesora Murti, pero entonces no tendríamos espacio suficiente en los bancos y los otros se preguntarían que por qué Ayla no está en la mesa apropiada y sería mucho más fácil mandar a otro estudiante a la mesa del señor Campanas. Si hubiera alguien en la mesa de nosotros que pudiera ir a la de ellos, preferiblemente un chico, porque Dios libre si le mandáramos a una chica por allí. De hecho, lo ideal sería que no hubiera chicas en su mesa en absoluto, pero eso sería muy notorio, yo creo y quién sabe, a lo mejor no le importa a él si sean chicos o chicas, quizás le da perfectamente igual.

Ni siquiera puedo prestar atención a la música, no oigo nada, me veo hablando con mis amigos, pero es como si estuviera en pleno autopiloto, ni sé realmente de qué hablamos, es alguna tontera, pero… ¿Ah? ¿A ver? ¿Me está hablando la profesora? Dios mío qué vergüenza, sí, sí, estoy escuchando, digo...

Sí, profesora, estoy escuchando. ¿Que repita algo? ¿Que cante el último compás que nos enseñó? Dios mío, Dios mío, ahmmmm ¿la la la la la la la la la? ¿Lo hice bien? A ver si me concentro en esta música si no me calmo…

Todos los animales mortales se protegen a sí mismos, sólo los seres humanos son tan estúpidos como para pensar en cómo autodestruirse, como tú en ese momento, pensando en toda esta mierda y en vez de hacer algo, te quedas allí como una mera idiota. ¿Qué? ¿Lo odias a él y a todo el mundo por estar ausente y dónde había un Dios que te mandara algún salvador para interrumpir esa tortura? Pues, ¿por qué no gritaste, entonces? Tú tienes voz después de todo, por qué no te defendiste como lo haría cualquier baboso, incluso los invertebrados se hubieran protegido mejor que tú a, ti misma, en este momento. *Paging* Freud, explique eso. Oh, *Thanatos*, qué gran pendejada, Freud se hubiera inventado alguna razón por la cual eras inconscientemente responsable por esto, ¿no?

Alda, me gustaría hablar contigo un momento, ¿puedes?

Sí, profesora.

¡¿Qué?! ¿Ya se acabó la lección? No puede ser. Me va a regañar por no prestar atención o algo así.

Alda, ¿estás bien?

No. *Sí profesora, ¿por qué?*

Alda, perdona que te sea un poco franca. Toda la clase has estado como un colibrí desquiciado. Te fijabas en las luces, hablabas sin cesar, escuchabas los comentarios de tus compañeros y sobre todo te doblabas a cada rato hacia la puerta, pero de ninguna manera prestabas atención a lo que hacíamos aquí como ejercicio. ¿Esperabas que alguien en particular entrara?

En realidad quería que alguien en particular no entrara, pero es igual y de hecho, no me di cuenta que me estaba fijando tanto en la puerta en absoluto. ¿Me fijaba de veras en la puerta a cada rato? ¿En serio? ¿Cómo es que no me di cuenta? Y qué, pues, te está preguntando algo, le vas a contestar, ¿o vas a estar allí muda y maleducada? *Esteee, no profesora, no esperaba que nadie entrara, no me di cuenta que me fijaba en la puerta así…*

Alda, no estás bajo ninguna obligación de hablarme si no quieres, pero la verdad, yo te conozco bastante bien y me parece que algo te pasa.

No llores, no llores, no llores no llores no llores, qué vergüenza, compórtate. *Puessssí laverdadquesí.* Cálmate. Respira hondo. Compórtate.

¿Qué pasó, Alda? ¿Algo le ha pasado a uno de tus padres? ¿Tu hermana?

No, para nada, ¿por qué habría asumido eso a la primera? *No, profesora, es que, no sé, estaba en clase y no entendía algo y entonces me fui a su oficina para hablar de eso que no entendía y no sé, noséquépasó…* No sé cómo decirlo, ay qué vergüenza, por qué empecé a hablar de esto, no hubiera dicho nada… *Ynosé, meempezóa...*

Espérame Alda, apenas te entiendo, ¿dices que tu profesor te puso la mano encima?

Estás histérica. Asiente con la cabeza, por lo menos. Y respira, por Dios, respira, tu corazón salta con frenesí. Pero no pasó nada en realidad, nada pasó, no te violó, todavía eres virgen, no te hizo daño, no estás sangrando − ¿o sí?, quizás sí, no me he fijado − o por lo menos no te estás muriendo ni nada, así que ¿por qué tanto drama? Dile que sí, simplemente y ya está. Ella no puede hacer nada para cambiar la situación, obviamente. En serio no hubieras dicho nada, pues ¿qué va a hacer? Detenerlo. O ayudarme a salir de esa clase, ayudarme a tomarla con otro profesor, ella debe tener el poder de hacer todo eso. ¿Y eso cambia lo que acaba de pasar? ¡Pues a lo mejor así él no lo vuelve a hacer! Pues dile entonces. *Sí.*

¿Y quién te puso la mano encima?

El profesor Campanas.

¿El nuevo profesor del departamento de matemáticas que acaba de llegar?

Sí. ¿Por qué ese silencio? ¿No me va a decir nada más?

Alda, es la primera semana y sé que has pasado por unas dificultades familiares últimamente… ¿estás segura de que fue él que te tocó, que no fue otra persona? A lo mejor con el estrés de comenzar un nuevo año y todo eso… ¿no lo habrías malinterpretado?

¿Malinterpretado sus manos entre mis piernas? ¿Cómo se malinterpreta una mano en el muslo? ¿Cómo me puede preguntar esto? Ni siquiera se me ocurrió que no me iba a creer, ¿en serio? ¿Cómo debería responder? Pues en efecto, ella te ha dicho a la cara que eres una mentirosa o que al menos no te cree. Así es. Pues no vale la pena intentar convencerle de nada. No tienes pruebas. Todo ocurrió mientras estaban solos. ¿Quién va a creerte a ti en vez de a él? Y ¿por cuáles dificultades familiares he pasado últimamente? Si hay alguna novedad aparte de lo mismo de siempre, no me he dado cuenta y ahí vivo yo, así que no sé qué tipo de chisme anda por aquí ¿Creen que estoy inventando el abuso de un profesor para enmascarar un abuso en casa? Pero el único hombre en casa es Papá ¡y él casi no está! Casi nadie está en la casa nunca, así que ¡qué pastas saben ellos de lo que pasa en mi propia casa!

Pues cálmate, te estás enfadando mucho y por nada. Ella no dijo nada en particular, no más estás asumiendo, que es lo que acabas de criticar en ella, que está asumiendo. Así que antes de volverte hipócrita, calladita más bonita. Ella no te cree porque no te cree, y punto. ¿Qué sentido tiene seguir en esta onda? Mejor te sales de aquí. Además, ya es hora de comer y si no le adviertes a Ayla, pues quién sabe…

Alda, ¿estás bien? Alda, no era mi intención…

¿Ah no? Entonces ¿cuál era su intención?

…no más quiero estar segura de lo que dices, que es algo muy serio.

Algo muy serio que no está tomando en serio, sí, tiene lógica. *Está bien, profesora. Siento haberlo mencionado. Perdóneme, pero tengo que ir al almuerzo, mi amiga me está esperando.*

Más vale advertirle a ella que estar aquí intentando convencer a alguien que te piensa mentirosa, cómo son las cosas. Y mira, si no corres, vas a llegar tarde y ya se habrán sentado todas y no tendrás chance. ¿Vas a seguir en esta onda, como criatura maleable, llevada y formada por los elementos externos que ejercen su poder sobre ti, o vas a usar tu capacidad racional, esa misma que has usado durante este encuentro entero, perdiéndote el tiempo en vez de protestando, para mostrar algún tipo de autonomía? Por el amor de Dios, ¡vete!

Alda, espera, ¿no quieres hablar más de esto?

No y usted no quiere oír más de esto tampoco. ¿Se lo cuento a la profesora Murti? Pero si son tan serias estas acusaciones, a lo mejor la meto en problemas si se lo digo. A lo mejor los otros profes la verían como chismosa y ella no es así. A lo mejor la pongo en una muy mala posición, a lo mejor por eso no quieren hacer nada, a lo mejor en realidad se sienten impotentes. Pero qué dices, espera, ellos son adultos, ¿te diste cuenta? Adultos. ¡Y los adultos pueden hacer lo que quieran! Por eso mismo sería tan bonito agrandarme más rápido, justamente porque no te sentirías indefensa, podrías tomar tus propias decisiones sin pensar en los demás y qué dirían y si te dejarían y si te intentarían cambiar de idea. Esas cosas no pasarán cuando seas grande, tendrás control de toda tu vida.

Si corres, quizás puedes llegar al comedor antes de que Ayla llegue. Si se sienta lejos de él, sería mejor. Ah, allí está, qué suerte que la encuentro, ay, no, pero está hablando con otra profe. No debería interrumpir, ¿o sí? No, pues ¿qué les dirías?, ¿perdóneme, profesora, pero no más quería advertirle a mi amiga que no se sentara al lado de su colega, porque hay la escasa posibilidad de que la toque, porque a mí me acaba de pasar? Oh, sí, muy creíble, qué idea más sólida. ¿En qué cuento de hadas estás viviendo tú? Pues la espero. Ándale. Bueno, mejor entro porque aquí estoy como poniendo presión en su conversación y Ayla me está echando una mirada como de ¿qué te pasa? Ahorita voy. Así que bueno… Entro a sentarme con la profesora Murti. Y qué lástima, no hay espacio a su lado. Bueno me siento al otro extremo, a ver si así puedo ver a Ayla entrar. Uy, y ahí va el señor Campanas, como si nada hubiera pasado, todo normal. Que no me vea, que no me vea, que no me vea, ¿es mucho si me escondo debajo de la mesa?

Oh, y aquí viene Ayla justamente con la profe. ¿Hay una silla vacía que no esté al lado de esa bestia? Ay no. No. Se va a sentar a su lado. No. Dios, ¿por qué de todas las sillas no había ninguna lejos de él? Es una mesa de diez plazas, Señor, ¿por qué se tuvo que sentar en la única plaza a su lado? No me siento bien, estoy mareada. Es más, sólo oler esta comida me da asco, ni quiero pensar en ir a la cocina a recoger las bandejas, nada, creo que voy a vomitar. No, no gracias, no me siento muy bien y juro que esas judía verdes ya ni siquiera parecen legumbres, más bien un coágulo de material vegetal que ha perdido su semejanza a frijol. Y este pan, qué. Este panecito que parece piedra, qué. ¿Cómo es que todos los demás pueden parecer tan entusiastas de ingerir esta casicomida? Pero no te estreses tanto, tú has estado comiendo lo mismo por años. Mira, Ayla, se ve muy incómoda. Hace un minuto estaba sonriendo y pasando el pan a la compañera a su lado y de repente simplemente se congeló, como si alguien le hubiera puesto pausa. Pero estoy muy lejos, no alcanzo a fijarme en su expresión. No se está fijando en nada ni en nadie.

Alda, ¿estás bien? No has comido nada todavía.

¿Qué le digo? Todos los demás me están viendo. *No, profesora Murti, no me siento del todo bien ¿Me da permiso para ir al baño?* Me deja ir, pero se ve preocupada. Me siento tan mareada, pero es lo más horrible del mundo tener que vomitar en público. No, no vas a vomitar, tranquila, respira hondo, es psicológico, son nervios no más, cálmate, con un poco de agua fresca en la cara ya te sentirás bien, ya verás, todo va a salir bien, ahí estarás sola.

Pssst, ¡Alda!

Oh sí, que alguien me vea guacareando sería muy bonito en este momento. Oh. Es Ayla. Dios, está tan pálida que casi parece azulosa. *Hola.*

Uy, ¿estás bien? No te ves muy bien.

Tú menos. *Tú tampoco.* Oh, ¿se lo dije en voz alta? Dios mío, agrega algo o vas a parecer brutísima. *Digo, estás como si hubieras visto un fantasma andante.*

No me siento bien.

Yo tampoco. Fíjate qué raro. Ahora que Ayla llegó, ya me siento un poco mejor. Creo que ya se me están pasando las náuseas. Bueno, ¿vas a seguir enfrente del espejo sin decirle nada? Sí. De hecho, creo que sí. O espero a que me diga algo. Si me miro en el espejo mucho tiempo sin cesar, empiezo a sentir que mi cuerpo ya no me pertenece, que estoy viendo la imagen de otra persona, que esa chica de allí que veo no soy yo y en este espejo. Ayla tampoco parece ser Ayla, ella me mira y yo la miro, mira mi mirada espejada, ni ella ni yo nos quitamos la vista de esa superficie de vidrio, tiene los ojos ensombrecidos, sus pestañas parecen orillas que contienen un ligero desborde de lágrimas. Si echo la cabeza hacia atrás, las lágrimas no se me caen de los ojos, eso quiere decir que no estoy llorando, ¿verdad? No estoy llorando, no. Debería preguntarle si quiere hablar. Debería preguntarle qué le hizo, si le hizo daño, si los otros vieron, qué vergüenza si los otros se dieran cuenta, allí en el medio del almuerzo...

No me siento bien. Me siento mareada.

No, yo tampoco. *Yo igual. ¿Quieres ir a la enfermería?*

Quiero ir a casa.

Yo también. ¿Vamos?

¿Cómo vamos?

¿Cómo que cómo?, salimos y vamos. ¿Sin decírselo a nadie? No puedes hacer eso. Hay que informarle a alguien. ¿De veras? ¿Quién te va a detener? ¿Las cámaras? De ti de todos no van a sospechar. Ellos pasan su tiempo fijándose en los problemáticos, ni siquiera se les ocurriría que te hubieras salido del campus. Bueno, por lo menos se lo debería decir a Mamá. *Vamos, te acompaño a casa, si quieres. Le voy a mandar un texto a mi mamá diciéndole que voy a casa. ¿Qué le vas a decir a tu mamá cuando lleguemos?*

No sé. Que no me sentía bien.

Pero si dice que no se sentía bien, ¿no le va a preguntar su mamá cómo es que llegó a casa en primer lugar? Ay, pero tampoco es asunto mío. Déjala decir lo que se le ocurra. ¿Por qué te importa? ¿Qué vas a decir tú cuando Mami te pregunta a ti por qué llegaste a casa temprano? No sé, a lo mejor ni siquiera está. Ojalá.

¿Qué vas a decir tú?

No sé. Quizás lo que decimos con "¿qué vas a decir tú?" realmente es otra pregunta cubierta que tenemos miedo de enunciar. Quizás en realidad lo que nos estamos diciendo es "¿qué vas a hacer tú?" y tal vez aun "¿qué te hizo?". No "qué vas a hacer tú" esta tarde, sino "qué vas a hacer tú" ahora que esto ocurrió. Pero no fue nada, verdad, estamos bien, no pasó nada realmente, tampoco es un asunto grande, nadie nos puede notar nada. ¿De veras? Sí, sigue en esa onda, si quieres, a ver dónde te lleva. Es que estoy haciendo una montaña de un grano de arena. ¿En serio? ¡Sí! Estoy haciendo una montaña de un grano de arena, la verdad. Si te lo repites suficientes veces, a ver si te lo empiezas a creer. Es que no fue nada. Alá, sí, nada. Fíjate por ejemplo en la lucha interna de Ayla. Vela. No dice nada, ustedes caminan fuera de la escuela, están en la calle evitando todo el ruido del mediodía y no se dicen nada. Es como si ella fuera un mero producto de tu imaginación, una fantasma inventado a tu lado. ¡Ah! El timbre de Mami respondiéndome.

¿Tu mami? ¿Qué te dice?

Dice que no está en casa, que anda en el Distrito preparando la conferencia que va a dar y el artículo que tiene que mandar con su coautor. Sí, es cierto, se me había olvidado. Tiene esa conferencia esta semana.

¿Qué conferencia? ¿Qué hace?

Es profesora universitaria.

¿De veras, de qué?

Lingüística.

¿Qué es eso?

Qué alivio. Cualquier tema para distraernos. Cualquier cosa. Como si fuéramos de compras o nos escapáramos de la escuela no más por divertirnos, como hace la gente pícara. *Es el estudio científico de las lenguas. Ella estudia la adquisición, digo, como las personas aprenden las lenguas.*

Ajá. Pero entonces ¿vas a llegar a casa y nadie va a estar allí? ¿Tu papá?

Mi papá casi nunca está allí. ¿En serio quieres ir a la casa sola? Sí, por qué no. Siempre voy a la casa sola. No siempre te pasan cosas en la escuela. Pues ¿qué voy a hacer, dile a Mami que regrese? Qué tontera.

Podrías. No, pues ella ¿qué va a hacer? Está ocupada y además, ya pasó y se acabó.

Me da cosa que vayas a la casa sola y que nadie esté allí.

De hecho, a mí también. ¿Pero por qué?, no seas irracional, llegar a una casa vacía es normal, no es como si no estuvieras acostumbrada. ¿Adónde más irías? *No te preocupes, voy a estar bien.*

¿No podrías ir a otro sitio? ¿Abuelos, hermanos?

Bueno, de hecho, mi hermana Amaya está en la universidad, la podría visitar.

Sí, anda, mándale un texto a ver si puede pasar un poco de tiempo contigo.

Bueno, está bien, a ver qué dice.

```
Se enfermó mi amiga y la acompaño a casa
¿Qué haces hoy?
Puedo tomar el metro una parada para verte
```

Ay, ¿por qué este teclado tiene que ser tan sensible? *Como que no se manda, no entiendo.*

Qué lata.

Sí, de veras.

¿Puedes caminar?

Puede ser, no sé. De hecho, sí, no tiene mucho sentido tomar el metro. Sería más fácil dejarla en casa y que yo continuara a la U, pero no sé, me está viendo con una expresión como de acompáñame.

¿Te importa? Si mi papá está en casa y me ve llegar sola, se friquea.

Sí, no, no queremos más drama. Anda, acompáñala. No seas mala. ¿Y a mí quién me acompaña? ¿Qué relevancia tiene eso, es culpa de Ayla que nadie esté allí para ti como tú para ella? ¿No te encantaría tener una versión de ti misma como la tiene ella? Sí, me encantaría, me haría sentir segura y cuidada. Entonces ¿por qué tienes envidia de la misma cosa que le ofreces? No tiene sentido. No, no tiene sentido. La caminata a su casa es corta y además ni siquiera sabes si Amaya está ocupada o si está en clases o qué.

¿Tu hermana no te dice nada?

No, nada.

Vamos a mi casa.

Ándale.

Amaya, sería muy bonito si tú una vez en tu vida me pudieras responder, de todas las veces, respóndeme esta única pinche vez... Con esta luz crepuscular que pasa por las ramas de los arces, parece que el sol está llorando. Siento las piernas como de plomo, Ayla en silencio, no me mira, no mira a nadie, a nada, como ciega con los ojos muy abiertos, abiertos de más. ¿Por qué no le preguntas nada, por qué no llenas tú el silencio, acaso que ella va sola en camino hacia su casa? Para qué. ¿Para pretender? ¿Para entender? ¿Para averiguar? ¿Necesitas detalles? ¿Por? ¿Para saber si le fue peor que a ti? ¿Es una competencia? ¿Buscas permiso para sentir algo, lo tendrías si te fue peor a ti, y si no? Entonces tengo que reconfortarla y me debo callar. ¿Te debes callar? Sí. Qué chingados... Sí. Nada. Nada, sólo el crujido de las hojas secas que caen demasiado temprano bajo nuestros zapatos en la acera, apenas es septiembre, ¿no deben de estar en el árbol más tiempo? Tengo la boca seca. Estoy empapada, mi camisa está totalmente sudada de las axilas. Apesto. Soy asquerosa. ¿Quién notará este maldito tufo mío? Media cuadra más en silencio, subiendo por el elevador, el eco prominente de la puerta, los espejos, estos chingados espejos, ni me reconozco.

¿Te hago un té?

Se ve tan cansada, de pronto así se verá a los cuarenta años, de pronto así se ve su mamá. Quiero irme.

Bueno, si me quedo un rato, sí. Me mira con ojos ausentes. No debí haber dicho eso. Esa tetera eléctrica tiene que ser especial, porque la acaba de encender y ya se está calentando rápido. *¿Dónde están tus papás?*

Me imagino que estarán en la mezquita. Voy al baño, ¿puedes echarle un ojo al agua?

Asiento. Ah, sí, es viernes. Con razón están en la mezquita, además no está tan lejos de acá. ¿Se podría caminar? Me parece un poco lejos para hacer una caminata... Esta cocina parece que la remodelaron recientemente, está muy bonita, muy moderna, toda blanca, los gabinetes y las encimeras tan lisos y lustrosos... ¿este material será cuarzo o granito o algún tipo de compuesto? ¿Por qué me importa? Se sienten bonitos al toque... Ya sé está hirviendo, ¿ahora qué hago, le pongo al té así como se hace con el té inglés, o hay alguna pista cultural aquí que me falta?

Nomás se la echas a las hojas del té y esperamos como doce minutos.

Casi la echo en la encimera. Wow, Ayla se ha puesto un velo, se lo amarró a la cabeza perfectamente, como si lo hubiera hecho mil veces.

¿Es diferente este té al té británico?

Se me hace que las hojas son diferentes. Y también creo que infusionamos más té por más tiempo y con menos agua que los ingleses. Y desde luego, ni crema, ni leche, impensable.

Es la primera vez que la sugerencia de una sonrisa le ha cruzado los labios.

Me gusta el velo. Te ves bella. No es mentira, se ve majestuosa, como una reina, creo que hasta me gusta más así que con el pelo suelto. Se le destaca la cara, como si se le destacara Ayla de cierta forma. Estás sorprendida. Sí. Lo estoy. No esperaba tener esta reacción.

Gracias. ¿Te vas a sentar?

Bueno, me siento... con cuidado... sí duele. El té turco tiene un color único, sale casi rojo. Y nunca he saboreado un té tan fuerte pero que no me irrita el estómago son sus taninos. ¿Cómo lo harán? Sabe antiquísimo y ahumado, como si se tomara un arte de hace mil años. *Voy al baño un segundo.*

Ayla asiente sin decirme nada. Sin verme siquiera. Como si realmente yo no estuviera aquí. ¿Por qué me invitó acá entonces? ¿Y por qué ninguna de nosotras dice nada? Pues cómo empezaríamos... ¡Ay! ¿Por qué me pica hacer chis? ¡Arde! Y ¿qué es esto, sangre? ¿Estoy sangrando? ¿Por fin me ha tocado la regla? Después de tanto tiempo, ¿por fin? Seré la requeteúltima de mis amigas. ¿Y esto es normal? Parece mucha. ¿Cómo es que las mujeres no desangramos y acabamos en el hospital cada mes, al final? No pensaba que iba a ser tan... rojo, escarlata, rojo alarmante. Quizás tienen toallas por aquí... No tonta, aquí no más hay el lavabo y el perfume limón. Amaya tendrá toallas en su habitación, ¿voy para allá? No. Mejor me voy a casa.

¿Todo bien?

¿Se lo digo? No. Cómo me atrevería. Nos conocimos apenas hace cinco días. *Sí. Me encanta ese perfume en el baño, huele tan fresco.* No como yo.

¿Te caliento un poco el té?

Sus dedos se ven tan gráciles al levantar la tetera de vidrio. Pero ¿cómo entonces es que tanta gracia permita que el líquido se derrame por la encimera, formándose una cascada hasta el suelo y luego un charco? Si ella era tan cuidadosa. Y no hacemos nada, estamos aquí no más congeladas mirando ese chorro caliente de ámbar extenderse. ¿Por qué no voy por un trapo? ¿Y ella?

Allah kahretsin!

Se le escapa en un susurro enfurecido. Se queda allí inmóvil, viendo cómo el chorrito sigue tiñendo el suelo. Están temblándole las manos y empieza tan lentamente a levantar la mirada. Esos ojos cristalinos color castaña casi rebosando de lágrimas tambaleantes en el párpado inferior, las pestañas a punto de no poder contenerlas ya... Ay, ¿por qué a *mí* me están saliendo las lágrimas ahora, de sólo verla? ¿Será culpa de mis neuronas espejos? *No pasa nada, voy por un trapo...* me oigo decir, pero hay uno justo al lado de su mano derecha y esta cocina ni siquiera es mía ¿Qué me pasa?, de pronto estoy arrodillada limpiando esto...

Es que el té es tan fuerte y mancha lo blanco de la encimera y si mis papás lo ven, me matan.

Entiendo, no te preocupes, lo limpiamos ahorita, no notarán nada. Se quita fácilmente, mira.

¿En serio, Alda?

Lo dice con una mezcla de reto y amargura, me parece. ¿Por qué me lo dice así? Es la gota que derrama el vaso, ¿cómo me voy a contener ahora? ¿Quién me toma en sus brazos? ¿Ayla? ¿Y a Ayla quién la toma en sus brazos? ¿Yo? Siento como que un fantasma dentro mío estuviera rasguñándome las entrañas con sus garras, y el fantasma está cavándome un abismo grande con sus patas. ¿O seré yo el fantasma? ¿Serán mías las garras que siento, ahora son mías? Tengo que irme. Me tengo que ir.

Ayla, perdóname, me debo ir.

Mis papás ahorita regresan, si te encuentran aquí, tendremos que explicarlo.

Sí, lo sé, me voy, luego te mando mensaje.

¿Tu hermana te respondió?

Nunca me responde. Nos hablamos pronto, gracias por el té. El olor a limón, los espejos, la puerta, el pasillo, el elevador, olor a cigarrillo, la calle con el aire pesado y húmedo particular del Distrito de Columbia, la acera con las hojas prematuras... no llores, tienes que subir al metro y quién sabe qué atención vas a llamar si subes al metro y algún adulto te vea y trate de hablarte, no, quién sabe quiénes serán, todo está bien, no tienes por qué llorar, vete a casa, tu casa vacía, por lo menos allí nadie te verá llorar.

La entrada del metro, la escalera imponente... ¡Ay! Casi me tropiezo, no se me ajustan los ojos a la oscuridad todavía. ¿Qué fue? ¿Una manta de esas de los *homeless*? ¿Me tropecé con una persona o sólo una manta? Voy a perder el tren, tengo que correr, sólo echo una miradita hacia atrás para asegurarme de que no pateé a un ser humano. Pero en eso se aparece la carita de alguien de debajo de la manta sucia, más bien dos ojos, tiene la manta hasta la nariz y como que la baja sólo para ver qué pasó. ¿Puede ser ese chico del que Ayla hablaba esta mañana? El que siempre veo cerca de esta estación. ¿Le habré hecho daño? ¿Le habré pateado por error?

Llega el tren y no quiero estar en un coche con mucha gente que me vea, qué bueno que aún es temprano. ¿Qué comerá este muchacho? ¿Cómo se bañará? ¿Se bañará en absoluto? El tren no es uno de los nuevos, me tocó uno de los más viejos, siempre he odiado totalmente los colores que escogieron para diseñar estos trenes... Casi llegamos a Cleveland Park... ¿dónde dormirá ese muchacho? ¿Allí en el metro? ¿No será muy peligroso? Él parece ser joven, no un adulto ¿Y si algo le pasa? Seguramente hay mucha gente mala que aparece por la noche. Y él indefenso. ¿Por qué no lo habrán encontrado Servicios Sociales? ¿Los llamo yo? Ay, pero qué dices, si sabes que vivir con una familia acogida es horrible también ¿Pero más horrible? ¿Por qué no dejas que los adultos se encarguen?

¿Qué los adultos se encarguen? ¿En serio? *¿En serio, Alda?*, dijo Ayla. Voy patrás. ¿Eh? Que voy patrás, bajo aquí en Cleveland Park y doy la vuelta otra vez para Van Ness. Bueno, ¿quién te va a detener? Nadie. Estarás de vuelta en cinco minutos.

¿Se habrá ido? Bajo en la misma plataforma, subo las escaleras y allí debe de estar... y allí está. ¿Qué le digo, cómo empiezo? ¿Será algo básico del cerebro reptil que los seres humanos lo pueden sentir cuando alguien fija la mirada en nosotros? Como lo que pasó con ese hombre en el súper el lunes, lo sentía antes de que lo viera. ¿Cómo? ¿Será una adaptación de los animales omnívoros hacia los depredadores? Este muchacho tiene que haberme sentido, porque ni siquiera he dicho nada y asoma la carita de debajo de la manta. *Hi.*

Hi. Who're you?

Tiene un acento muy ligero, muy, muy ligero, como si sus papás lo hubieran criado en otra lengua. Se ve como que quizás hable español. ¿Se ve? ¿Cómo que se ve, cómo se puede ver eso? Pues no sé, la gente hispana de aquí me mira a cada rato y decide mentalmente si hablo español o no. Sí, y lo odias absolutamente y aquí estás, haciendo lo mismo. Bueno, pero es cierto que hablo español, siempre adivinan bien. ¿Qué tengo que me identifique? ¿La tez? ¿Vestimenta? ¿El aspecto de mis papás? Ay, pero a Amaya nunca le pasa esto. ¿Quizás cuando oigo la lengua, revelo que la entiendo de alguna forma? ¿Quizás es un perfil racial? ¿Quizás tiene su fuente en la marginalización de los hispanos y latinos acá en DC o en EUA en general? Total, me voy a arriesgar en español, a ver qué pasa, ¿Qué es lo peor que puede pasar, que sea brasileiro o algo?

Me llamo Alda. ¿Tú?

Axel.

¿Qué haces aquí? Te vi y estaba preocupada. ¿Cuántos años tienes?

Quince. ¿Y vos?

Casi trece. ¿En qué grado estás?

Iba a ser freshman *este año, iba a empezar la prepa esta semana.*

¿Qué pasó? Alda, ¿en serio?

¿Tenés ojos? Esta mierda.

Casi explota. Qué susto, quizás me debería ir. *Perdóname, no quise hacerte enojar.*

¿Qué querés, Aldita, por qué estás aquí?

¿Tienes hambre? ¿Te quieres bañar? ¿Quieres venir a casa conmigo?

¿Lo decís de chiste? ¿Estás hablando en serio?

*¿Has perdido el seso por completo? ¿Casi te decapita y lo invitas a casa? ¿Qué te van a hacer? No me importa. Quizás lo ayudan. Sabrán qué hacer. Bueno, no sé si Mami, ella probablemente lo echa, Papi sabrá qué hacer cuando llegue.

Estoy hablándote en serio, pero no te pueden encontrar mis papás. Me matan.

Si me encuentran tus papás, seguramente llamarían a Servicios Sociales o alguna picha así. Estoy aquí porque no quiero que me encuentren.

¿Y si te encontraran?

Pues cuando mis papás vuelvan por mí, no puedo estar viviendo con otra familia que gane dinero por mi presencia, ¿verdad? O no me van a encontrar jamás. Y en la escuela seguramente llamarían a Servicios Sociales. Y los médicos también. Por todas partes, por eso me tengo que esconder aquí hasta que vengan por mí.

¿Y estás cerca de tu casa?

A unas cuadras. Antes vivíamos en Columbia Heights, pero nos mudamos cuando mis papás se enteraron de un chisme por ahí de que a cada rato la ICE hacía redadas... Pues nos mudamos. Y la ICE vino en todo caso.

Dios mío, qué horrible. Esta historia es tan horrible que parece un poco inverosímil. Por otro lado, la verdad muchas veces es aún más extraña que la ficción... *Ándale, vamos a casa, pero es un viaje un tantito largo.*

¿Qué parada?

King Street Alexandria, línea azul. Te tienes que cambiar de la roja a la azul en Metro Center. ¿Por qué?

Ya. Vamos, pero voy por separado y te encuentro allí. No quiero que nadie me vea con vos y que llamen a la policía o alguna mierda así que hay un vagabundo por allí acosando a una niña rica. Me esperás en la parada de King Street.

Ok, allí te veo entonces. ¿Rica? ¿Por qué rica? Pues probablemente por el uniforme escolar que tienes puesto, tonta. Oh. Sí, verdad. Quizás esto es una idea horrible, ¿qué pasa si me trata de hacer daño? ¿Qué pasa si nos roba, si nos mata? ¿Será un agente secreto, un muchacho del MS-13? ¡¿Un agente secreto?! Eres requetegüerita, ¿qué chingados dices? Tás loca chiflada, esto no es una novela de Joseph Conrad, es la vida de un chico que le ha ido de la patada. Asumiendo que te dice la verdad…

Bueno y ¿qué voy a hacer ahora que lleguemos? Todavía me resta algo de la pasta del otro día, se la puedo recalentar. Y doblé las toallas limpias esta semana después de secarlas, porque a Mami se le olvidó, así que sé que por lo menos las tenemos disponibles. Y puedo llevar un par de colchones del sofá que está en la habitación de Amaya, no lo notará a menos que venga este finde. Pero si viniera este finde, me habría dicho eso en un texto, ¿no? No necesariamente. Los pongo al lado de mi cama, cerca de la ventana para que no se noten si Mami abre la puerta. ¿Cuánto tiempo se va a quedar este chico con nosotros? Pues no sé, no lo había pensado, ¿el tiempo necesario? Obviamente no lo pensabas ni en lo más mínimo. De hecho, no tengo la más remota idea de quién eres ahorita. A lo mejor si yo hubiera sido otra persona, no habría salido temprano de la escuela y no estaría en esta situación.

¿Qué dirá Ayla cuando le diga que me llevé al chico del metro a casa? ¿Se lo vas a decir? Se va a friquear. ¿Cuáles serían las razones subconscientes que contribuyeron a mi suposición de que Axel hablaba español? No me gusta llegar a conclusiones correctas sin entender el porqué. Es desconcertante, como si hubiera otra yo en acción. Pero eso es lo que postulaban Freud y Jung y tantos otros, ¿no? Eso justamente. Muy desconcertante. ¿Y esto de la hispano-latinidad aquí en EUA? ¿Quiénes se lo habrían concebido? ¿Nosotros? ¿Qué nosotros? Que si hay un nosotros es justo la cuestión, ¿no? ¿Qué quiere decir cuando me clasifican como hispana o latina aquí? ¿A qué no soy mexicana, mexicana-americana, no, mexicana-estadounidense? Todos los de las Américas son americanos,

¿no? Pero claro, los EUA toman propiedad de la americanidad como con tantas otras cosas. Y esa mentalidad hasta se me ha metido en la mente sin que me diera cuenta siquiera. Entonces, si todos somos americanos, ¿por qué habría que dividirnos? ¿Latina? ¿Qué es eso realmente, una división racial nomás? ¿No serán los de orígenes europeos norteños los que habrán inventado ese término que ahora pasa desapercibido y asumido en la conciencia de este país? No creo que los inmigrantes nuevos en EUA se piensen "latinos" antes de llegar acá, ¿verdad? ¿Llego muy tarde a este juego? Seguramente este problema sociológico se discute en las universidades, ¿no? ¿Amaya estará aprendiendo de esto ahora mismo en sus clases? Se lo voy a preguntar. Total, me pregunto de dónde será la familia de Axel. Apuesto de Centroamérica, no tiene acento mexicano, pero a lo mejor es un prejuicio mío.

¿Qué, ya llegué a Metro Center? ¿Cómo? ¿Es el cerebro realmente tan funcional mientras estamos totalmente ensimismados pensando en cosas más abstractas? ¿Puede ser que, por la misma razón, Papi, Mami y Amaya pueden manejar por la ciudad hablando por teléfono, o escuchando música, o platicando? Metro Center no es muy atractivo, podrían haber hecho algo para que hubiera más luz aquí, es tan oscuro. La verdad, la mayoría de estas estaciones son apenas funcionales. Hasta Rusia lo hace mejor. Mucho mejor. Praga, Madrid, México, donde sea, la verdad. No nos enfocamos mucho en la estética, ¿eh? Afortunadamente, no es mucho tiempo bajo tierra, ya vamos a pasar el aeropuerto, no más unos minutos más. ¿Y si Axel no llega, si algo le pasa, si lo agarran? Pues ni modo, hiciste un esfuerzo. Qué respuesta más fría. Voy a esperar unos quince minutos, a estas horas eso equivaldría a como tres trenes que deberían pasar por King Street. Además, probablemente tienes el calzón totalmente manchado de sangre, ¿te olvidaste de eso? La verdad sí, se me había olvidado. ¿Qué pasa si empieza a chorrearme por las piernas? Casi llegas a casa y puedes hacer algo, ni modo. Ok, Axel, no te veo... te busco y no te veo. ¿Tengo manchas rojas en los tobillos, en los zapatos? Quizás no fluya así este tipo de sangre, quizás no fluya tan fuerte como cuando te cortas con un cuchillo o algo. ¿Por qué será? Bueno, no me abrí una vena ni nada que respondería a la presión arterial, ¿verdad? Creo que lo estás pensando de más. Ahí está Axel, ¿no? ¿No sería él?

Hola.

Hola, llegaste. ¿Vamos?

Antes de que nos vean, sí.

Es una caminata corta, no más unas cuadras. Lleva la manta sobre el brazo y tiene una mochila antigua sucia. ¿Será todo lo que tiene? *¿Y cuándo te fuiste de tu casa, qué pasó con todas tus cosas?*

Supongo que todavía están allí.

¿Cómo?

Pues no hace mucho que mis papás se desaparecieron, yo creo que tenemos como un mes o más de renta ya pagada, nadie va a notar nada hasta que no lleguen los pagos, ¿verdad?

¿Regresas allí?

Sí, de vez en cuando regreso para bañarme y agarrar más ropa, pero no me quedo, porque ¿qué pasa si saben dónde vivimos y van por mí allí? Y también tengo que preservar la comida, así que sólo como un poquito y dejo el resto. Un día en la escuela aprendimos que el estómago se achica si uno empieza a comer menos, creo que esto me ha pasado, porque ahora no puedo comer mucho.

Oh, shit.

Qué mal hablada.

Perdón. ¿Cuántos días calculas que has estado sin tus papás? ¿Y no tienes absolutamente a ningún familiar acá? ¿Y en tu país? ¿Tíos, tías, primos?

No he podido, realmente. No sé con quién ponerme en contacto. No tengo tíos. Mis abuelos ya se murieron y mi mamá y papá me contaron que los dos tenían hermanos, todos varones, y también se murieron todos en la Guerra.

¿De dónde es tu familia?

De El Salvador.

¿Todos murieron? ¿No tienes a nadie, de veras a nadie?

Créeme que a nadie. Será difícil de creer, porque todos hacen lo que vos acabás de hacer, que yo repita la misma mierda dos o tres veces por no creér-

mela. Mis papás me contaron que tenía una hermana mayor que nunca conocí, pero la primera vez que mi papá negó a pagarles a unos pandilleros que andaban por ahí, la desaparecieron y nunca más se supo de ella. Tal vez esté viva, pero quién sabe. Después de eso, mis papás vinieron acá.

¿Y tú naciste acá?

Sí, o sea, éste es mi país, no El Salvador y seguramente Servicios Sociales por esa misma razón me podrían identificar si me encontraran, ¿no? Pero qué picha, no sé por qué te cuento estos bolados.

Habla como si se estuviera reventando. ¿Qué va a pensar de nuestra casa, se va a enojar conmigo?

¿Qué hacen tus papás?

Mi madre enseña y no sé exactamente qué hace mi papá, viaja mucho. Pero qué mentiras, sabes de cada proyecto de investigación que hace Mamá, hasta le ayudas con ellos a veces, y esto de no saber que Papá trabaja en una posición alta en el Banco Mundial, ¿qué? Pues no es nada relevante que él necesite saber, ¿verdad? ¿Tiene que saberlo para que yo le ayude? Siempre mejor no revelar *¿Quieres algo de comer?*

¿Me dejás bañarme primero?

Oh, claro, te enseño el baño, está junto a mi habitación, así que realmente no tienes que salir de mi cuarto para nada. Toma, una toalla, allí hay jabón y champú y demás. Tengo sudaderas por aquí que quizás te queden. No creo que la ropa de Papá le quede, es muy grande yo creo, ¿o sí?

Por fin se instala en el baño y puedo buscar toalla en el baño de Amaya. Ay, Dios, no. Este calzón lo tengo que echar, estas manchas van a ser imposibles de quitar. ¿Dónde lo echo que ni Mami ni Amaya lo encuentren? En el basurero grande de la cocina, tal vez? Qué lata. No hay nada más que quiera en el mundo en este momento que bañarme. De hecho, de pronto tengo ganas de echar toda la ropa que traigo a la basura. Esta pinche falda con Teflón, los calcetines, la camisa, este maldito *blazer*, toditito, adiós. ¿A la basura o prenderle fuego? Qué dramática. Si echo todo a la basura, Mami y Papi se van a friquear, no puedo, quién sabe cuánto costó el blazer.

¿Sería posible que el agua te lave el alma? Muchas religiones usan el agua para la purificación, ¿no? ¿Habrá algo mágico en el agua de lo que no me doy cuenta? Quizás cuando salga de la regadera, este día no habrá pasado y me estaré despertando esta misma mañana para empezar el viernes desde cero. ¿Por qué el tiempo sólo va hacia adelante y nunca hacia atrás? ¿Por qué al concebir la temporalidad, los seres humanos no pensaron en cómo borrarla? Si los carros van en marcha atrás, si podemos caminar hacia atrás, si puedo avanzar una canción en una *playlist* y también retrocederla, ¿por qué no hemos pensado en cómo hacerlo con el tiempo? Creo que la mente humana probablemente puede pensar en cualquier manera de hacer cualquier cosa, ¿por qué no con esto?

Podríamos borrar la Guerra Civil de El Salvador, por ejemplo, y devolverle a Axel toda su familia, qué padre sería. Tenía razón, es imposible pensar que él haya perdido a todos y ahora ni siquiera a los papás tenga. ¿Cómo sería, qué haría yo si Mami y Papi y Amaya se murieran? Iría donde los abuelos, pero ¿si los abuelitos también se hubieran muerto? Pues donde Tía Isa. Pero ¿y si Tía Isa no estuviera, si los primos no existieran? Oh, Dios mío, Dios mío. ¿Habrá personas en el mundo sin nada de familia? ¿En Washington habrá personas que no tienen a nadie? Pero nunca he escuchado de nada así, nunca lo había pensado. ¿Qué haría Ayla por ejemplo si algo les pasara a los papás? Es absolutamente... ¿impensable? Sí. ¿Inconcebible? Sí. ¿Qué va hacer Axel si no podemos encontrar a sus papás? Papi ha de tener una idea de cómo resolver esto, tendrá amigos en el Departamento de Estado, ¿no? O tendrá amigos de la CIA o del FBI o algo, amigos de las embajadas ha de tener. ¿Cuándo regresará a casa?, ha estado fuera mucho tiempo. Pero si te llamó esta misma mañana desde Colombia o algo, ¿no era Colombia? Ni siquiera me acordé de eso. Le hablé de NASA o algo.

Oh, Dios, ¿por qué me arde tanto este jabón? ¿Qué ingrediente lleva? ¿O seré yo? Seré yo. Y si necesito ir al médico, ¿qué voy a hacer? Cálmate, no sabes nada todavía, espérate. La gente no va al médico por tener la regla, qué tonta. ¿Pero la regla se supone que duele de esta forma? Bueno, siempre dicen que hay dolores menstruales, ¿no?, y como nadie los describe, ¿cómo vas a saber si estos dolores lo son o no? Y sobre todo,

¿por qué estás tan histérica? Ok, no estoy histérica, estoy bien, basta, tengo que bajar a calentar la pasta. Primero a ver si a Axel le gusta la pasta, tal vez tiene celiaquía.

Me quedan un poco cortos los pantalones, pero está bien.

Es la primera vez que lo veo sonreír. Y es altísimo, ahora lo noto, bien formado, no me di cuenta antes, a lo mejor se agachaba o algo. La transformación de un simple baño, en serio, qué increíble, tiene los ojos medio claritos, color avellana, el pelo ondulado se le aclaró con una lavada. En realidad, es muy guapo. *¿Quieres ponerte algo de mi papá mejor?*

Tá bien, no te preocupés. Esa bata te queda un poco grande, Aldita.

Sí, se forma un charco en la alfombra. *Sí, yo sé, es de mi hermana, yo odio el rosado.*

¿Qué color te gusta?

El verde. Verde oscuro. Yo no me pondría algo rosado jamás.

Bueno, pero lo hicistes.

Grrr. *¿Te gusta la pasta? Te puedo calentar una pasta que tenemos.*

Sí, está bien, lo que tengás, Aldita.

Basta ya con esto de Aldita. Nos acabamos de conocer. ¿Para qué se servirá este apodo? Se me hace que lo usa como manera de distanciarse, pero si los apodos se usan para reflejar una cercanía, ¿no? Aldita, Aldecita, Aldalilla, lo que sea, todos me parecen mal, basta. ¿Quizás achicarme con un apodo lo hace sentir más grande? Pero si es más grande, tres años más grande. No seas tan concreta, ay. No es sólo la edad, es tu vida, tienes papás, casa, comida, internet, etc. No te hagas la tonta. *Ahora vuelvo, ¿sí? Ponte cómodo.*

¿Qué hora es? Mami llegará pronto, tengo que calentar esto rapidito y echar este condenado calzón donde no lo encuentre. Me siento mil veces mejor después de bañarme, pero quizás debería tomarme unos ibuprofenos para este dolor. Ay y los colchones, tengo que poner los colchones. Me siento tantito mareada, estaré súper deshidratada. Me hace pensar que Axel también estará deshidratado, le voy a subir una botella de agua.

Toma.

Gracias. ¿No te importa que coma en la cama?

Para nada. Voy a agarrar algunos colchones para hacerte una camita.

¿Te ayudo?

No, no pesan nada. La verdad, este muchacho es bien educado. No lo parecía al principio. Voy a bajar las sábanas azules del clóset. ¿No era el azul el color preferido de la mayoría de los chicos? *Aquí al lado de la ventana te hago una camita, ¿está bien?*

Claro, ¿te ayudo?

Nope. Cómete esa pastita nomás.

¿No tenés hambre vos?

Fíjate que no. No me había fijado, la verdad. ¿Cuándo fue la última vez que comí algo, esta mañana? No comimos nada en el almuerzo. ¡Ay! ¡No le dije nada a la profesora Murti cuando Ayla y yo nos fuimos! Dios mío, simplemente me desaparecí. Me disculpo con ella el lunes, qué vergüenza.

Hmmm. Alguien llega a nuestra casa en un auto negro, ¿quién será? Ay, es Mami, tengo que cerrar la puerta rapidito. *Viene mi mamá, acaba de llegar, si te sientes aquí en el suelo, no te podrá ver sobre la otra cama.* Pero Mami sale del lado pasajero... no reconozco este carro. ¿Quién sale del lado conductor? Abren la cajuela para que Mami saque sus cosas... ¿quién es este hombre? Se ve ligeramente familiar. Oh, *my God.* ¿dónde está mi celular? Oh, *my God.* ¿Pero qué? Como que Mami no lo suelta. Oh, *my God,* tengo que textear a Ayla.

```
Omg, no te lo vas a creer
¿Qué?
Mi mamá acaba de llegar y
¿sabes quién la dejó en casa?
¡El hombre del súper!
Omg ¡¿qué?!
¡Sí! Y para peores se
abrazaron por mil años
¡y ella lo besó! ¿¿Qué carajo??
```

```
Omg Alda, ¿puede ser algo
inocente?
A que no... no sé
Pero ¿llegaste con bien?
Sí, ¿y tus papás?
Aquí están
Te hablo en un rato, Mami
va a aparecer por aquí
Ok
```

No le contaste de Axel. Ay, pero es mucho a la misma vez, se lo voy a contar luego. Quizás Ayla tiene razón, quizás fue algo inocente entre ellos. Mami no le haría eso a Papá, ¿verdad?

Alda, ¿estás aquí?

Ahorita vuelvo Axel, escóndete bien.

Hola, Mami.

Hola, corazón, ¿cómo te fue en la escuela?

¿Se lo digo? *Bien, Mami. Lo normal.*

Cielo, se me descargó la batería del auto, lo tuve que dejar estacionado en el Distrito.

¿De veras? Entonces qué hiciste.

Un colega me llevó a casa, el co-autor del artículo. Mañana en la mañana voy a volver a que me lo arreglen, por si te despiertas y no me ves.

Ok.

¿Qué quieres cenar? ¿Qué haces en tu cuarto, lees?

Me comí una merienda por ahí, no tengo hambre de momento. Sí, ese libro que es para mi estudio independiente. Es medio-verdad, debería estarlo leyendo, tengo que avanzar en eso este finde.

Ah, ¿cuál es?

¿Por qué no se acuerda? Nunca se acuerda, realmente. *Los hijos de la medianoche.*

Ah, sí. Bueno amor, si no quieres nada de comer, voy a seguir trabajando.

Ok. Mami, ¿cuándo regresa Papá?

La verdad, no sé querida, creo que mañana o pasado.

Si alguien tiene que saberlo, es ella, ¿no? Si ella no, entonces quién. Cuando yo me case, nuestra relación no va a ser así.

¿Qué pasó con tu mamá, todo bien, sospecha algo?

Ese susurro parece venir del puro aire, qué risa. *Axel, ¿eres un fantasma? Te escondiste muy bien.*

Aquí estoy entre la cama y los colchones. Casi habría sido fantasma si no me hubieras encontrado, Alda.

¿Tenías miedo? No lo parecía.

Ni idea tenés. No sabía que el Distrito era así de noche. Es una ciudad tan tranquila, todos parecen estar en sus casas después de las nueve y media o algo, muy quieto, el silencio me empezó a recordar a una pantera de caza.

Qué susto.

Contaba los minutos hasta la salida del sol.

Se me ocurrió algo, ¿no quieres intentar ponerte en contacto con alguien allí, amigos de tus papás o algo que puedan saber si andan por ahí? Sus papás tendrán a unos amigos en Facebook o algo así, ¿no?

No se me había ocurrido usar Face, pero sí, puede ser.

¿Quieres ver ahorita? ¿O quieres algo más de comer, algo de tomar, algo?

Sos la anfitriona perfecta, pero no, gracias.

De hostil a dulce en tan poco tiempo, no llego a entenderlo. ¿Será un acto? Eres pero muy cínica. ¿En serio? Hace unas horas estuvo a punto de decapitarme, ¿ahora tá mansito como un gatito? Muy cínica, tú. Ándale, instálate en Facebook para que pueda buscar a los amigos de sus papás. *Aquí está mi cuenta.*

¿Tus papás te dejan tener una cuenta en Facebook? ¿No tenés que tener dieciocho?

No les importó un comino ayudarme a abrirlo.

Qué chivo...

A veces sí, a veces no. Pero, ¿no será así con todos los papás? Supongo que lo positivo de tener a dos papás que trabajan todo el tiempo es que llegué a ser muy independiente. ¿A costo de? Pues no sé. Dilo. Dilo. Lo estás pensando. ¿A costo de que me cuiden? Ahí tá. ¿A que no estás cuidando ahorita mismo a Axel por lo que te pasó hoy? Basta. *¿Cómo vas? ¿Se te ocurre alguien?*

Hasta el momento, no, todos los que he buscado no aparecen aquí. Pero no me sorprende, algunos viven en el campo, tienen fincas y animales y cosechan maíz y así.

¿Neta? No conocemos a nadie con granja. Me parece que sería padre pasar el día con animales. *Nosotros ni siquiera tenemos un perro.*

Peráte, creo que encontré aquí a la amiga de mi mamá. Mirá, aquí está, ahora qué hago.

Mandarle un mensaje privado, supongo.

Ok. ¿Sabés qué, Alda?

¿Qué?

No me parece que sólo tengas doce.

Fíjate que no eres el primero en decírmelo. Gracias.

¿Qué te dicen?

Usan la expresión en inglés, sabes, alma vieja o algo así.

Ah sí. Pues así me gustás.

Hmmm. Hay como una cosquillita que siento en las entrañas. ¿Mariposistas? Pero por qué. *¿Te importa que lea un poco mientras haces eso?*

Para nada, pero ahorita voy a acabar con esto, no se me ocurre nadie más.

¿Ni nadie aquí?

Sí, pero la info debe de estar en los celulares de mis papás.

¿Dónde creen que están los celulares?

Ni idea, ¿robados? ¿Confiscados? ¿Borrados?

¿Los llamaste?

Cuando pasó, pero luego nada. Y no tengo celular yo.

Yo sí, ¿quieres llamar?

¿En serio, podemos?

Claro, llámales. ¿Por qué asume que sus papás ya están en Salvador y que van a poder regresar por él? Ahora que lo pienso críticamente, no suena lógico. Si la ICE vino, primero los metería a la cárcel, ¿no? ¿Por qué andamos pensando los dos que ya los mandaron para Salvador? ¿Cómo sabemos que fue la ICE en absoluto? No vio con sus propios ojos que los agarraron, ¿entonces? Axel está dejando un *voicemail* desde mi celular. Bueno, no es mala idea, por si acaso alguien necesita devolver la llamada. Quizás debería comprarse un celular prepagado.

Algo raro, la última vez que llamé, fue directo a voicemail, *pero esta vez sonó, como que está encendido.*

Qué raro. Oye, Axel, ¿dónde crees que agarraron a tus papás?

Pues, ¿cómo lo voy a saber?

Ahí está otra vez, la casi decapitación.

Digo, ¿en cuál de los tres estados, en DC, en Virginia, en Maryland?

Pues supongo que en DC. ¿Por qué, a qué vas?

Supongamos que no están en Salvador.

¿Cómo?

Que si la ICE los agarró, probablemente todavía están aquí encarcelados, ¿no crees?

¡¿Encarcelados?! ¿¿Aquí en este país??

¡Sí! Mi papá me dijo una vez que cuando la ICE hace sus redadas, primero arrestan a la gente, los meten a la cárcel y ahí se quedan hasta que un juez los mande para sus países.

¿En serio?

Creo que sí.

Oh, my God.

¿Cómo es que esto no se me ocurrió antes? ¿Por qué no lo cuestioné de inmediato? Pues porque quién eres tú para estarle cuestionando la vida a un muchacho casi huérfano. No es muy apropiado cuestionarle a alguien sus experiencias dolorosas, ¿verdad? Perdiste mucho tiempo. Tampoco tanto. Unas horas nomás. *A lo mejor están en la cárcel en DC a unas millas de aquí.*

¿Cómo lo podemos averiguar?

No sé exactamente, pero todas las cárceles tienen horas de visita o algo así yo creo, como los hospitales, ¿no? Creo. Por lo menos en los programas de tele tienen horas de visita ¿Cómo crees? Pues no conocemos a nadie en la cárcel. Cuando llegue Papi le puedo hacer todas estas preguntas. ¿Por qué no llega? Cálmate, tampoco tienes cinco años. ¿Qué, le vas a contar a él lo que pasó en la escuela? ¿Y cómo se lo vas a decir, eh? ¿Por dónde empezar, con qué palabras? ¿Ese es tu impulso? Loca chiflada, de veras.

Si todavía estuvieran aquí...

Bueno, mandarle ese mensajito a la amiga de tu mamá no nos cuesta nada, vamos a ver qué sale.

¿Y ahora? Oí, ¿te importa que siga en tu compu para buscar qué pasar con las cárceles aquí?

Sí, cómo no. La verdad, este día ha sido una pesadilla completa, ya me quiero acostar, pero es tempranísimo todavía. Mejor leo, como le mentí a Mami que lo hacía. ¿Se pueden borrar las mentiras? Si ahora leo, pero no leía cuando le dije a Mami que leía, ¿la mentira se desvanece, ahora que cumplo con la verdad?

Si Saleem Sinai nació el quince de agosto de 1947 cuando la India ganó su independencia, cuántos años tendría hoy, a ver, sesenta y uno, aún estaría vivo, probablemente. Tendría más años que mis papás, como unos veinte años más, toda una generación... de hecho, tendría aproximadamente la edad de la profesora Murti, ¿no? ¿A que ella misma pudiera ser una hija de la medianoche? ¿Será por eso que me ha recomendado este libro? ¿Son los hijos de la medianoche los que promueven los asuntos políticos, o al revés, o pueden ser las dos cosas?

Si es que la política y los hijos de la medianoche son simbióticos, ¿no será más bien un reflejo de toda la humanidad, no sólo de la India? ¿No será absolutamente toda una integración de sus aspectos, ni una sola cosa, ni la otra, sino todo a la vez? Tiene que haber un principio unificador para todo, si tan sólo lo pudiéramos alcanzar con nuestras mentes limitadas. Pero es que nos gusta tanto descomponer las abstracciones en partes concretas para analizarlas una por una. ¿Y qué tal si las partes forman mejor un conjunto y el chiste no es comprender cada parte, sino captar la totalidad? ¿Se puede decir que la India, al dividirse en partes, empezó a fragmentarse desde fuera para dentro, o la fractura ya estaba e iba desde adentro para fuera? O las dos, pueden ser las dos opciones a la vez. Se me hace que algo terrible va a pasar allí. ¿No será simplemente que te sientes así por estar leyendo esta novela? Lees algo sobre la India y te entra la sensación de que va a haber alguna tragedia. No. Me entró antes de empezar la novela. ¿No era que ese comentario mío figuraba en la recomendación de la profesora Murti que yo la leyera para el estudio independiente? ¿Así fue?

¿Alda?

¿Sí? Uy, qué susto me dio. ¿Dónde andaba yo?

¿Tenés un cepillo de dientes por ahí que pueda usar? De pronto estoy tan cansado, no sé, me entró el sueño de repente, así...

Pues no has dormido bien por semanas, mejor que te acuestes. De hecho, me apetece que duerma para que yo pueda estar a solas con mis propios pensamientos. Me pregunto si hay otras personas que se sienten así a veces o sólo yo. No me sorprendería que fuera sólo yo. *También estoy muy cansada, no sé qué me pasa.* ¿A que no? Digo, la ciencia detrás de ello. Ya.

Le doy a Axel este cepillo de dientes y luego me instalo entre estas cobijas. ¿Será así con los esposos, los dos a la vez intentando compartir el lavabo, calculando quién va a escupir la pasta de dientes primero para que las cabezas no se choquen y se den un golpetazo? A lo mejor la gente casada tiene dos lavabos.

Buenas noches, Aldita.

Quizás no suene tan mal.

SADOC

Quizás viernes

Poco a poco sus ojos se fueron acostumbrando a la oscuridad y sus oídos al silencio de voces y el escándalo de las aguas del río se sentía como exiliado de sí mismo y creía también no ver sino bambalinas recovecos embocaduras escotillones galerías de espejos una impetuosa corriente de agua y trampantojos y trató de hablar con un guerrillero pero era su sombra y entendió que se hallaba en un agujero sin oportunidad de salir pronto sin poder usar su teléfono celular frustrado y nadie sabía ni siquiera su nombre ni su identidad y era el único que no tenía un uniforme militar porque hasta los niños estaban vestidos de *camauflage* y en cuanto se acostumbró mejor a la extraña luminosidad que producían las lámparas de carburo vio que algunos jalaban unas cuerdas y sacaban de las aguas tumultuosas cubetas con bebidas o algunas otras cosas y que todos los que estaban alrededor de esas operaciones festejaban casi sin ruido sino sólo con gesticulaciones y ademanes de júbilo la develación de esas golosinas que arrebataban con avidez

La ribera era muy angosta y accidentada y sin embargo trató de moverse y llegar hasta uno de los grupos hasta que llegó a uno adonde hablaban de un importante arsenal de armas que les habían confiscado y que les habían llegado de Venezuela y él preguntó qué tipo de armas y le contaron que habían decomisado potentes antitanques y lanzacohetes y calificaron de gravedad inmensa haber perdido ese arsenal y él preguntó qué tipo de lanzacohetes y le dijeron que eran AT-4 de fabricación sueca y entonces respiró aliviado porque no se trataba de ninguna de las armas que él había entregado y que provenían de Israel y en eso los hombres reían casi en murmullos porque el ejército colombiano había intensificado su ofensiva en una amplia región del sur y el oriente del país para dar con el paradero del actual jefe militar de las FARC conocido como el Mono Jojoy

Otro militar con anteojos de carey y un auricular de celular inoperante en la oreja dijo que el ejército tenía cercados los departamentos sureños y selváticos del Meta Guavire y Caquetá y que en la radio habían dicho que en una ofensiva contra los anillos de seguridad de la guerrilla había causado 40 bajas entre sus filas y alguien se rió pues Manuel Córdoba o Cara Cortada como se le conocía en el mundo paramilitar declaraba en ese momento en la radio que su gente pudo haber matado a más de 15,000 personas la radio no se oía muy bien y ahora medio se entendía la voz de un locutor que baritoneaba que se habían encontrado 1997 fosas adonde se desenterraron 2439 cadáveres la mayoría de mujeres y niños según declaraba el fiscal general Mario Iguarán en días pasados

Los paramilitares que los tenían cercados eran conocidos porque descuartizaban a sus víctimas jugaban al futbol con las cabezas que cercenaban improvisaban hornos crematorios para borrar el rastro de sus crímenes incinerando los cadáveres y arrojaban serpientes venenosas a los corrales de prisioneros maniatados muchos de estos paramilitares se habían acogido a la ley y habían sido condenados a ocho años y más de 1200 estaban perdidos y seguían practicando sus barbaridades y al mismo tiempo esas acciones involucraban a 209 políticos entre ellos a 120 alcaldes y a 140 militares la mayoría de alto rango

Un tal Gustavo Gallón miembro de la Comisión Colombiana de Juristas colocaba en la lista de aciertos de la ley de víctimas el haber destapado esa olla podrida pero a la vez criticaba que no se hubiera actuado decididamente a partir de lo que se sabía pues mientras no se llegara al fondo sobre la responsabilidad de esas personas muchas otras encumbradas en altas posiciones de la sociedad y el Estado producían un futuro incierto porque el país sigue sentado sobre un polvorín terminó y murmuró para los más cercanos que durante los últimos veinte años los paramilitares con el pretexto de enfrentarse a la guerrilla habían matado a sindicalistas hombres y mujeres niños y niñas ancianos líderes sociales y campesinos adolescentes

A muchos de los paramilitares una vez detenidos los extraditaban a los Estados Unidos y las extradiciones les parecían a muchos un ultraje a las víctimas la negación de uno de sus derechos fundamentales el acceso a la verdad pero no podían impedirlo y lo miraban con desconfianza después de todo casi nadie lo conocía en esa comunidad nadie lo había presentado empezó a distanciarse del grupo y caminó por la angosta ribera cada vez más lejos de la entrada que de pronto veía angosta una niña le ofreció una fruta que parecía una pera y se la agradeció de más porque ladraba de hambre alguien decía que Marx había sido un burgués y que se acostaba con su criada y que Heidegger había sido nazi y más allá que el principio de incertidumbre no pertenecía sólo al ámbito de la física sino que estaba al centro de todos nuestros actos en el corazón de la realidad y el hombre que había dicho eso extendió la mano para saludarlo y le preguntó si él era amigo de Monzer Al Kassar y él dijo que sí pero que hacía dos o tres años que no lo había vuelto a ver y el hombre aseguró que a Monzer lo habían detenido en Estados Unidos y condenado a 30 años de cárcel y él se ensombreció aunque trató de disimularlo así que tienes que cuidarte de que no te atrapen dijo el hombre a quien otros llamaban Profesor

Esa caverna estaba penetrada de silencio el torrente ahogaba todas las conversaciones los murmullos las quejas los aquelarres coloquios chácharas silenciosamente un guerrillero se movía hacia otro y las horas pasaban inadvertidas y pasarían los días uno tras otro moviéndose al ritmo del silencio alguien lloraba que al menos diecisiete guerrilleros habían muerto y otros muchos estaban heridos él venía de Vistahermosa y Puerto Rico en el departamento de Meta no muy lejos habían atacado el frente veintisiete y ahí estábamos como doscientos guerrilleros aunque la mayoría logramos escapar otro hombre le señaló a Efrén Arboleda uno de los jefes quien conversaba con Wilson Peña alias Mojoso cabecilla del frente cuarenta y nueve y ambos discutían lo nefasto que resultaban las fuerzas paramilitares y en eso unos niños entraron corriendo y buscándolos y dijeron que los paras habían liberado a los detenidos habían destruido las jaulas y se habían llevado a la mayoría sólo dejaron a los heridos dicho esto por dos o tres muchachos que parecían hacer más ruido que decir palabras alarmados de más nerviosos angustiados de más desesperados asustados y de pronto volvía a predominar el ruido del agua corriendo espumeando golpeando contra las orillas

Sintió una como tarascada de hambre y se preguntó si podría preguntar cuánto tiempo iban a permanecer allí si podría saberse cuándo se habrían retirado los paramilitares si habían sembrado minas o trampas en el caserío o si podrían irse siguiendo el curso de las aguas pero nadie parecía interesarse en esa posibilidad todos más bien discutían quién había fallecido quién faltaba a quién habían visto caer y otros limpiaban y ajustaban sus armas y otros bebían cervezas o refrescos que sacaban de las cubetas antes sumergidas y él quería pedirles algo de comer cualquier cosa un pedazo de carne un pan un dulce pero no veía que nadie estuviera comiendo todos parecían demasiado nerviosos se movían constantemente se veían luces muy lejos en la caverna y el piloto que lo había llevado hasta ahí no se veía por ninguna parte se sentía extranjero excluido distinto marginado ajeno expulsado eliminado prescindible y hambriento si estuviera solo si lo dejaran solo se sentiría como exiliado de sí mismo hacía tanto pero tanto tiempo que había renunciado a gozar de sí mismo

Imposibilidad de discernir los contornos enfoques defectuosos abuso de las perspectivas todo parecía demasiado cerca o demasiado lejos las lámparas de carburo deslumbraban por aquí y por allá los contornos se perdían todos parecían salir y desaparecer en la oscuridad espesa negra caverna de tinta donde la visión debería rescatar por lo menos algunos rasgos algunas figuras algunos rostros las distancias parecían afectadas por innumerables distorsiones la distancia entre los seres o también entre los seres y los objetos todo parecía propicio a las disgregaciones multiplicar las incertidumbres rocas y estalagmitas como señales de la duda como monumentos a la súbita potestad de lo inasible como si fueran a formularse hipótesis insospechadas se humanizaba lo absoluto o se complejizaba se volvía contingente y escurridizo o sólo se revitalizaba y de pronto un miedo a estar muerto rodeado por otros muertos y alguien rezaba bienaventurados señor aquellos cuyo pasado fue cuyo presente es y cuyo futuro será porque sus vidas fluirán como este río subterráneo

En eso cierta agitación nuevas expectativas cierto revuelo convulsión desasosiego pues llegaron tres o cuatro guerrilleros tres hombres y una mujer agitados de más y él se incorporó a un grupito que los rodeaba mientras contaban que el presidente Uribe y el ministro de relaciones exteriores Bermúdez habían iniciado una gira por varios países latinoamericanos como Perú Chile Argentina Uruguay Paraguay Brasil y Bolivia y quizás dos o tres más adelantándose así a la reunión de la Unión de Naciones Suramericanas que se va a reunir en unos días más en Ecuador y luego voces protestas frases ininteligibles o ajenas como esa adonde dijeron que el general Padilla había confirmado que Estados Unidos tendría el acceso a siete bases tres de la fuerza aérea dos de la marina y dos del ejército y otro decía en Cartagena y Larandia departamento de Caquetá y otro clamaba que en Tolemaida y Palanquero en Cundinamarca y casi a dúo luego agregaron que en Málaga en la región del Pacífico Apiay y Meta y Malambo en el Atlántico y la base de Palanquero en el centro del país la unidad de combate más amenazante de la aviación militar colombiana y la mujer alarmada casi gritó que aviones norteamericanos de espionaje electrónico sobrevolaban el país y eran capaces de detectar comunicaciones desde miles de metros de altura aviones que pueden volar por sobre casi la mitad del continente sin restablecer combustible y después callaron y sólo se oía su respiración agitada y nerviosa alarmada y era como si todos en ese momento fueran contemplados por el silencio y el ruido de la corriente no como si pusieran a prueba al silencio sino como si el silencio les estuviera poniendo a prueba a ellos

Después confirmaron que los paramilitares ya se habían ido con todos los prisioneros o casi todos y que habían puesto bombas de tiempo y minas en los caminos así que ya podían salir poco a poco pero los líderes dijeron que no que mejor se estarían ahí unas horas más y enviarían a expertos a desarmar o desactivar las trampas dejadas por los paras en eso una niña de hermosos ojos grandes lo jaloneó de la camisa y cuando se volvió a mirarla le ofreció una especie de torta que él aceptó con avidez y empezó a devorar casi con furia y como si hablaran muy lejos alcanzó a oír que había ochocientos militares norteamericanos en Colombia y seiscientos contratistas y que Uribe acababa de recibir cuatrocientos millones de dólares que acostumbraba recibir cada año dentro del Plan Colombia para combatir el narcotráfico la guerrilla de las Fuerzas Armadas Revolucionarias y el tráfico de armas y él pensó que de lo indefinido lo fluctuante lo prehistórico del silencio nacían las palabras las amenazas las promesas bien delimitadas acabadamente presentes

La primera pareja de exploradores que salieron a buscar los desperfectos regresaron con la noticias de que habían encontrado a tres paramilitares muertos a los que habían desposeído de sus armas y uniformes y hasta botas y también lamentaron que había unos veinticuatro guerrilleros muertos que no alcanzaron a refugiarse en la caverna al mismo tiempo habían logrado desarmar tres bombas de contacto y señalar con banderas amarillas algunas trampas claramente visibles

Poco tiempo después todos los que estaban escondidos ahí habían llegado al acuerdo de salir en cuanto se hiciera de noche aunque como era el verano la noche vendría hasta las diez o las once y ya afuera quizás podría llamar desde su celular a Buenos Aires si es que había señal porque le preocupaba averiguar si las FARC habían mandado el dinero correspondientes por las armas que había traído y también quería entender cómo podría salir de ahí pues estaban cercados por fuerzas militares y paramilitares y aunque él no traía ropa de guerrillero de todas maneras era sospechoso por sólo encontrarse inmune en un campamento guerrillero aunque por ahí nadie lo conocía excepto el piloto que lo había llevado a quien por cierto no había vuelto a encontrar ni a ver ni a saber de él y todo eso antes de perder su peculiar energía su creatividad su efusión cordial y corporal

No se nacía guerrillero escuchó se llegaba a serlo superando el desorden de los apetitos la mezquindad del interés privado y la tiranía de los apriorismos para ser guerrillero había que romper con la inmediatez del instinto y la tradición se había abierto entre la moral común y ese lugar regido por la idea extravagante y ciertamente inusual extraña de que no existe autonomía sin pensamiento y no existe pensamiento sin trabajo ni acción sobre uno mismo la actividad mental de la sociedad se elaboraba por doquier en una zona neutra de eclecticismo individual y no entre las paredes de los establecimientos escolares un bla bla bla ruidoso que acostumbraba oír en la Facultad de Ciencias Políticas en sus años de estudiante cuando sus rodillas no crujían al caminar ni sus cartílagos se habían desgastado tanto en su piel empezaban a notarse manchas lunares lesiones marrones planas tenía que ir a un médico resolvería eso cuando llegara a Buenos Aires el problema era cómo llegar al pinche Buenos Aires ni siquiera sabía en qué parte de Colombia estaba ese ronroneante río subterráneo y esa desesperación y ese cansancio que se notaba sobre todo en su espalda un dolor insidioso molesto permanente inhaló con escándalo y pensó que con cada soplo de aire que absorbiera impedía que le llegara la muerte que continuamente lo acechaba aunque bastaba nacer para empezar a morir aunque le habían enseñado que adonde estaba él no habitaba la muerte y que adonde habita la muerte no estaba él así que por qué tenerle miedo

Había un sacerdote en la ribera opuesta y él se animó porque no estaba tan cerca como para hablar dialogar discutir alegar porque siempre había despreciado la forma en que las religiones despojaban a los fieles de razón y libertad y libre albedrío pensó en los atuendos ceremoniales el incienso los libros sagrados los hipnotizantes cánticos gregorianos las ruedas de plegarias la gente hincada en sus reclinatorios las alfombrillas mantos y casquetes las mitras y báculos de los obispos las ostias y vinos sagrados las extremaunciones las cabezas que se inclinaban y los cuerpos que se mecían al compás de antiguos cánticos todo lo cual consideraba la parafernalia de la estafa superchería fraude artimaña fraude más largo y grande de la historia un juego que confería poder a los dirigentes y satisfacía en los fieles la lujuria y la comodidad del sometimiento tenía razón Marx cuando decía que todas las religiones que hablan de una vida mejor en el más allá estaban destinadas a los pobres los dolientes los esclavizados los heridos los moribundos

Observaba a todos esos hombres y mujeres inquietos expectantes nerviosos casi desesperados y también veía cómo lo ignoraban pues era el único que no vestía la ropa de los guerrilleros y todo eso le parecía ligeramente ridículo se sentía ajeno no superior sino diferente era como una escena vista en el microscopio un conglomerado rebosante de protozoarios cuánto ajetreo y cuánta interacción entre sí y vistos allí sin más función que sobrevivir si permanecían escondidos esas horas y todas esas gesticulaciones le producían un efecto cómico una mujer que tenía el cabello amarrado con un pañuelo rojo le dijo a otra que lo malo de un gatito bebé era que después se volvía gato grande y vio que él las miraba quizás con deseo pero no y pensó que en este espacio relativamente pequeño había probablemente más armas que en todas las casas en todo el país de la Suecia Noruega Finlandia Dinamarca y que en un espacio tan reducido con niños armados y todos al borde de un ataque de nervios algo había de ir mal algo pues el riesgo era obvio los chances obvios y en eso de pronto se escucharon voces allí afuera pero de quiénes si todos los relevantes se encontraban aquí mismo y se les parecían acercar esas voces y escuchó el clic de un arma de un niño cerca suyo seguramente para protegerles si alguien allí afuera los encontrara y de pronto sintió un dolor tremendo en la parte superior de su espalda

SILVANO
Sábado

Eros nació de una noche de borrachera y un amor de paso

Su madre estaba haciendo la calle y su padre borracho como una cuba

El vino aún no se había inventado pero Poros borracho de néctar se metió al jardín de Zeus y se durmió pesadamente

Penia que era una mujer indigente lo miró y se le ocurrió que la embarazara

Se acostó a su lado y lo manipuló y se las arregló para quedar preñada

Por parte de su madre Eros iba a ser siempre miserable duro seco iría descalzo y carecería de casa dormiría al aire libre en la puerta de las granjas y los caminos

Lo describía Platón

Pero por el lado del padre sería emprendedor pondría todo lo que hermoso y bueno sería valiente atrevido ardiente gran cazador y siempre estaría planeando hazañas o intentando reflexionar cómo llevarlas a cabo reflexionaría a lo largo de su vida y sería un terrible mago brujo y sofista

¿Por qué el amor era en parte rico y en parte pobre?

Porque habitualmente no deseamos ni lo que poseemos plenamente ni lo que nos falta del todo escribió Ficino

De nuevo en un aeropuerto y era demasiado temprano para llamar a casa o demasiado tarde pues ya sus hijas y su esposa debían haber salido a sus ocupaciones

Entre la salida del hotel y la llegada a la puerta de embarque sintió que una camioneta con los vidrios oscuros lo seguía con cierto cinismo

Presencia continua insistente intransigente de ruidos luces sonidos imágenes publicitarias fotográficas arquitectónicas

Estímulos constantes incontenibles que aniquilaban la presencia de pausas detenciones hiatos entre anuncio y anuncio acontecimiento y acontecimiento percepción y percepción

Entró a una tienda de periódicos y revistas y se estremeció al leer en uno de ellos que pasajeros cansados por los retrasos habían quemado dos trenes en la provincia de Buenos Aires y él había soñado algo muy parecido noches atrás

Era más o menos normal que tuviera sueños premonitorios

Sentía que el fuego de ese sueño se extendía por dondequiera

Un fuego vivo

Era como si su presente riera con todos sus dientes de fuego

Todavía estaba en la Universidad cuando soñó una oficina de techos muy altos en donde él atendía detrás de un lujoso escritorio y dictaba cartas a una secretaria de cabellos muy negros y piel muy blanca casi transparente

Muchos años después se descubrió viviendo esa escena

Estaba en su oficina del Banco Mundial y volvía de una reunión abrumadora y le presentaron a la nueva secretaria delgada alta elegante de cabello negro ensortijado y muy pálida

La miró con atención entomológica ¿cómo es que había podido soñarla treinta años antes o más?

Se cuenta que nueve meses después de muerto Dante se le apareció en sueños a uno de sus hijos y le dijo dónde encontrar los últimos trece cantos de su *Paradiso* que hasta entonces todos creían que no habían sido escritos

Compró un libro de Steve Coll sobre *Los Bin Laden una familia árabe en el siglo americano* y dos estuchitos de Altoids

Los pasillos del aeropuerto le parecían escenarios para encuentros y desencuentros resistencias y prevaricaciones

Notó a un hombre de cuello muy fuerte quizás especialista en artes marciales que lo miraba desde una distancia providencial

Decía Montaigne que todo movimiento nos delataba

Pero él añadía que toda percepción equivalía a un movimiento y también nos delataba

Nuestra personalidad se define por el estilo de sus percepciones tanto como por el de sus gestos y actos

La psicología contemporánea no se contenta con afirmar que la percepción es tan reveladora del individuo como el movimiento sino que señala que apenas hay acto de percepción que no contribuya alguna iniciativa motriz

Proliferación impetuosa de signos

Encontró la sala de espera que le correspondía y se sentó a leer los periódicos en su computadora

Por un momento creyó haber perdido al mastodonte que lo seguía pero allá estaba no muy lejos fingiendo leer un periódico

Corea del Norte confirmaba que reactivaría su reactor nuclear

Sentía que era necesario llegar a una sistematización y a una catalogación y a una justificación del universo semiótico

Una tonelada de explosivos había matado a 60 personas en el Hotel Marriot de Islamabad había 250 heridos

Arnoldo Kraus proponía un diccionario de las infamias del ser humano y lo iniciaba con *Colonización biológica* conducta por la que se explotaba a los países pobres para comprar córneas alquilar úteros o ensayar medicamentos

Otras entradas eran *Desaparecido Diseño Inteligente Jaladores Foxilandia Guantanamización Limpieza Étnica Madres Alquiladas Semaforista* etcétera

En Exfoxilandia el Ejecutivo había llamado al Congreso para que tomara una decisión urgente en torno a la reforma energética porque según él se experimentaba una fuerte caída en las ganancias debido a la baja en la producción de petróleo

Sonrió torcidamente

Su reunión rendía los primeros frutos

La Secretaria de Energía advertía que para seguir posponiendo decisiones las pérdidas seguirían aumentando pues tan sólo por la caída en la producción de este año se habían perdido 275 000 000 000 pesos equivalentes a tres puntos conceptuales del Producto Interno Bruto

Postfoxilandia era un país donde no existían el desempleo ni la pobreza ni la corrupción ni los favoritismos familiares ni la desnutrición ni el narcotráfico

Grandes sequías tierra adentro grandes frentes tormentosos e inundaciones cerca de las costas mucho más calor y mucho más frío a escala local todo ello determinado por un incremento relativamente modesto en la temperatura planetaria media

La OPEP simultáneamente anunciaba que suspendería la venta de 150 000 barriles de petróleo por día

La producción de Cantarell el yacimiento más grande había caído 48 por ciento desde 2004 cuando alcanzó su máximo nivel de 2 000 152 barriles por día

Lo que nadie decía es que los pozos de petróleo de Irak habían caído en manos de los enemigos y dejaban de poder seguirlos explotando

Quizás de ahí salían esos 150 000 barriles diarios que ya no podía surtir la OPEP

¿Qué dirían las diferentes escuelas semiológicas el inspirado Pierce el inspirado Saussure el inspirado Greimas el inspirado Hjelmslev?

En Miami las audiencias del juicio por la valija de Guido Antonini Wilson quien había sido descubierto en el aeropuerto de Buenos Aires con una valija con 800 000 dólares en efectivo

Los primeros testimonios que se habían escuchado en la corte y las grabaciones del FBI que habían salido a la luz pública hacían referencia a una oscura trama de relaciones entre funcionarios clave del kirchnerismo y el chavismo

La furia en Buenos Aires y Caracas era incontenible

La parcelización del conocimiento sustituía a la proliferación de las parcelas

En Argentina había dimitido el jefe del ejército acusado de corrupción

El toro de Wall Street estaba herido y no se detenía la incertidumbre

La bolsa de valores de New York se había desplomado más de 500 puntos el lunes anterior y se habían esfumado más de 700 mil millones de dólares

Existía el amante que deseaba y la amante en su deseable belleza

Chávez acusaba a Washington de amparar y tener complicidades con el narcotráfico

Y también de ser el mayor consumidor de cocaína del mundo

A los veintisiete años William Butler Yeats no había besado nunca a ninguna mujer

Marco Polo suscitó la incredulidad de muchos expertos europeos de su época al referir la descabellada historia de que en China se extraían unas piedras negras que ardían cuando se les prendía fuego

A los veinticuatro años Goya entró en un convento y secuestró a una monja

Lutero definía al hombre como un doble crepúsculo *crepusculum vespertinum* entre el día y la noche y *crepusculum matutinum* entre la noche y el día

En otro periódico leyó que la detención de dos contrabandistas en Miami confirmaba la realidad del secuestro la extorsión y el asesinato en el tráfico de personas

Las nuevas mafias del exilio cubano

Un nuevo detector de ansiedad se ensayaba en los aeropuertos

Era como un polígrafo que detectaba fluctuaciones en la temperatura corporal el pulso y la frecuencia respiratoria y revelaba los niveles de ansiedad del sujeto y prevenir si estaba a punto de cometer un acto criminal como un atentado terrorista

Pero había muchos factores que determinarían la incrementación de la frecuencia cardíaca como llegar tarde para abordar el avión o llevar una botella con líquido en el equipaje de mano

Amy Goodman preguntaba ¿Por qué fuimos arrestados?

"La represión a los periodistas practicada por el gobierno es una auténtica amenaza a la democracia" decía

"Durante la Convención Nacional Republicana que se celebró esta semana en Saint Paul Minnesota la policía atacó sistemáticamente a los periodistas"

"Fui arrestada junto con dos de mis compañeros los productores de *Democracy Now!* Sharif Abdel Kouddous y Nicole Salazar cuando estábamos haciendo la cobertura informativa del primer día de la convención"

"He sido injustamente acusada de un delito menor"

"Mis colegas que simplemente estaban informando podrían ser acusados de provocar disturbios un delito mucho más serio"

Cuando tenía siete años u ocho Sigmund Freud se orinó deliberadamente en la recámara de sus padres

Marlon Brando le prestó dinero a James Baldwin para que pudiera terminar su primera novela

Por el sonido pidieron que se abordase el avión y él bostezó abriendo más la boca que el león de la Metro

Se acomodó en primera clase y apagó su computadora y su celular al sentarse

La azafata notó su cansancio y le ofreció una cobija

El hombre que lo seguía debía haberse quedado atrapado en la estación de abordaje

Cerró los ojos y pensó en Amy Goldman en el Xcel Center entrevistando a los delegados republicanos

Imaginaba que terminaba de entrevistar a unos delegados y recibía una llamada telefónica por la que se enteraba que Sharif y Nicole habían sido brutalmente arrestados

Corrió junto con el cineasta Rick Noise de Big Noise Films hasta el estacionamiento

Podía verla acercándose a la barrera de policías antidisturbios y pedir hablar con el oficial a cargo vociferando que habían detenido a periodistas acreditados

Pero la agarraron la arrastraron hasta el otro lado de la barrera policial le retorcieron los brazos poniéndoselos a fuerza tras la espalda la esposaron con unas rígidas esposas de plástico que se le clavaban en las muñecas

Ella podía ver a Sharif con el brazo cubierto de sangre y su acreditación de prensa colgándose del cuello

Volvió a decir que eran periodistas acreditados y un agente del Servicio Secreto se le acercó y le arrancó del cuello su acreditación de prensa para la convención

La llevaron al garaje de la policía de Saint Paul donde se habían habilitado jaulas para los manifestantes

La acusaron de obstrucción de las tareas de un oficial de paz

Pensó en las grandes jaulas de Hewitt que por lo menos implicaban un vacío absoluto al que el artista recurría para salvarse de un exceso de signos

Nicole y Sharif fueron llevados a prisión acusados de provocar disturbios

Había leído que una organización de videoartistas llamada I-Witness Video había sufrido una redada días antes

Integrantes de otro grupo de documentalistas el Colectivo Glass Bead fueron detenidos y sus cámaras y computadoras fueron confiscadas

La semana anterior *I-Witness Video* sufrió otra redada y finalmente fueron obligados a dejar la casa en la que habían montado su oficina

Freud definía el pensar como un desplazamiento de energía en el camino hacia la acción

No estaba sereno para dormir pero no tenía fuerzas para abrir los ojos

Herman Hesse era paciente de Jung

El avión se puso en marcha e inició su recorrido por la pista

Toda vida parecía una fuga un derrotero atosigador y atosigado

Seis óbolos equivalían a un dracma

El 70 por ciento de los norteamericanos no habían leído un libro de la primera página a la última desde la adolescencia

Karl Marx dejó una herencia de 250 libras

Rubens iba a misa todos los días

Sadi Carnot afirmaba que había una tendencia en los fenómenos físicos desde el orden hacia el desorden es decir que todo sistema físico aislado o cerrado procederá espontáneamente en la dirección de un creciente desorden

Mientras la mecánica newtoniana era una ciencia de fuerzas y trayectorias el pensamiento evolucionista pensamiento en términos de cambio crecimiento y desarrollo requería una nueva ciencia de la complejidad

Brecht decía que el ser humano comprendía las catástrofes tanto como los conejillos de Indias sabían sobre biología

Leni Riefenstahl falleció a los ciento un años

Freud describió diferentes tipos de doble el espíritu la sombra la imagen especular lógicamente sucesivos

Héctor Liang expresidente de United Biscuits explicaba que las máquinas se desgastaban los automóviles se estropeaban las personas morían pero las marcas siempre permanecían

El Presidente de Indonesia había pedido a sus doscientos millones de ciudadanos que ayudaran a mantener las reducidas reservas de arroz del país ayunando dos días por semana desde el amanecer hasta la noche

Tiresias encontró a dos serpientes copulando y según las versiones o las separó o mató a la hembra y como castigo quedó transformado en mujer durante siete años

Al transcurrir esos siete años volvió a encontrarse con otras serpientes copulando y volvió a repetir su acción y recuperó su sexo primitivo

Júpiter y Hera discutían acerca del goce del hombre y el de la mujer en el acto sexual y decidieron preguntarle para dirimir el problema al único que tenía la doble experiencia

Interrogado Tiresias respondió que si dividiese el goce sexual en diez partes nueve corresponderían a la mujer y una al hombre

Hera viendo traicionado el secreto de su sexo lo castigó con la ceguera y Júpiter no pudiendo devolverle la vista lo compensó con los poderes del vidente

Y así como ciego y vidente interviene posteriormente en el drama de Edipo

Resultaba imposible por intenso que fuera el abrazo apoderarse del goce del otro tanto en sentido subjetivo pues no se puede vivir en el cuerpo del otro sentir lo que siente el otro sino en el objetivo sólo conozco el goce de mi cuerpo y de esta manera siempre parcial e incompleta

Le había sorprendido el encuentro con Sofía y le gustaba mucho Sofía y extrañaba a Sofía o la desnudez de Sofía

Ella era aquella que él esperaba y él era aquel que ella buscaba

El deseo tenía por objeto que el tiempo no existiera

Goya tenía 19 hijos con una sola esposa y muchos otros fuera del matrimonio

Diego Rivera salía con Louise Nevelson

Víctor Hugo y Benjamín Franklin sentían que hacían mejor su trabajo si escribían desnudos

Algunos autores sostenían que Eros nacido del huevo universal era el primero de todos los dioses pues sin él no podía haber nacido ninguno de los demás

Otros decían que era hijo de Afrodita y de Hermes o de Ares o del propio padre de Afrodita Zeus o que era hijo de Iris y del Viento del Norte

Era un niño muy travieso que no demostraba respeto alguno por la edad y que se pasaba el tiempo volando con sus alas de oro disparando por doquier sus flechas armadas de lengüetas o encendiendo corazones a propósito con sus terribles antorchas

Diótima creía que Eros no era un dios ni un hombre sino un demonio un espíritu que vivía entre los dioses y los mortales

Su misión era comunicar y unir a los seres vivos

Escucharse sobreescucharse subescucharse

Por esto lo confundimos con el viento y lo representamos con alas proponía Octavio Paz

Era hijo de la Pobreza y de la Abundancia y esto explicaba su naturaleza de intermediario comunicaba la luz con la sombra el mundo sensible con las ideas

Como hijo de la Pobreza buscaba la riqueza y como hijo de la Abundancia repartía los bienes

Era el deseante que pide y el deseado que da

Se sentía como una partícula sin profundidad en la escena del presente

La riqueza de una historia se situaba en los intersticios

En el gran teatro los momentos más turbadores eran los después o los antes

Antes del crimen antes del encuentro antes de la traición después de la separación

Había tantas pero tantas cosas que se le escapaban

Se sentía desfallecer le faltaban las fuerzas empezaba a olvidarlo todo a postergarlo todo

Cuando dos personas se encuentran intercambian un enorme abanico de informaciones sobre sus respectivas desdichas

No hay burgués que no se encuentre al borde de la ruina política que no esté por desprestigiarse intelectualmente que no padezca fines de mes difíciles y los pocos enamorados que no están desesperados prevén que no pierden nada con esperar

Las alegrías de la existencia son conservadas tan preciosamente que se evaporan y así es como se les puede saborear por su pérdida por su ausencia por su sombra

Los buenos tiempos son por definición los pasados el presente se percibe con desagrado ser viejo o demasiado joven o enfermo o gordo o demasiado flaco o embarazada o sin trabajo o trabajar en algún lugar mal pagado

Estos discursos no carecen de verdad lo que no explica nada su exclusividad sin ser irreductiblemente pesimista el ser humano no siempre opina que lo peor es lo cierto

Si bien habla de ello sin cesar es para rendir tributo a las reglas de la conversación o mejor dicho de la convertibilidad para conferir a las propias emociones algún aspecto comunicable cada cual las proyecta en una escala de lo peor plausible para el otro

La desgracia está en el horizonte no porque sea lo único real sino porque es lo único transmisible

La fijación del cero absoluto plantea ardientes debates nos preguntamos quién es el más oprimido el proletario la mujer el tercer mundo los niños el hambriento el desempleado el enfermo el humillado o el ofendido

Discutimos acerca de la definición del peligro principal el hambre el calentamiento del planeta la explosión termonuclear la servidumbre general la crisis económica el narcotráfico los neoconservadores los políticos o la estupidez

A partir de *La Orestiada* todos los tiempos son de desamparo o sería mejor decir a partir de *La Biblia* o del *Popol Vuh*

Borges escribió hablando de uno de sus protagonistas que a como todos los hombres le habían tocado tiempos difíciles en los que vivir

El avión despegó y él se sumergió en un sueño profundo

ALDA

Sábado

Una ciudad grande. El cielo anaranjado. Humo. Humo saliendo a chorros de las ventanas. Un edificio grande de piedra, muchos pisos. Cúpulas redondas, rojas. Gritos. Gritos. Corre. ¡Corre! Alguien grita, alguien llama, Alda despiértate.

Alda, despiértate. Alda.

¿Hmmm? Oh Dios, fue un sueño, no más un sueño. *Axel, ¿qué pasa?*

No sé Alda, no me siento nada bien.

¿Ah? Ahora estoy bien despierta. *¿Cómo, qué pasa?*

No sé, algo me habrá sentado mal, vomité tres veces durante la noche, pero no te despertaste. Pensé que me iba a sentir mejor, pero me siento aun peor.

Dios mío, cuando yo vomito, toda la casa se despierta. ¿Estuve en coma? *Oh no, ¿tienes fiebre? ¿Dónde te duele?*

Aquí en la panza, primero como que el ombligo me dolía, ahora lo siento un poco más abajo.

Voy por un termómetro. Voy a por Mami, es una emergencia, a lo mejor no se enojará. Sí, chucha. Mami, ¿dónde estás? No está. ¿Qué hora es? Oh, Dios, son como las nueve, debe estar en el Distrito con lo del carro. ¿La llamo? La llamo. Claro que no contesta, ¿por qué nadie en esta condenada familia me contesta cuando es realmente importante? Ok, ok, no te friquees, piensa, piensa Alda. *Saca tu lengua.* 38.1. Está enfermo de veras. Ok, ok. Ni Amaya ni Mami ni Papi, nadie está aquí, ¿qué harían si yo estuviera verdaderamente enferma? ¿Ir a emergencias? Pero no podemos ir a emergencias por lo de Servicios Sociales. ¡Coño! *Tienes fiebre, necesitamos ir a un médico, de veras Axel. Algo anda mal. Debemos ir al hospital.*

Pero, ¿qué picha? El hospital, dos cipotes entrando al hospital solos, ¿tás loca?

No tenemos otra opción.

Tiene que haber otra, ahí no voy. Antes me muero.

No seas dramático, tenemos que hacer algo, no podemos estar aquí esperando a ver qué. Mami llamaría a Salvador, yo creo. Eso, sí, eso lo voy a hacer. *Voy a llamar al médico que es harto amigo de mis papás. Él no va a hacer nada con Servicios Sociales seguro, es un amigo de la familia.*

Ok.

Tengo su número en mi cel. ¿Por qué, por qué estoy tan nerviosa?, me siento como aterrorizada, siempre hablo con él de medicina cuando está aquí de visita durante las fiestas y demás. Como que me oigo saludarlo, como que estoy fuera de mi cuerpo, qué raro, entonces eso quiere decir que él habrá contestado el teléfono. Le voy explicando la situación de no poder ir a emergencias, parece entender. ¿Por qué me siento tan rara, tan desconectada de la conversación, por qué me veo a mí misma hablando, por qué me oigo desde afuera, como que no hace el mismo eco que siempre hace dentro de mi propia cabeza. Me oigo colgar.

¿Qué dijo?

Axel me lo pregunta extendido en los colchones con una expresión de agonía. Ahora viéndolo como que vuelvo en mí. *Que vayamos para su consultorio privado y te va a ver como favor a la familia.*

Qué chivo.

Vamos, ahorita mismo. Siempre carecemos de taxis por aquí en esta vecindad. Mejor llamo. A lo mejor no nos llevan por ser menores. *Ohmygod,* es tan horrible ser jovencita, ¿por qué no puedo crecer más rápido? Ok, ok, ya viene uno en camino. Tampoco me sentí hacer esa llamada. Pero

qué carajo me pasa. Estás asustada de más, eso es lo que pasa. El olor en
este taxi, humo ahogado por la colonia del conductor. Humo, el mismo
olor que había en mi sueño. ¿Por qué de repente nos acordamos de
nuestros sueños? El taxista me pregunta que qué pasa. Que mi amigo
está muy enfermo y vamos directo al médico. Le pregunto de dónde es,
pero esta pregunta yo no se la haría nunca a un desconocido, qué
maleducada, intrusiva, ¿xenofóbica, yo? Le hago un comentario sobre
los ornamentos que tiene en el auto, qué de dónde es, pero como que ya
sé la respuesta antes de que las palabras salgan de su boca.

De la India.

Al final le oigo decir, le oigo con lo que parecen ser mis propios oídos.
De Kashmir, ¿verdad? Habrá salido en voz alta, porque Axel me mira con
una cara de sorpresa y el taxista me levanta las cejas en el retrovisor con
ojos de asombro.

¿Cómo sabías, mija?

La verdad, no sé, señor. La verdad, no sé, tampoco sé por qué tengo
tanto temor por su país, señor. Ya llegamos, gracias a Dios.

Que se mejore tu amigo.

Gracias, señor.

¡Muchacha!

¿Sí?

*Ese don que tienes, el de intuir las cosas antes de que se sepan, úsalo
para bien, porque si lo usas para mal, se desvanecerá.*

Sólo le puedo parpadear como respuesta. Ni palabras tengo. Vamos,
incorpórate, Axel está grave. ¿Grave? ¿Cómo lo sabes? No oíste lo que
el señor acaba de decirme, pucha.

Ven, Alda, vénganse adentro.

Salvador se asoma a la puerta vestido de jeans, habrá venido a la
oficina nomás para nosotros.

Axel te llamas, ¿verdad?

Sí.

Sólo le sale murmullo.

Te voy a examinar y sacar sangre para algunas pruebas.

¿Estarán abiertos los laboratorios? Tardan como una semana en producir resultados. O quizás él tenga un laboratorio acá en el consultorio o acceso a uno en un hospital, algo así.

Alda, dijiste que tenía fiebre.

De 38.1 grados, 100.5 Fahrenheit. ¿Será una infección?

Ajá. ¿Tienes una idea de qué puede ser, Alda?

Piensa, Alda. Usa tu cabeza. Fiebre, vómitos... intoxicación alimentaria. No, pues, puede ser, pero no le queda exactamente. Pero recuerda la metáfora que se les enseña a los médicos de acá, que si oyes el sonido de cascos, piensa en un caballo, no en una cebra. ¿Qué sería común entonces, norovirus? Menos común, ¿meningitis? Pero estás ignorando la localización del dolor como síntoma, que no se te olvide lo obvio, ¡oh! *Apendicitis.*

Buena teoría. ¿Sabes una manera de evaluarla, o por lo menos darte una idea? Pone presión aquí con la mano. Axel, ¿se siente tantito mejor cuando Alda aplica presión aquí?

Sí.

Ahora suelta. ¿Peor?

Mucho.

Se le salen lágrimas.

Alda, estoy de acuerdo con tu teoría, tiene muchos síntomas de una apendicitis. Hay que operar inmediatamente, antes de que se perfore el apéndice, asumiendo que todavía está intacto.

¿Aquí? ¿Operar aquí?

Sería mucho mejor en el hospital. Más recursos, más cirujanos. Te deberíamos llevar a emergencias ahorita mismo.

¡Ahí no voy! ¡Ahí me agarran! ¡No, mejor me voy de acá!

Se está empezando a friquear. *¡Axel! ¡No te puedes ir de acá, te puedes morir de sepsis!* El doctor Sánchez me ve de repente con una mirada de orgullo o algo.

Muchacho, tengo la capacidad de llamar a la policía para que te lleven al hospital.

¡No! ¿Usted por qué no me ayuda? ¡Venimos acá para que me ayudara!

Quiero ayudarte, muchacho, pero intento cumplir con los requisitos éticos y más aún porque eres menor de edad.

¡Hágalo usted! Por favor, no puedo ir a otro sitio, por favor, ayúdeme doctor, Alda dijo que usted era el único que me podía ayudar...

Tranquilo, muchacho, tranquilo. Ok, los riesgos son mucho más altos si yo te opero solo, quiero que entiendas que se te incrementan los riesgos al pedirme esto. Alda, ¿oíste su decisión, quedamos todos claros?

Sí.

Sí.

Alda, espéranos en la sala, por favor. Axel, te voy a llevar al quirófano, prepararte, y lavarme para operar, ¿ok?

Gracias, doctor Sánchez.

Un placer, Alda. Cualquier cosa para la familia Salazar y sus amigos.

Ahora nomás a esperar la resolución de esta tremenda pesadilla. ¿Resolución? ¿¿Resolución?? Regrésate. Regrésate, Alda, incorpórate, vuelve en sí. Escúchate, ¿una resolución? Siempre hay una resolución de alguna forma u otra, ¿no? Hasta los misterios tienen una resolución oculta, secreta.

ALDA

Sábado

Uy, este café ha sido renovado por completo. Pues claro, porque ¿quién sabe cuándo estuviste aquí por última vez? ¿Qué razón tienes para estar en Van Ness ya? Ninguna. Mira, redecoraron todito y se ve padrísimo.

¿Qué le sirvo?

¿Le? ¿Desde cuándo a mí me tratan de usted en mi propia ciudad? *Un capuchino, por favor.* Vas a estar despierta toda la noche y amanecer de un humor horrible si no lo pides descafeinado. Ayyy, *Descafeinado, si puedes.* Este muchacho repleto de acné ¿cuántos años tendrá, unos dieciséis? *Oye, ¿cuándo redecoraron? Se ve bonito aquí.*

Ni idea, siempre ha sido así, ¿no?

Uy, pues claro, ¿qué esperas? Como mínimo son seis años que no andas por este barrio y ya sabes cuán rápido cambian, tiran y levantan los negocios en Washington. Es un milagro que este café exista aún. Si alguna vez cierran Ben's Chili Bowl, me voy a morir.

Modernísimo, bancos de terciopelo rojo, mesitas blancas y redondas, sillas negras con una pintura brillante, hasta las paredes son texturadas, ¿se estará poniendo de moda otra vez el empapelado? Esta gente tiene muy buen gusto, ¿por qué los cafés de Princeton no se ven así y se ven tan... equis? ¿Qué hora es, llegué antes? Tranquila, estás ansiosa ¿o qué? ¿Por qué estás revoloteando como un pinche colibrí? ¡Cálmate! Ya llegará. Menos mal que he traído la compu conmigo para poder trabajar en este artículo latoso que tengo que entregar. ¿Cuándo lanzarán el nuevo sistema operativo para Mac? ¿Este otoño? Habrá que esperar mucho tiempo entonces. Apenas estamos en el invierno...

Alda, ¿eres tú?

Uy, qué susto, dios mío. *Ay, profesora Murti, no la vi entrar, ¡qué gusto verla!*

Te reconocí por esa mirada profunda. Alda, mírate, ¡cuánto tiempo!

Demasiado. Temía que ya no tuviera el mismo correo y que la hubiera perdido para siempre. Se ve bien. Se mira relajada, creo que tiene menos líneas en la cara ahora que hace doce años.

Ay, esos correos a los eméritos nos los dejan hasta que muramos, yo creo.

Su risa nunca cambia, siempre lleva la misma cualidad de carrillón. *Siéntese, siéntese, ¿qué le traigo de tomar?* Ha perdido peso, se ve más feliz pero un poco más frágil ya, este abrigo le queda un poco grande.

Está haciendo un frío tremendo, ¿verdad? Creo que el frío me afecta más a estas alturas de la vida. Un café no más, Alda, gracias.

Será porque no siento el frío acá ya. O quizás ya te acostumbraste al frío de Nueva Jersey, *hello.*

Le pongo el abrigo aquí en el banco conmigo, ¿sí? ¿Crema y azúcar?

Sí, los dos Alda, gracias.

Ahora otra vez con este chaval.

Ya llegó mi amiga, entonces otro café por favor.

¿Lo quiere de un tueste oscuro o ligero?

Uy. Ni sé. ¿Le importará? ¿A mí me importaría? *Sorpréndenos.* Se sonríe el muchacho. Y en todo caso nos va a dar el ligero. Sip, ahí tá. ¿Seré capaz de sorprenderme ya? ¿Llegaré a un punto adonde todo sea predecible? ¿Ya estaré aquí? Por ejemplo...

¿No quiere cambiar de lugar? ¿Quizás esté más cómoda en el banco y yo tomo la silla?

Justo te iba a preguntar si te importaría cambiar de lugar.

Ves.

¿Cuándo fue la última vez que nos vimos, habrá sido cuando estaba en mi último año en la prepa?

Creo que sí, porque el último año tuyo coincidía más o menos con el último año mío antes de jubilarme, habré enseñado un año más, ya no me acuerdo.

Ah, sí, es cierto, creo que tengo la memoria un poco borrosa de esa época, la verdad.

Yo siempre tenía la sensación de que pasabas por mucha dificultad en ese momento de tu vida, pero me daba pena meterme en los asuntos de tu familia.

Ojalá y lo hubiera hecho. *Sí, empezaron ese mismo año que hicimos ese estudio independiente juntas, ¿se acuerda?*

Claro que me acuerdo, leíamos Los hijos de la medianoche *y me dijiste varias veces que tenías miedo, que tenías la sensación de que algo iba a suceder. Habíamos leído más de la mitad cuando llegaste absolutamente temblando a mi oficina antes de las vacaciones de Acción de Gracias.*

¿De veras? No me acuerdo. Me acuerdo de nuestra casa, adonde pareciera que las venas de la familia nuclear entera se hubieran abierto con una comunal navaja perniciosa y que yo no más hubiera podido encargarme de trapear toda la sangre. Mucho con demasiado.

Temblabas y me preguntaste que dónde vivía mi familia...

Oh sí, esto me suena, sí... Se me aclara la memoria tantito.

Alda, ¿cómo supiste? Nunca te lo he preguntado.

Veintiséis de noviembre. El día antes del Día de Acción de Gracias de ese año. Iba con Mami de compras, porque le era tan difícil organizar sus propios pensamientos en ese momento con todo y los medicamentos. Amaya nos llevó al súper en coche y esperó en el parqueo, dijo que no soportaba ver toda esa comida y pensar en un día festivo dedicado exclusivamente a la comida. Su cara adquirió un tono más bien verdoso al acercarnos al mercado. ¿Le habría dicho algo? No me acuerdo. ¡Ay! ¿Qué dijo la profesora Murti?

Alda, ¿estás bien? ¿Te pasa algo?

Me pasaron algos. Me sucedieron unos álgoses. *No, profesora Murti, perdóneme, estoy intentando recordar los eventos que me cuenta. Es como si sintiera la memoria nublada al intentar acordarme. ¿De veras quieres recordarlos? ¿Te habrás olvidado de ellos por alguna razón?*

No quiero provocarte un malestar, Alda.

Esta mirada preocupada que me ofrece, ¿por qué la siento tan profunda, tan acogedora? De pronto siento unas ganas de abrirme toda toditita a ella. Qué gran suspiro siento salir de mí. A veces el mundo causa demasiado, produce demasiado, hacer brotar demasiado.

¿No dijiste que tomabas un curso en tu programa de doctorado sobre la literatura hindú del que querías contarme?

¿Por qué me cuesta tanto levantarle la mirada? Como si tuviera los párpados hechos de plomo. *Sí, ha sido mi curso favorito hasta ahora.* Oigo mi voz escapar en una especie de susurro. ¿Fue un pretexto sin que yo me diera cuenta?

Alda, ¿no quieres tutearme? Ya pronto vas a ser doctora, ¿dejamos esto de los títulos en el pasado?

Su voz suena tan suave, tan hogareña. Pero ¿qué te pasa? Tienes veinticuatro años y es como si te volvieras niña así de repente, ¿qué tienes? Me siento derritiéndome un poco, igual que la espuma de leche se desvanece entre el café.

Puedes usar mi nombre.

¿Habría sido un pretexto, Kavitha? Parpadea con una mirada calmada y confundida. Cuán fácil, cuán natural ese paso simple a la intimidad.

¿El qué, Alda querida?

¿Habría sido el curso un pretexto para yo reunirme contigo? Porque de pronto me encuentro aquí y siento que me vuelve una ola del pasado que no entiendo. No me entiende. Y yo no entiendo del todo tampoco.

¿Qué ola, qué recuerdas?

Que estuve en un taxi llevando a mi amigo Axel al médico y supe de dónde era el taxista sin que me lo dijera. Y me dijo que si usaba mi don de intuir las cosas para mal, se desvanecería. ¿Lo usé para mal? ¿Lo habré usado para mal, Kavitha? ¿Por eso murió? ¿Por mí? Pero no se lo dijiste, ¿verdad? ¿Lo dije en voz alta? No, ¿verdad?

Y ¿cuándo fue eso?

En septiembre, primera semana de clases.

Y ya intuías, ¿verdad?, que algo terrible iba a suceder.

Tantos algos terribles. ¿Habría sabido más de noviembre si septiembre no hubiera ocurrido? ¿Pero habría llegado noviembre sin septiembre? ¿Habría podido hacer algo?

En el taxi recuerdo haberlo sentido de nuevo, sí. Pero me distraje con Axel. Su enfermedad medida por medio de mi palma, mi mano enfiebrada con su sufrimiento, la prisa de Salvador con la diagnosis, una diagnosis mía, una diagnosis de una preadolescente, Salvador y la cirugía apresurada.

Salvador y su presencia fatalista en nuestra mesa familiar esa Acción de Gracias, conversando como si nada. Como si nadie. Como si nunca.

Mamá como zombi con el carrito en el súper, yo recogiendo todo en el pandemonio del día antes de la fiesta, Amaya y yo sin poder ir antes por la uni y la escuela, Papá aún exhausto y en recuperación casi tres meses después, llegaba y dormía, dormía y se iba, ni siquiera subía a la planta alta.

¿A costo de qué?

¿Cómo supiste de dónde era el taxista?

No sé. No sé, Kavitha. *Nunca sé. Simplemente supe, así, de la nada, aparece de la nada, siempre de la mera nada.* ¿Será de la nada donde permanece todo este conocimiento necesitado, disponible, como melocotones maduros colgantes de ramas gordas, pidiendo la cosecha de una persona como yo? ¿Una persona como tú? ¿Cómo eres? *Simplemente lo siento.* ¿Como la picadura de una víbora? ¿El abrazo de un pitón? No. Como una onda, una ola, un vientazo que pasa sobre mí.

Veintiséis de noviembre, la India ya en la oscuridad, diez almas humanas llegan con el oleaje a las orillas de Mumbai a destruir más de cien almas. El décimo que diezmó al décuplo. Primero en la estación ferrocarril Chhatrapati Shivaje, sangre derramada en la arquitectura gótica de la historia por medio de los AK-47 de la modernidad.

Habría tenido en mis manos el pavo, las papas, los camotes, el relleno, una bolsa de malvaviscos, los espárragos. Habría tenido en mis ojos la mirada vacía de Mamá, su mirada, una cueva de ecos, una reserva de lágrimas nunca caídas, calladas. Mami, ahora sé que estabas enamorada de él, que en tu vida diaria tan entumecedora, él te electrizaba todo. Y que cuando te dijo ya no más por medio de un correo electrónico cobarde y distanciado, perdiste tu cuerpo, corazón y futuro imaginado de una sola vez. Y no deberías haber sido tan fisgona, tú. ¿De veras? O sea, ¿vivir en lo desconocido de mi familia para siempre? Cállate de una reputísima vez. Por favor.

¿Cuántas veces habré estado yo en esa estación de tren? Mi padre trabajaba en la compañía ferroviaria, y mi abuelo, y mis tíos...

Con eso sí se junta su mirada con la mía, sus ojos apenados y distantes, aun conectados con los míos cual hilo invisible e indistinguible. ¿Dije lo de la estación en voz alta? Como si nos habláramos en dos planos distintos, el de este café con los bancos rojos y otro adonde se hallan sólo nuestros pensamientos aleatorios. *Lo malo es tener la sensación de saber y no poder hacer absolutamente nada. No hay pruebas, ¿verdad? Así que ¿quién te va a creer, quién va a alterar el ritmo de la justicia y la política basado en una mera sensación? Nadie, el sistema colapsaría. Entonces me pregunto...*

...¿para qué sirve el saber?

La fluidez del pensamiento humano conectado a otro pensamiento humano, dos mujeres, una mente contínua. *Exacto, ¿para qué servirá? ¿Sólo para advertirles a los que sabemos escuchar y al carajo con los demás? ¿Una especie de darwinismo? ¿No debería beneficiarles a todos, igualar la justicia? ¿Y tu familia, Kavitha?*

Casi todos estaban fuera de Mumbai ese día, aun los que viven allí.

Casi todos, ¿pero no todos? Me desvía la mirada nomás por un segundo, es casi imperceptible, pero el color de sus ojos se transmuta con el reflejo de las lágrimas.

Mi sobrino, el primogénito de su generación, trabajaba en el Hotel Taj esa noche. Se murió de un balazo.

Y pronuncia esa última frase con un aplomo absoluto. Impávida. Dios mío, dios mío, ¡nunca me lo dijo, no dijo nada! ¿No tendré yo un *klínex* por aquí en mi bolso? ¿Por qué nunca me lo contó? Pues tampoco se lo preguntaste, ¿verdad? Ni hiciste ninguna repregunta, aun temiendo que algo hubiera pasado, aun mediosabiéndolo, ¿verdad? Sabiéndolo y no sabiéndolo. ¿Crees que de verdad tenías esta sensación de tragedia inminente sólo por estar leyendo *Los hijos de la medianoche* y por una mera preocupación política? ¿De verdad crees que era un temor tan abstracto, sin ningún enlace con alguien cercano tuyo, alguien querido? "¿De veras, Alda?" dijo Ayla, ¿te acuerdas? "¿De veras, Alda?" A posteriori, pinche posteriori. ¿Te negaste a atenderlo por lo que pasaba a tu alrededor? ¿Habrías querido saberlo en ese momento? ¿Habrías podido tolerarlo? ¡¡¡No!!! ¡No hubiera podido! Pues entonces ¿por qué te estás alterando tanto si sabes eso? ¡Debería haber podido tolerarlo! Bueno, pero no pudiste y ya.

La suprema ironía detrás de eso es que mi sobrino recién se había convertido al Islam por una chica, enajenando a casi toda nuestra familia Brahmin.

Oh my god, Kavitha, lo siento muchísimo. Siento tanto no haberte preguntado nada, ¿por qué no te pregunté nada?, qué horror.

Me imagino porque ocurrió durante las vacaciones, ¿no?, y el ciclo de noticias en este país es de cuarenta y ocho horas máximo, cuando regresamos a la escuela ya habían pasado varios días, una semana quizás. Hasta yo probablemente no revelé ningún malestar, pues el luto se nos complica estando tan lejos.

Me imagino que tienes razón, pero aun así, lo siento tanto, Kavitha, siento no haberte acompañado en eso.

Pues entonces las dos pasábamos por algo muy difícil al mismo tiempo sin saberlo, ¿no? Hablando de dificultades, Alda, ¿supiste que despidieron al señor Campanas, Erik Campanas?

Wow. No pude haber predicho eso. ¿Necesitará cambiar de tema? ¿Demasiado doloroso? *Para nada. Intenté no involucrarme en absoluto, me desconecté por completo.* Pero tú nunca se lo contaste a ella, deliberadamente. Te cuidabas intencionalmente para no revelárselo.

Habría sido unos años atrás, porque yo todavía trabajaba allí, ¿quizás fue mi último año o tu primer año en la universidad?

Hace rato entonces, no me enteré.

Resulta que una madre llamó a la escuela quejándose de que la amiga de
su hija reveló que tenía una relación sexual con él. Ocurrió en la escuela
superior.

¿Cuántos años tenía la muchacha, alguna idea?

Me parece que unos catorce. Y ella supuestamente estuvo con él varios
años antes de que la mamá de la amiga llamara.

O sea, habría empezado con ella cuando yo misma estaba en la prepa.
Delante de mis narices. De nuestras narices. Y nadie hizo nada hasta
mucho después. ¿Qué habría pasado en los años intermedios, entre la
experiencia mía y la de esa muchacha? ¿Cuántas más habrá habido? *Dios*
mío, qué horror.

Nunca me dijiste nada, Alda.

Entonces supo. ¿Cómo supo? ¿El radio pasillo? *¿Qué habrías hecho?*
Yo sí se lo dije a otros miembros de la facultad y la respuesta no fue positiva.
Y entonces no tenía confianza en nadie, excepto en ti. No pude arriesgarlo. Creo
que necesitaba ese espacio entre las páginas de una cultura ajena, antigua,
no-mía. No quería ponerte en una posición política incómoda. Obviamente era
demasiado complicado abarcar el tema, o la otra maestra lo habría hecho, ¿no?

Siento sus dedos un poco rasposos en la piel de mi mejilla, sus manos
sequísimas, aun con la humedad del ambiente afuera.

¿Me querías proteger?

Sí. Pero no te hagas la buenísima, no fue una jugada totalmente
altruista, vamos. *¿Quizás intuía que protegerte era protegerme? Habría*
perdido la fe por completo si tú supieras y no hicieras nada.

Mejor no darme chance de decepcionarte.

Exacto. A veces no anticipamos todos los costos.

Tantos costos, tantos riesgos que tenemos que tomar cuando somos
niños indefensos, dependientes de los demás, de los adultos previamente
traumatizados de niños, sin responsabilizarse en la adultez para
cambiarles el futuro a los ahora-niños y así poder reescribir el pasado de
cierta forma. Acabamos empatizando con los adultos que nos fallaron
en el pasado, con los adultos que ahora somos, en vez de con los niños
que fuimos y con los niños que nos rodean.

¿De tal palo, tal astilla, entonces? O más bien al revés, ¿podría ser? ¿Que de tal astilla enconada llega a formarse el palo? ¿Tú crees? ¿Crees que se te clavó una astilla? Nunca lo había pensado. ¡Por eso, pues! ¿Que a lo mejor se me clavó sin que lo supiera y que ahí se quedó, pasando de una inflamación a una infección y luego a algo más sistémico, como una sepsis? Una sepsis...

Como cuando le dije a Axel que tenía que dejarse operar porque podría morirse de una sepsis si el apéndice ya se había reventado. Si él hubiera huido de allí como era su instinto, ¿estaría vivo? ¿Vivo? ¿Con una apendicitis? ¿Fue una apendicitis de verdad? Pero ¡¿qué?! ¿Estás loca chiflada? ¿Qué pasa si no fue una apendicitis en absoluto? Es que no soy médica. Pero lo habrías sido. ¿De veras? Lo habrías sido y lo sabes. ¿Crees que otra gente no podría escribir los análisis de literatura comparativa que escribes tú? ¿Te crees excepcional en este campo, particularmente dotada? Pues no me creo particularmente dotada en nada. Es que ignoraste el llamado.

¿Y más costos había, Alda querida?

Ay, ese suspiro me salió como el bufido de una yegua exasperada. ¿Una yegua? ¿Una potrilla? ¿Por qué no una matalote, si vas a ser tan dramática, tú?

Creo que tantas otras cosas ocurrieron justamente después, que lo de Erik Campanas era lo de menos. O sea, ¿a quién le debería importar el mero abuso de un maestro enfermizo cuando toda tu familia yace en camas de hospital? ¡Y ni siquiera el mismo hospital, con lo cual se me hizo once mil veces más difícil! ¡Y para colmo no hay parada de metro que llegue a dos de los tres! De Sibley Hospital a Georgetown Hospital no hay metro, en carro son mínimo quince minutos, máximo cuarenta y cinco. De Georgetown a George Washington Hospital tampoco hay metro. Maldito sea Pierre L'Enfant, ¿en qué carajo pensaba cuando diseñaba el plan urbano para Washington, DC?

¿Quieres contarme más?

Había llevado a mi amigo Axel al médico de la familia, el señor es muy amigo de mis papás. Dijo que lo más probable era que sufría de apendicitis

*y que lo tendrían que operar luego, luego. Pues claro, ¿no? Es una emergencia,
¿no?* Kavitha no vacila, asiente con la cabeza sin quitarme los ojos de
encima. ¿Vacilo yo? ¿Busco afirmación? *Pero Axel no quiso ir al hospital
para la operación, estaba convencido de que allí lo encontrarían servicios
sociales.* Kavitha levanta las cejas, pues deberías darle un poco más de
contexto, ¿no? Es como si esperaras que te leyera el pensamiento. Luego,
luego. *Entonces Axel se negó, ¿verdad?, y Salvador hizo que los tres hiciéramos
una especie de acuerdo, que teníamos que afirmar que sabíamos los riesgos
que correría al hacer la cirugía él mismo, a solas. Es que Salvador tenía su
consultorio privado y un quirófano en el mismo piso. Entonces nos pusimos
de acuerdo y estuve allí esperando las hooooras* ¿Podría haber tardado tanto
una simple apendectomía, aun con solo un cirujano? Ya sabes que no.
*No me acuerdo cuánto tiempo estuve allí, sé que fuimos en la mañana y ya
era la tardecita cuando Salvador me llamó de la sala de espera. Axel se veía
palidísimo, peor que cuando llegamos. Ay, Kavitha, ¿por qué te cuento todo
esto?*

*Si eres como yo y no crees en coincidencias, entonces tiene que ser por
algo. Quizás lo sabremos hasta después.*

Pues, por lo menos, voy a intentar abreviar. ¿Sí, de veras? Abreviemos
pues: Amaya en Sibley Hospital, Papá en Georgetown Hospital, Mamá
en George Washington Hospital, Axel donde el consultorio privado del
doctor Salvador Salazar, y tú sana y suelta en la metrópolis. ¿Así de
breve? *Recuerdo que ver a Axel con una apariencia tan grisácea me asustó
de más, sus ojos se miraban tan hundidos.* Esos círculos morados bajo los
párpados inferiores, la hinchazón tremenda, las contusiones extensivas,
y mientras Salvador se cambiaba de su ropa quirúrgica, echamos una
mirada a dónde había vendado a Axel y la gasa y el algodón parecían
eternos y le rodeaban casi todo el torso, incluso cubrían la mayoría de
su pecho... ¿por qué, si el apéndice se encuentra más bien cerca de la
cadera? *Y pues en eso sonó el celular de Salvador y era una llamada del
hospital George Washington. Resulta que Salvador era el contacto de emergencia para toda la familia si mis papás eran inalcanzables, ¿entiendes cómo?*

O sea, muy cercano a la familia, un amigo íntimo de veras.

Sí. Entonces me dijo que mi mamá se había lastimado en la estación del metro y la habían llevado allí al hospital. ¿Lastimado? ¿Para qué lanzar eufemismos? Pues porque no se sabe a ciencia cierta, ¿verdad? ¿Ah no? O más bien tienes vergüenza, ¿no? Que nomás se había raspado mucho el cutis y que se había fracturado la muñeca izquierda parecen detalles innecesarios... ¿Que la admitieron directamente de urgencias al departamento de psiquiatría después de estabilizar la fractura supongo que también es un detalle innecesario?

Esa fecha de Acción de Gracias fue un desastre superlativo. ¿Cómo iba a prestar atención suficiente a las noticias, a la política, a la India, a la patria de Kavitha, con todo esto alrededor mío? Espérate, estabas en septiembre, ahora estás en noviembre, enfócate, concéntrate.

Me dejaron entrar a verla sólo por el milagro de que la mamá de Amrita era la directora de psiquiatría allí en ese momento, la mamá hasta me acompañó personalmente a su habitación, yo creo. Qué linda, ¿le habré dado las gracias? ¿Cómo es que no me acordaba de este detalle hasta ahora? El cuarto se veía como ella, las paredes blancoamarillientas, la luz enfermiza, el color palidez-de-muerte que emitían esas bombillas fluorescentes. ¿No deberían inspirar un poco más de esperanza o alegría los departamentos de psiquiatría? ¿Será que se les contagien los espíritus de los pacientes a los profesionales sin que los empleados se den cuenta?

Ni siquiera me miró cuando me le acerqué. Si no hubiera visto la subida y caída de su diafragma, la habría pensado muerta. No tenía expresión facial alguna, era como si se hubiera hundido dentro de sí. Entre ese año y ahora, treinta y tres personas se han lanzado enfrente de trenes en las estaciones de metro en Washington y veintiséis han muerto. Una tasa de mortalidad del setenta y nueve por ciento, o sea que sólo había una escasa probabilidad de que sobreviviera.

¿Se lesionó seriamente?

Los ojos de Kavitha asoman sobre el borde de su taza de café. El vapor empaña su vistazo y agarra la cerámica con cierta fuerza, como si se estuviera preparando para mi respuesta.

Saltó. Con la mano derecha, baja la taza con un estrépito y se cubre la boca con la izquierda. ¿Lo sabía y no lo sabía? *Perdóname, Kavitha, lo hubiera suavizado, lo dije muy abruptamente.*

No, para nada, Aldita. Es que sospecharlo y escucharlo son dos experiencias distintas, lo acabo de entender.

Oh, eso es cierto, ¿verdad?, hasta saberlo en tu corazón y escucharlo con los oídos son dos experiencias distintas, ¿no?

Sí, al escucharlo, se muere la esperanzada posibilidad de una equivocación.

Mamá estuvo internada setenta y dos horas y después de esa primera visita, la mamá de Amrita me dijo que mejor no me estresara con otra visita, que mejor la visitara un adulto. ¿De veras?, le hubiera dicho, ¿qué adulto? Admítelo, una parte de ti se sentía aliviada cuando te disuadió. ¿A quién le gusta pasar tiempo en una unidad psiquiátrica intentando animar a su madre a querer vivir? ¿Se habría equivocado Darwin horriblemente? Si la prole no da una razón para seguir adelante, entonces quizás no exista un altruismo biológico innato, ni hablar de un altruismo moral. ¿Será?

¿Qué habría yo esperado de Amaya cuando la llamé saliendo del hospital? ¿Qué anhelaba que dijera o hiciera? ¿O sólo quería su conmiseración, su con-miseria-ción, su conmigo-ción, su compañía en el no ser ni cercanamente suficientes para que nuestra mamá quisiera seguir adelante con la vida? Mejor distribuir la increíble insuficiencia entre dos, ¿verdad?, pues una sola, ¿cómo no tomarlo cien por ciento personal? Con Amaya por lo menos yo podría imaginar que en parte habría sido porque la primogénita era una tal decepción familiar por ser, sin arrepentimiento, tan avergonzadamente gringa güerita vacua a quien no le importaba ni mierda. Y ella, por supuesto, podría entonces argüir la infelicidad de nuestra madre habrías sido causada por su hija menor tan perfeccionista y perfecta que ya no había espacio para el éxito de nadie más en la familia, pues la única a la que veneraba el patriarca era a esa hija menor, ¿no? O tal vez incluso culpar la negligencia y el desdén sutil del esposo, la mentecatería de la primogénita, o la victoria edípica de la menor, sin culpar en absoluto —pobre víctima, ¡no!— a la que intentó lanzarse enfrente de un pinche tren una mañana sabatina, como si no le fuera a afectar a absolutamente nadie más. Sí, chucha. Sí.

Pero ya sabemos que esa vieja no iba a contestar tu llamada, porque ¿cuándo fue la última vez que te contestó? ¿Con esa vieja, quieres decir Amaya? En turco hasta hay una palabra específica para denotar esa relación familiar de tanta veneración. ¿Te acuerdas de cuándo Ayla te enseñó la palabra *abla*? Sí, y pasó como una ola de remordimiento sobre nosotras, porque Ayla hubiera querido desesperadamente tener una *abla* y yo técnicamente tenía una a la que nunca ofrecería tal título honorífico.

Cuando esa voz histérica te contestó la llamada, te quedaste inmóvil ahí en las puertas automáticas del hospital y alguien en silla de ruedas se irritó mucho con tu aparente parálisis siendo tan físicamente capaz. Ay, trágame tierra. Ni me acuerdo quién fue, alguna hermana de su fraternidad a la que yo no conocía en lo más mínimo diciéndome que se había desmayado y se había golpeado la cabeza en la acera y que la llevaban al hospital. Así, que bueno, de inmediato a otro hospital.

Creo que confié mucho en nuestro amigo familiar en esa época.

Creo que confiaste porque no te quedaba de otra.

Hubiera podido hacerlo sola, ¿no?

Ay, Alda, ¿en qué fantasía? Lo pronuncia en un tono de exasperación más bien simulada.

Una fantasía en la cual la adultez se pueda ganar a la fuerza sin tener que esperar el paso del tiempo. Suena tan absurdo al decirlo que tengo ganas de reírme.

Y con eso obviamente perdiste la fantasía de que la niñez debería ser un paraíso, una etapa mágica, positiva, inocente, el fundamento del eterno anhelo de los adultos, el poder volver a esa época, a una temporada más simple, más protegida.

La niñez nunca ha representado eso para mí, sino que más bien fue una etapa de la que se tenía que escapar lo más pronto posible. No siento haber sido nunca una niña y no tengo idea de qué hacer con los niños tampoco. Amaya me hizo un gran favor al tener hijos con tal de que yo no tuviera que continuar el linaje familiar. *Es el mayor favor que me ha hecho en nuestra vida. Me contento con ser la tía adorada.*

Y eso por mucho tiempo se quedaba en la duda, si Amaya podría controlar su trastorno de alimentación lo suficiente para mantener un peso estable, recuperar la menstruación y poder tolerar físicamente el embarazo.

Cuando llegué a Sibley Hospital, descubrí que ella, siendo ocho años mayor, pesaba dos kilos menos. Su piel blanca se veía translúcida y cansada, su pantorrilla se aproximaba al tamaño de mi antebrazo. Y su cabello teñido rubio estaba manchado de sangre seca. Al contrario de Mamá, me miró directamente, pero con un exasperaciónodio que comunicaba que hubiera preferido que yo fuera Mamá, Papá, o cualquier otra persona. Cualquier otro familiar, no yo. Quería el cuidado de una mamá que no tenía intención ni de cuidarse a sí misma. ¿Se habría negado a recibir alimentación de cualquier fuente que no fuera el mismo seno de nuestra madre? Si hubiera podido controlar todo, ¿qué habría querido? ¿Volverme nuestra madre?

Cuando llamé a Salvador para contarle del estado de Mamá y que Amaya también estaba en el hospital, recuerdo que respondió de una manera despreocupada.

¿Y sabías que tu hermana sufría de anorexia? La recuerdo esbelta, pero tampoco notoriamente esbelta.

¿La tuviste en clase?

Creo que nunca estuvo conmigo en clase, pero me parece que estaba conmigo en los almuerzos. Ciertamente no nos llegamos a conocer como tú y yo. Pero claro, mucho puede suceder entre el octavo grado y el segundo año de universidad.

No la recuerdo así cuando estaba en la prepa, pero yo era superjoven en ese entonces y no habría notado nada, ¿verdad? ¿Cómo logra esa combinación de picardía amistosa y preocupación genuina en una sola mirada?

Oh, yo creo que lo habrías notado si algo anduviera mal aun de infante. Me imagino que no sufriste nunca de la ingenuidad.

Mis papás siempre contaban que mi tercera palabra, después de papá y mamá, fue chandelier, *porque la había escuchado de una amiga de la familia y me llamó la atención. Cuentan que le animé a mi papá a que la repitiera y la amiga dijo que ay, enséñale una palabra más fácil, algo semejante, como luz. Dizque la miraba desafiante y dije* chandelier, *me sorprende incluso que no le haya sacado la lengua con tal impertinencia mía.* Ahí me bendice con esa risa tan lírica que varios en el café se detienen para dirigir la atención hacia nosotras y claro, imposible no reírme también.

Alda, creo que siempre empezabas con el abecedario y te saltabas a leer Cymbeline *o* Cantar de mío Cid *sin tocar nada en el medio, como si vieras un gran abismo entre el comienzo y el dominio completo y montaras algún tipo de Pegaso o unicornio para llegar a donde quisieras.*

Apenas puede pronunciar bien las palabras entre su carcajada. *¿Habré pensado que todo eso allí en medio, en ese abismo, era una pérdida completa de tiempo?* Kavitha limpia una lágrima del ojo con el índice. Le cruza la cara una expresión seria y se inclina hacia mí.

Me parece que jamás te dejaste ser inocente, Alda.

Como si hubiera tomado esas lágrimas y me las hubiera transferido a mí. *Creo que todos los momentos de la inocencia resultaron peligrosos, Kavitha.*

Una belleza inadmisible.

Exacto. Sin embargo, habrá algo en todo este encuentro con ella que revela una ingenuidad tuya, porque si sabiamente entendieras todo, no estarías aquí relatándole esto, ¿verdad? ¿Por qué te llamó la atención que Salvador respondiera de una manera despreocupada, por ejemplo? Pues obviamente no estaba sorprendido, obviamente sabía de Amaya. ¿Y qué? Ella tenía unos veinte años en ese entonces, todos nosotros éramos sus pacientes en algún momento u otro, ¿cómo crees que Salvador iba a revelar su información médica si ella era adulta? Habría sido contra la ley y contra la ética profesional. ¿Entonces? ¿Qué estás diciendo, qué estás cuestionando, en fin, qué es lo que te inquieta? ¿No hay excepciones para la gente que se pone a sí misma en riesgo? Pero no puede ser algo crónico, el riesgo tiene que ser inminente, esto te lo sabes, ¿qué te pasa? ¿Amaya no estaba en riesgo? ¿Y Mamá? ¿Y Papá? Axel lo estaba y mira cómo acabó. Ni siquiera un funeral.

Salvador dijo que se encargaría de todo, te lo prometió, te dijo que se responsabilizaría, que eras una niña, que no te preocuparas por eso, que te enfocaras en la escuela y en sentirte mejor, que era mucho para una niña de doce años haber sufrido el fallecimiento de un amigo repentinamente, sobre todo con el demás estrés con la familia. Te hubieras enfocado más en Axel. Te hubieras enfocado más en la India. Deberías haberte enfocado más, ¿por qué no te enfocaste más? ¡No pude! ¿No pudiste o no quisiste? ¿No quisiste porque había algo allí que no te dejaste ver? ¡No pude! ¿No pudiste o no toleraste? ¿Es una sensación abrumadora, una excusa que empleas para la desviación de tu atención? Pero qué putas, en serio, qué putas... Defensiva de más. Sí, ¿verdad? ¿Por qué será? No sé, pero ándale, sí, veámoslo, lo que sea que es.

¿Cómo fue esa mirada que te lanzó Amaya cuando llegaste a su habitación y la tenían conectada a una bolsa de suero y quién sabe a qué más? Exasperación, hartazgo, y como que "ay, tú sobre todo, no entenderías". ¿Por qué no entendería? ¿Qué no entendería? ¿Su anorexia, su necesidad de controlar algún pedazo de nuestro medioambiente tan caótico, nuestra familia, las presiones del aspecto físico ejercidas en las mujeres en las universidades y sobre todo en las fraternidades esas? ¿Su necesidad de controlar algo en una ciudad tan estresada y estresante y poco artística y sin salida creativa como lo es Washington, DC? ¿Por qué no entendería eso? ¿De veras pensaba que yo era una hermanita tan malévola? ¿Seguirá pensando eso sin decírmelo, aun estando casada y felizmente mamá, esposa de un abogado con aspiraciones políticas? Pues ella es la que acabó siendo la perfecta, ¿no es cierto? ¿No es ella la que salió adelante mientras tú sigues soltera en tu doctorado de literatura comparada, sin querer hijos nunca?

¿Te olvidaste de que ese doctorado se hace en Princeton? ¿Te parece la gran nada, Princeton? ¿Te parece la gran nada que tu mentor la doctora Chihaya haya tomado tanto interés en ti, en tu escritura, en tu mente? ¿Te parece poco que sabes tanto ahora de la misteriosa autora Elena Ferrante gracias a la doctora Chihaya? "¿De veras, Alda?" Mira la suerte que has tenido en tu vida y ¿de veras? No, de veras no. ¿Entonces? ¿Habré ignorado el llamado de verdad? ¿No se tratará todo esto de ignorar el pinche llamado, por dios? ¿No será eso el tema común aquí con todo esto? ¿El.mal.di.to.lla.ma.do que ignoras? ¿Estamos considerando incluso la idea de yo abandonar a la doctora Chihaya después de tanta inversión que ha hecho en mí? ¿Abandonarla? ¿Cómo? No eres su única estudiante, si no eres tú, será otra. Pero si la universidad ha invertido tanto en mí, becas, etcétera. ¿No es la literatura mi llamado?

¿Qué diría la profesora Chihaya? A lo mejor diría que ella misma empezó estudiando la medicina y cambió de carrera porque sabía que no era lo suyo. Nunca sabes. Quizás ella también empezó con otra carrera y se moría de ser profesora de literatura comparada porque sabía que la amaba de más y que tenía que dedicar la vida a las letras, ¿no te parece verosímil? Me parece inverosímil que alguien como ella pudiera estar insegura en absoluto. El único desastre soy yo, me parece. Ay sí, ay sí. ¿Tu familia tan perfectita? ¿No eras la única que no estabas hospitalizada por tu propio comportamiento en ese entonces? Papá no... ¿Estás segura? ¿Cómo? Estaba muy enfermo sin yo saberlo. ¿Y de qué se enfermó en primer lugar? ¿Mamá lo habría sabido?

Salvador te dijo, cuando le llamaste de Sibley, que estaba en George-town Hospital con Papá. Que le iban a operar y que podría durar mucho tiempo la operación, diez, doce horas. Casi se te paró el corazón, ¿te acuerdas? Que un trasplante de hígado era muy complicado y que necesitaría mucha recuperación te dijo. ¿Habría sabido Mamá que su condición era tan seria? ¿Amaya? ¿Papá se lo habría dicho a alguien además de Salvador? Probablemente Salvador se lo dijo a él, ¿no?, pues Salvador es el médico, *hello.*

Yo no tenía idea de que mi padre estuviera tan enfermo, pues nunca dijo nada y no actuaba como si se sintiera mal tampoco.

¿Lo habría sabido él, digo, lo habría internalizado para sí mismo? ¿O no era así?

Nunca ha sido así, es cierto. Más bien lo pondría de lado o lo ignoraría o lo negaría o algo así semejante, lo sabes.

¿Mucha negación en tu familia, Alda?

Uy, muchísima, será la táctica favorita empleada por los Sánchez, me parece.

Y quizás por eso mismo te era tan necesario desarrollar otro tipo de visión.

Nunca lo había pensado así, ¿se me desarrolló para combatir la ceguera intencionada de mi familia?

Algo así.

Me gusta. Pero ¿por qué casi siempre se dirige la visión al mundo exterior y no hacia mi propia familia entonces? Es que no tenía idea que Papá estuviera enfermo...

Eso sí no sé, es curioso, ¿no?

Muy curioso.

De hecho, fue hasta ese momento en el hospital que Salvador dijo que si Papá no recibía un trasplante, muy pronto no podría ya trabajar, porque su salud estaría demasiado grave. ¿Será por eso que Salvador tomó sangre de cada una de nosotras en algún momento para hacer un dizque análisis? Porque en ese tiempo parecía salir de la nada la sugerencia. Todos fuimos a su oficina, los cuatro a la vez, una excursión familiar que casi nunca ocurría. Y yo recuerdo que quería saber algo de esos análisis, quería aprender toditito de la historia que contaba mi sangre. Mamá y Amaya tenían el mismo grupo de sangre, eso sí lo recuerdo, grupo sanguíneo B. Y Papá y yo otro grupo, éramos del A, me parece. La familia dividida justamente en dos... Pero si Papá y yo éramos del mismo grupo y Salvador buscaba una correspondencia, ¿por qué nada salió de allí? Yo habría tenido unos diez u once años cuando eso, me parece. Y después, nadie dijo nada, como si fuera una irrelevancia. ¿Habría sido para cuál otra cosa?

Cuando encuentran un donante, sólo tienen unas horas para trasplantar el órgano, pues empieza a morir sin sangre fresca en las próximas doce horas, eso me lo explicó Salvador por teléfono. Y en el caso de Papá, no necesitaba el hígado entero, sólo un lóbulo, dado que el hígado es el único órgano que tiene la capacidad de regenerarse, o sea que tanto el donante como el recipiente acaban con hígados enteros dentro de unos cuatro meses. Fíjate qué padre. ¿Papá habría sabido quién era el donante para darle las gracias? ¿Eso se hace? ¿Por qué no se me ocurrieron estas preguntas antes? ¿Por qué tantas cosas no se me ocurrieron antes?

Pero Papá se veía de veras mal cuando se despertó. Mamá no pudo contestar su celular porque se lo quitaron en psiquiatría cuando la admitieron. No sé si fue igual con Amaya o si simplemente se murió la batería y no tenía cargador cuando la llevaron allí. Papá siempre lleva cargador y además acababa de volver de algún viaje, ¿Argentina era?, y recibió las noticias del órgano viable allí en el aeropuerto de Dulles tan pronto como aterrizó y fue directamente al hospital. ¿Qué habría hecho con su equipaje? Nunca había pensado en eso, ¿lo llevó a casa Salvador? No sé, porque me dejó en la sala de espera, solita, diciéndome que tenía que volver a cuidar a Axel. Y allí pasé incluso parte de la noche hasta que me llamaron y me informaron que ya se había despertado Papá y que podía verlo. Me ofreció una sonrisa débil y croó "¿Ana?" como si pensara que yo era Mamá. Recuerdo haberle dicho que Amaya se había golpeado la cabeza en una de esas fiestas de su fraternidad y las dos estaban en el hospital. No le mentí exactamente, omití, omentí. ¿Por qué estresarlo con detalles? Esa silla en la que me acurruqué el resto de la noche fue realmente muy incómoda y con el sonido de todas esas máquinas y las intrusiones de las enfermeras, no recuerdo haber dormido nada.

Sabes, Kavitha, en algún momento durante ese proceso, sólo Salvador y yo sabíamos de la condición médica de todos los demás.

¿Cómo, querida?

Que Amaya salió del hospital a un programa de hospitalización parcial, pasó el día en la universidad y las tardes y noches en ese programa para que pudieran monitorear su ingesta de comida. Ni Amaya ni Salvador ni yo les contamos nada a mis padres. ¿Para qué?, si apenas podían con lo suyo.

Y mientras tanto, tú con tus clases, todas avanzadas por supuesto, y con nuestro estudio independiente y no dijiste nada. Y me imagino que sacaste buenas notas en todo, como siempre.

Saqué una B+ en mi clase de mate.

Alda...

Hasta la fecha no sé si fue merecida la nota o no. Y no habría manera de saberlo tampoco, jamás, así que no hay utilidad en pensarlo, ¿verdad? *De todas formas, no les dijimos nada de Amaya en ese momento. Mi madre obviamente supo de la operación de mi padre, porque él fue el último en llegar a casa, estuvo en el hospital unos ocho días.*

¿Me estás diciendo que estabas solita en tu casa con tu madre recién después de su intento?

Sí. ¿Quién mejor para cuidarla? La adulta en la casa. Ay ni que estuvieras amargada, ¿verdad? ¿Amargada o exasperada? ¿No puedes ser un poco más empática, por dios? *Bueno, de hecho, creo que sólo estuvimos solas un día, porque luego vino Salvador para quedarse un rato.* Y hablamos bastante de lo que había pasado. Y hablamos de medicina. Y hablamos de mi deseo de ser médica.

Menos mal.

Sí. Recuerdo que me preparó una pasta con salsa boloñesa, él la había hecho de jitomates frescos, albahaca y orégano y estuvo increíble. Fue la primera noche que llegó, te alimentó con esos ingredientes orgánicos y frescos y luego vino el postre de veneno cuando te sentó en el sofá y te explicó que Axel se había muerto esa tarde. Lo habías ido a ver cada día y te quedaste un par de horas, ¿te acuerdas? Ibas de allí a Sibley, de Sibley a Georgetown, de Georgetown a George Washington y luego de George Washington a una casa vacía sin decírselo a nadie. Sí, cada padre pensaba que el otro estaba en casa conmigo. ¿Por qué Papá nunca sospechó que algo andaba raro si Mamá nunca lo fue a visitar? ¿Tan inestable era su matrimonio?

Y durante todo eso, Salvador supuestamente cuidaba la recuperación de Axel y se quedaba con él. Y que de repente sufrió un pico febril altísimo y cuando Salvador le dio los antibióticos intravenosos, Axel tuvo una reacción alérgica tremenda mientras Salvador estaba en la computadora o por teléfono pidiendo más suero y más viales de antibióticos y cuando fue a checarlo sólo unos minutos después, había dejado de respirar. Y recuerdo que Salvador había dicho que no me lo quería describir más, aunque se me hace que le pregunté si la anafilaxis había causado que la garganta de Axel se hubiera cerrado y había sentido con la cabeza.

O sea que lo llevé donde el doctor Salazar para que no le reventara el apéndice y se muriera de sepsis y de la cirugía para evitar sepsis desarrolló una infección que hubiera podido haber llegado a ser sepsis si no fuera por los antibióticos que lo mataron. ¿Eso es todo? ¡¿Puede haber más?! Seguramente, porque todo esto ya lo sabías. Lo sabía y no lo sabía, o sea que nunca había atado las cuerdas exactamente así. Bueno, ¿y ahora? Chingados. Pues sí. Chingados superlativos.

Y sin embargo. ¿Sin embargo qué? Sin embargo, esa cosquillita de duda que sientes en las entrañas, esa vocecita limitada que apenas escuchas, ¿eso qué? Ay.

¿Cuánto tiempo necesitaba tu papá para recuperarse?

Parecía eterno. Creo que no volvió a la oficina hasta casi el séptimo mes. Y habría sufrido de mucha ansiedad durante esa temporada, porque además de todos los medicamentos inmunosupresores, tenía una receta para alguna benzodiacepina, creo que era Xanax.

¿Te acuerdas de la clasificación de medicamento?

Sí, sí, como si fuera ayer y como si tuviera el frasquito frente mío. ¿No te lo dije? Te lo dije. El qué. El llamado. Por alguna razón, no recuerdo nada de octubre. Nada. Niebla. ¿Por qué me acordé del Xanax? No me acuerdo de los otros medicamentos, ¿por qué de ése sí? Buena pregunta, ¿por qué? Sigue la onda.

¿Cuándo te vuelve la memoria?

En noviembre.

¿Por qué en noviembre?

Creo que esas sensaciones de peligro inminente empezaron a aumentar en ese entonces. Silencio. Me mira y la miro. Me espera en el silencio entre nosotras teñido de las voces ajenas de los otros clientes entre sus sorbos de café. Cuando hay mucho silencio, casi siempre siento un *tinnitus* leve en los oídos. ¿Eso les pasa a todos?

Las sensaciones empezaron a aumentar, pero equivocadamente pensabas que se trataban de lo que pasaba en tu casa. A Mamá le habían dado algún antidepresivo que supuestamente servía para estabilizar sus emociones, pero más bien hizo colapsarse sus emociones, las reducía todas a un hilo unidimensional, tanto las negativas como las positivas, o sea que al final, la entumecieron, dejándola robótica. Mecánicamente hacía las preparaciones para esa Acción de Gracias. Ni siquiera se quejaba de la fiesta ni hizo ningún comentario de cómo era contracultural, que ni siquiera era de la cultura mexicana ni hispana, y por qué hacía este lío del pavo papas relleno si ni raíces británicas teníamos, ni hablar del insulto que esto podría representar para la gente indígena que era buena onda hasta que empezó la masacre racista y colonizadora, como solía hacer cada año. Ni siquiera había chance para que yo pudiera replicar con mi ironía anual de que los españoles-luego-mexicanos no éramos exactamente un gentío angélico en cuanto a los indígenas. No dijo nada. Ni yo. No más estuvimos allí.

Papá no ayudaba porque se encontraba maluco y cansado. Amaya tampoco porque la vista de tanta comida juntada la ahuyentaba. ¿Por qué lo hacíamos entonces? *Recuerdo cuánto me inquietaba estar con mi madre en ese entonces. Era como acompañar un cuerpo vivo vaciado de alma.*

Habrá sido terrible.

De veras que sí. Y las dos tomamos a sorbos nuestros cafés tibios en más silencio. Kavitha me mira y me espera con una paciencia aparentemente infinita, inafectada sin dejarse afectar por el caos ligero de nuestro alrededor, el ir y venir del tráfico peatonal. Parece combatir el movimiento ambiental distractor con su insistente quedarse conmigo. ¿La amas? Creo que sí.

Veintiséis de noviembre. ¿Cuándo habría muerto el sobrino de Kavitha? ¿En cuánto llegaron los terroristas o en las eternas horas después? Amaya condujo a casa sin decir ni una palabra. Me intentó ayudar con las bolsas y tuve que darle las menos pesadas. Sus muñecas eran delgadísimas, no había ni músculo ni grasa en su cuerpo, era como un esqueleto envuelto en piel peludita, ese lanugo que había formado para preservar el calor del cuerpo. Apenas podía levantar la bolsa con el pavo, así que lo puse entre mis brazos como si esa ave muerta fuera un infante humano.

Nunca hiciste pausa para pensar que ¿por qué carajo hacíamos todas estas preparaciones para una fiesta que ni siquiera teníamos ganas ni fuerzas de celebrar? Probablemente porque Mamá se sentía obligada a invitar a Salvador por toda la ayuda que nos había ofrecido en ese entonces. O sea que todos forzamos el asunto por eso, ¿no? Tal lo parece.

Y mientras yo pelaba papas, ¿qué?, el derramamiento de sangre, humo e incendio en el Hotel Taj en Mumbai adonde cayó muerto el sobrino. La comida habría sido deliciosa si alguno de nosotros hubiera querido alimentarnos. Creo que Salvador es el que menos se afectó por el malestar familiar. Papá intentaba conversar con él y mientras tanto, se veía como si fuera a quedarse dormido en su plato. Yo era la única que tenía la energía para servir y retirar. ¿Fue Mamá quien se sentía obligada a invitarlo, o tú caíste en una trampa sexista al asumir eso? Oh.

¿Alguna vez, Kavitha, has tenido la sensación de realmente necesitar recordar algo y no poder?

Sí. Ocurrió con este mismo evento, de hecho. No recuerdo nada, excepto la llamada telefónica que me informó que mi sobrino había muerto en los ataques.

De veras. ¿Por qué nos pasará esto? Es increíble. Recuerda, recuerda, recuerda...

Estabas descalza en la alfombra del segundo piso, era de noche, ¿ibas adónde? ¿A la cocina por algo? Nada, no importa, no te desvíes, descalza en la alfombra del segundo piso y ¿qué escuchaste? A Mamá y a Papá en una especie de discusión verbal, pero como si ninguno de los dos realmente tuviera ni la salud ni la energía para estar en pleno pleito. ¿Y entonces? Y entonces escuché la protesta de Mamá. ¿Y luego? Y luego, luego no me acuerdo. Sí te acuerdas, sí, tus patas en la alfombra, te paraste cerca del barandal de las escaleras, recuerda, ¿qué escuchaste? "¡No tengo energía para esto este año! ¡No podemos invitarlo!" "¡Me salvó la vida!" ¿Le salvó la vida? Ahora recuerdas la impresión que te hizo esa aserción en ese entonces. Me congelé. Me bajé al suelo en cuclillas, pero sin entender. Sólo entendía que esa frase era algo clave. ¿Y ahora entiendes? No. Pues sigue la onda, entonces. Sigue.

¿Algo se te ocurre, Alda?

Creo que sí, pero le tengo que preguntar a mi papá. Si me permites un segundo, Kavitha. ¡Ay! ¿Hemos estado acá dos horas ya? ¿Y cómo es que se han acumulado tantos correos y mensajes en ese tiempo? La pantalla de mi celular realmente está sucia y la debería limpiar. ¿Un mensaje de texto o uno de voz? ¿O lo llamo? No, si lo llamo, no voy a poder colgar, mejor un mensaje de voz. Papi, ¿por qué dijiste hace años que Salvador te salvó la vida? ¿No pensará ese mensaje muy aleatorio? Tal vez, pero te conoce y no le sorprenderá algo así de la nada. No, pero esos mensajes que mando de la nada se tratan de asuntos no-personales, noticias, economía, política, libros. Bueno, ya veremos.

Es la primera vez que te escucho en español, Alda. Me sonríe.

¡Oh! Eso debe ser cierto, qué interesante. Y yo a ti nunca te he escuchado en telugu, ni en hindi, ni en bengalí. ¡Oh! Ya respondió mi padre. La ceja de Kavitha se levanta. *Dice que Salvador es el que le encontró el donante vivo que le proveyó el hígado. Oh, espérate, viene otro.* Qué extraño, rara vez elabora. *Dice que él mismo llevó el órgano al hospital, lo recuerda porque no era el protocolo al que estaban acostumbrados los cirujanos.*

O sea que tu papá no se operó con el mismo donante allí a su lado como se suele hacer, el donante se operó primero y luego llevaron el órgano al hospital donde estaba su papá.

Tal parece, ¿verdad? Pero todavía no entiendo por qué importaría ese detalle.

¿Por qué habría encontrado Salvador al donante? ¿No habría estado tu papá en una lista de receptores si estaba enfermo y necesitado de un hígado?

Buenísima pregunta. *Ni siquiera sabía que estaba enfermo, Kavitha.*

Muy enfermo, ¿no?

¿Cómo?

Para que Salvador se encargara de encontrar a un donante él mismo, habría estado demasiado enfermo para esperar más tiempo.

O inelegible.

¿Y por qué sería inelegible tu papá?

¿Quizás porque tomaba más de lo que pensaba? Si el daño al hígado fuera causado por abuso del alcohol, no lo pondrían en una lista de receptores, ¿verdad?

Creo que eso es correcto, pero tendría que haber mucho abuso del alcohol y mucho daño al hígado, me parece.

Secretos, secretos. La casa de mil secretos. Si nuestra familia tuviera un título sería ése. Oh. Las benzodiacepinas. ¿Qué? Que el Xanax. Papá no tuvo ansiedad que yo sepa nunca en su vida. *Creo que esto tiene que ser la razón, Kavitha. Y por eso Salvador le recetó el Xanax. Si hubiera estado activamente abusando del alcohol cuando recibió el trasplante, el Xanax habría ayudo con la abstinencia.*

Y la mera abstinencia hasta puede amenazar la vida de uno si no se maneja bien, ¿no es cierto?

Sí. Es increíble cómo todo me vuelve a la memoria estando aquí contigo. ¿Y por qué crees que no recuerdas nada más de esa fecha de Acción de Gracias, Kavitha? ¿No recuerdas dónde estabas ese día? ¿No habrías estado con amigos o colegas?

Nunca celebro esa fiesta particularmente, pues para mí es un recordatorio, una celebración de las mismas fuerzas y la misma cultura colonizadoras que pasaron tanto tiempo en la India, comprenderías.

Sí, sí. Un argumento semejante al que hacía cada año en nuestra cocina con Mamá.

Sin embargo, tienes razón que típicamente me invitaban amigos o colegas en ese entonces. Me parece extraño el no poder recordar dónde estaba ese año en particular.

El año del olvido.

Es cierto que Papá se esforzó mucho para entretener a Salvador ese día. Estaba sentado en la cabeza de la mesa, Mamá a su lado izquierdo, yo al lado de ella, Amaya frente mío, Salvador al lado derecho de papá, al lado de Amaya. ¿Cuánto tiempo habría pasado con Mamá haciendo las preparaciones para esa cena? ¿Día y medio, sin ayuda? Ahora recuerdo haber estado enfurecida con Amaya... ¿por qué? Sólo recuerdo la sensación, una rabia blancazul de tan ardiente, empezando en mi diafragma y subiendo a los brazos, antebrazos, manos, dedos. ¿Por qué estaba tan rabiosa con ella? ¿Por qué hice todo para esa maldita cena, incluso servir, retirar y portarme como una pinche camarera todo el día sin que ella hiciera nada? ¿Por qué dejó el plato de comida casi sin tocar, echándome en cara todo el esfuerzo que había hecho para ayudarle cuando estaba en el hospital? ¿Por qué me miraba con un desprecio mientras yo hacía todo y nuestra madre me lanzaba miradas exhaustas de agradecimiento? Pues alguien lo tenía que hacer y como no lo hacía nadie más, como siempre, entonces yo, también como siempre, lo hice. Que te chingues, Amaya, ¿por qué nunca podías hacer nada para ayudar a nadie más? ¿Por qué no podías dejar de enfocarte en cada puta caloría, cada pinche chícharo, cada chingada mordida para contestar mi llamada ese maldito día infernal? Oh, ¿de eso se trata? Oh.

¿Sabes qué, Alda?, creo que tienes razón, estaba en casa de mi colega Sarah, ¿te acuerdas de ella, del departamento de inglés?

¿Sarah Sylvester?

Sí.

Sí, la profe que siempre llevaba a su perro a la escuela, uno de esos perros blanco y negros, inteligentísimos, un border collie, *¿no era?*

Sí. Me parece que a la hora que habría ido allí a su casa, ya sabía del ataque, o sabía del comienzo de los ataques, pero todavía no sabía de mi sobrino. A lo mejor a esa hora vivía aún. Todo esto parece que ocurrió hace una eternidad, ¿no es cierto?

Hace un siglo.

Veintiséis de noviembre, primero el reguero de balazos en la estación de tren, luego un intento de entrar al hospital a masacrar a los más vulnerables y a los más talentosos que los cuidaban, pues al hacerse médico, aceptas que puedes arriesgar la vida con la exposición a las enfermedades contagiosas, pero no cuentas con arriesgar la vida por agresiones sociopolíticas, ¿verdad? Haces el juramento hipocrático para no hacer daño, pero realmente no esperas que te hagan daño a ti. Sin embargo...

¿Qué dije cuando retiré el plato casi lleno de Amaya? Algo cruel le dije, me parece, estalló mi rabia. ¿Qué dije? Sentí el peso del plato repleto de comida entre mis manos al retirarlo y le susurré en un inglés envenenado, "yo como una esclava en la cocina y tú ahí como un puto fósforo sin comer nada, ingrata". ¡Ay! Ayyy, qué vergüenza, qué agresión. Pero en seguida, cuando retiré el plato de Salvador... y oh, dios mío, esto se me había olvidado por completo, ¿lo habría bloqueado?, dios mío dios mío, se inclinó hacia Amaya y le susurró al oído oculto, pero yo lo pude captar, "y así me gustas". Pero ¿¿qué?? No puede ser. Nopuedesernopuedeser. ¡No puede ser, carajo! ¿Lo estoy recordando mal? Pues sigue la onda, nena, sigue la onda. Yo sola en la cocina con todos los trastes sucios. Emplatando las tortas de calabaza y de pacana. ¿Fingiendo que no escuché lo que escuché? ¿Mucho con demasiado en ese momento? ¿En cualquier momento?

Y mientras tanto, durante todo ese día de Acción de Gracias en celebración de la armonía momentánea entre los nativo-americanos a quienes los colonizadores británicos confundieron por indios, los habitantes verdaderos de la India se hallaban en un multi-masacre, en las calles adonde estallaron bombas y granadas desde taxis, en el Hotel Taj, en el Oberoi Trident adonde hubo incendios, explosiones, balazos y decenas de rehenes, y en la casa Nariman, en ese momento utilizada por unos judíos ortodoxos, un rabino y su esposa embarazada, a quienes los terroristas explícitamente tomaron el tiempo de torturar y asesinar, porque sus muertes valieron cincuenta veces más dinero por ser judíos. Y todavía probablemente estaba por suceder el asesinato del sobrino de Kavitha, un nuevo musulmán abrazado por su amor a Alá, enlazados por siempre, ejecutado por manos fraternales musulmanas. Sangre. Gritos. Rezos. Ruegos. Soplidos. Vencimiento. Torta de pacana.

Cuando volví con los platos, le di a Amaya dos porciones, no más por joder. "Así puedes escoger la que quieras", le dije con dulzura. Salvador penetró una de las dos rebanadas con su tenedor y la movió del plato de ella a su plato sin decir nada. Los ojos de Amaya buscaron los míos, pero además de la petulancia que yo esperaba ver, había algo más en ellos, una soledad entristecida, esa misma sensación que me había dado en el hospital de "nunca podrías entender". Ya. Ya. Oh dios mío, Amaya, dios mío. ¿Por cuánto tiempo duró?

¿Recuerdas cómo se llamaba ese perro, Alda?

¡Ay! Qué susto me dio Kavitha ahorita, estaba totalmente envuelta en el pasado. *Oh, hum, a ver, déjame pensar, Era algo celestial me parece. ¿Cometa, quizás?*

¡Eso es, sí! ¡Cometa!

¿Por qué? Habrá algo acá con esto, parece aleatorio de más, no me parece que Kavitha sea una fanática particular de los perros.

¿Cómo pude olvidarme de esto por tanto tiempo? Habré estado más afectada por la muerte de mi sobrino de lo que pensaba.

¿Qué es, Kavitha?

Allí en esa cena ese perro Cometa no me dejaba en paz, al principio pensábamos que sólo eran los olores de la comida, el pavo, el relleno y demás, pero era algo mucho más que eso. Sarah se avergonzó muchísimo y yo no sabía qué hacer, pues este perro se me acercaba a cada rato y metía su hocico en mi seno derecho y lo empujaba, siempre en el mismo sitio, y Sarah lo arrastró de allí, pero unos minutos después, el perro volvió, volvió como tres o cuatro veces y la última vez, me dio un pequeño mordisco allí en ese mismo sitio en mi seno. Al final Sarah lo echó afuera y se disculpó una y otra vez, diciendo que no sabía qué pasaba con Cometa. Pero luego, a solas en la cocina, cuando le llevé unos trastes, me preguntó que si yo alguna vez me había hecho una mamografía, porque aunque ese perro nunca había hecho nada semejante antes, estaba segura de que me intentaba comunicar algo. No le presté mucha atención, sobre todo porque no había ninguna historia familiar ni riesgo genético.

Pero sí tuviste cáncer de mama, ¿no es cierto? ¿Por qué siento tan fuerte el latido de mi corazón? *¿No lo tuviste cuando estaba en la prepa?*

Al año siguiente me diagnosticaron, sí. Y me parece increíble no haberme acordado de este episodio antes, pues fue en ese mismo seno, en ese mismo sitio que me señaló ese perro adonde encontraron el tumor.

Dios mío, qué increíble, sí te lo intentó comunicar, ¿no?

Tú lo habrías entendido, Alda.

¿Yo? ¿Al perro? A mí sí me encantan los animalitos, pero no sé si hubiera podido interpretarlo.

Yo sí. Estoy segurísima. Pero si yo le hubiera escuchado o por lo menos si le hubiera prestado un poco de atención, a lo mejor la cirugía habría sido otra. Tal y como estuvo, tengo una cicatriz que va desde acá hasta acá.

Y señala la longitud de la marca extensiva desde la axila hasta el esternón. Pero espérate, ése es el tamaño de una mastectomía total, ¿no? *Ay Kavitha, cuánto espero haber podido saber en ese entonces, créeme. Sería tan increíble enterarnos de las cosas como las saben las otras criaturas de este planeta, como Cometa, ¿no? Y así poder evitar estas mayores cicatrices.*

Pérate, pérate. Evitar mayores cicatrices. Es que Salvador me salvó la vida al encontrarme un donante vivo, eso dijo Papá. Y le llevó el órgano directo al hospital. Y más o menos cuando eso habría ocurrido, yo habría estado en el hospital con Mamá o con Amaya. Evitar mayores cicatrices, ¿como la que tenía Axel cuando sólo le iban a operar el apéndice y acabó vendado del torso? Oh. Oh. Oh.

Jueves, veintisiete de noviembre. Mamá con el corazón aún roto y la muñeca ya no rota. Amaya del tamaño de un cerrillo. Yo afligida por el fantasma de Axel. Y Papá adolorido con su lóbulo de hígado robado. Y Salvador en nuestra mesa como si nada. Como si nadie. Como si nunca.

Kavitha en casa de su amiga con un perro persistente a quien no presta atención por la preocupación de su país y su política, por la política no pudo prestar atención a lo sumamente personal y yo por lo sumamente personal no pudo prestar atención a la política y a su sobrino que murió en un charco de sangre trabajando en un hotel cuyo humo y fuego y destrozo yo había visto en una pesadilla la mañana que Axel me despertó con una apendicitis y todo, todo, todo a posteriori. ¡A posteriori! ¿De qué sirve la visión a pincheposteriori?

¿Levantó su sobrino las manos cuando vio al asesino con su arma? ¿Anunció que era su hermano religioso? ¿Tuvo tiempo de decir cualquier cosa o murió con la boca abierta de protesta? ¿Dónde consiguen estas organizaciones oscuras sus armas? ¿Quién suministra al matador el mecanismo de muerte del sobrino musulmán de Kavitha? ¿¿Quién??

Fue en esa mirada que pasó entre Salvador y yo esa tarde del jueves veintisiete de noviembre cuando yo, sin siquiera saberlo, abandoné mis planes futuros de ser médica, ¿verdad? Vi en los ojos de ese supuesto salvador de la gente, ese supuesto amigo y aliado, cómo su conocimiento, entrenamiento y poder intelectual le habían convertido en algo que yo nunca quería ser. ¿Ya entendiste? Ya entendí. Adiós al llamado. Pero falta la pregunta esencial, todo esto es muy bonito en su blanco y negro, pero ¿y el gris? ¿La pregunta que te tira al grisáceo? Qué pregunta. Que si realmente cambiarías cualquier cosa, sabiendo ahora que la vida de tu amigo salvó la de tu papá. Y si no te hubieras detenido ese día para ayudar a Axel, ¿quién de los dos estaría vivo? Y si no te hubieras detenido ese día para ayudar a Axel, ¿te habrías enfocado más en ese sueño tuyo?

Alda, ¿qué pasa, estás bien?

Su voz apenas me alcanza, la escucho tan lejos de mí.

Alda, ¿por qué estás llorando? ¿Ya recordaste todo?

Todo, Kavitha. Ay, me tengo que limpiar las mejillas, pero es como si los doce años de pena se estuvieran acumulando aquí en un charquito de esta mesita blanca... ¿Cómo es que Kavitha y yo estábamos allí en nuestras respectivas mesas ese día intentando accionar las gracias por los terrenos robados de los dos indios, por la destrucción fundada por los europeos en esta tierra aquí y en aquella tierra allá, por la amenaza a su vida por medio de un seno diseñado para dar vida, por el intento de suicidio causado por el desamor tanto de un esposo como de un amante, por la negación del cuerpo femenino incentivado por el hombre, por una vida dada a costo de otra, por el sacrificio de sueños, por el amor entre jóvenes y una aceptación religiosa que acabó en masacre? *¿Sabes qué es lo peor de lo que dijo ese taxista? Que aun cuando quiero usar esa intuición mía para bien, a veces no hay manera, pues las otras fuerzas del universo parecen ser tan poderosas.*

Como nadar contra una corriente.

¿Y se puede decir que usarla para mal incluso signifique el no hacer nada, saber y no actuar? ¿La inacción puede ser incluso una fuerza?

Supongo que sí... si lo que conocemos como acción es en realidad sólo una interrupción de la inercia normal de la onda en cuestión, entonces supongo que sí. Y Alda, ¿ves algo venir aquí en el futuro para que te estés enfocando tanto en el tema ahorita mismo?

Sí. Y esta vez se lo digo a quien me escuche aunque no presten atención. Es que ignoraste el llamado y deberías haber estado preparándote con tu pericia, en vez de estar aquí. No tenías que estar aquí.

Y ¿qué es?

Una muerte mundial fomentada por la arrogancia humana. La altanería siempre nos lleva a la caída.

Alda, todo esto me recuerda a algo que Rushdie escribió en Los hijos de la medianoche, *¿seguramente sabes a qué me refiero, seguramente me lees?*

Seguramente a esto te refieres: "Aprendí: la primera lección de mi vida: nadie puede enfrentar el mundo con los ojos abiertos todo el tiempo".

www.ingramcontent.com/pod-product-compliance
Lightning Source LLC
Chambersburg PA
CBHW030655260626
47157CB00007B/2660